许晓 著

她在红尘外

海天出版社
HAITIAN PUBLISHING HOUSE

· 深圳 ·

果麦文化 出品

序

四分之一世纪以前，美国禅宗修行人比尔·波特出版了一本记录中国隐士生活的书，《空谷幽兰》。这书在中国畅销不衰，引起普通人对中国传统修行生活的兴趣。如许晓在书中所言，她这次探索也部分受到比尔·波特的启发，但她更进一步，访问了以赤松居士的男性身份不易到达、或者即便到达也难一窥究竟的女性修行者的世界。

我们生活的世界在过去漫长岁月里被"父系"逻辑主导，应该是不争的事实。红尘之外的修行者世界也并非例外。女性声音、女性视角都难得一见。我个人曾在三位女教授的指导下接受学术训练——我想基于这一经验指出：女性视角和逻辑弥足珍贵。对于男性读者而言，在你刚开始对它感到不习惯的时候，可能需要稍微提醒一下自己。

然而对于修行者本人，男女之别仅仅是所有需要放弃的分别心之一种。放弃分别之心是本书的核心主题之一，关于这个问题，我比较欣赏许晓在蒙顶山永兴寺邂逅的比丘尼普照的态度：为什么出家？出家好嘛。相当于你现在上班，喜欢你的工作一样。

修行者世界的真相是简单的，简单到乏味。业内人士常用的说法是：如实知自心。意思大概是，如果你确定自己想要什么，你就走在了正确的道路上。红尘内，红尘外，这些不过是修辞。

仔细打量过红尘的前辈修行者们用了很多篇幅来讨论这个问题，说得越多，问题就显得越复杂。不过我想，眼前刚好有一个恰当的比喻：红尘就是你手机里的世界，你的朋友圈，你转发点赞的公众号。别人眼里的你，就是红尘里的你。

所以，如果你在书店遇到这本书因好奇翻起一页。很遗憾，你可能也像我一样还在红尘里犯着迷糊。但同时也要恭喜你，因为许晓带你走上的这趟旅程，可能会是一次启迪之旅。

叶南（《华夏地理》前执行主编、《禅的行囊》译者）

目录

她

在

红

尘

外

第一篇

因为一次冥想，我出发寻找女修行者

2013年9月的一个傍晚，下午六七点钟，天空还是亮晃晃的。去彩光教室的路上，我抬头看了一眼我所工作的杂志社办公室，它在同一栋大楼的十六层，有近百位记者、编辑在那里工作。

两年间，我经常往办公室跑，开会、修改稿件、和编辑部的同事一起加班，每个月去四五次。杂志的报道，有一些和宗教、修行有关，他们力图秉持记者的客观中立，但写出来的文章气息不尽相同，有些是访问名人的成长故事，寻找他们内省的瞬间；有些带有批评性质；有些是希望找到当事人，让他陈述行为的内在动机；还有一些则近乎调查报道，被写进文章的人，多半已经成为新闻事件中的丑角。

作为杂志社的一分子，像这类和宗教有关系的报道，我已经写了五六篇。但是在朋友带我去彩光教室之前，我怎么都没有想到，就在我们办公的大楼地下一层，有一个和修行有关系的小团体。他们距离十六层的近百名编辑、记者其实只有五十米的直线距离，却从来没有被这些嗅觉灵敏、好奇心旺盛的媒体人注意到。

这个名叫彩光教室的地方，主要用于开展心灵瑜伽活动，也就是近两年来时尚杂志、女性杂志、健康杂志经常提到的"身心灵"课程。每周几天的固定时间，会有一小群人——十多名，至多不超过二十名——聚集在这里，通过瑜伽、打坐、冥想、舞蹈，释放积郁，让心灵获得安慰。

来这里的人，女性居多。我一共去了三次，第一次是和大伙一起包素饺子，胡萝卜香菇芹菜，剁了几大盆馅，下锅煮。吃完饺子，大家席地而坐，谈人生，谈理想。有一位热爱手工劳作的家庭主妇，帮伙伴们做项链、穿手环，内部销售，价格低廉，创意十足，其乐融融。第二次，参加两个女老师带的冥想课，每人发一块瑜伽垫、一块毛毯，先唱诵，再冥想，然后听音乐。一片寂静中，老师说，现在可以释放了，有人哈哈大笑，更多的人哭泣，默默饮泣、放声哭号，都有。我没哭出来，觉得哭出来的人都在演，我不想演，所以不想哭。可是来都来了，不释放一把很亏。所以我也努力融入气氛，刻意去想了一些不愉快的童年往事，很快，眼泪从眼角流到了腮帮。第三次去，就是一开始我说的，2013年9月的这个傍晚。往教室走的路上，我很开心，因为这晚是吴琼带课。我知道彩光教室，就是因为吴琼，她是我朋友的朋友。听朋友说，这个女孩很有意思，从《瑜伽》杂志辞职之后，一直用自己的方式修行，她教人冥想和静心，很有一套。我很好奇，想体验跟着这样一位老师冥想会怎样。

很快，我就知道了那是什么感觉。

当天晚上，我们做的是一套来自印度的静心动作，持续了一小时。我现在已经回忆不起来具体都有什么体势，它大概包括：深且快的呼吸；激烈地抖动大腿；保持脚所站的位置不动，同时让你的手、膝盖、臀部和其他的关节像弹簧一样抖动；最后在寂静中坐下，什么也不做，只是休息。

抖动身体的时候，我要很勉强才能跟上节奏。我不相信这些动作能带来任何效果。冥想难道不应该是从头静坐到尾吗？一群成年人这样抖动真是可笑啊。幸好，除了我们这群疯子以外没有别人。我的念头一个又一个地冒出来。

老师终于说"躺下，休息"的时候，真舒服，似乎挨过前面的部分就是为了享受这一刻。我再也不去想冥想的事了，安静舒服地躺着比什么都强。我放弃学习冥想的念头，躺在瑜伽垫上，心满意足。

什么都不想。只是休息。上课的有七八个人，大家都累得够呛，躺在地上。房间里没有任何声音，音乐、唱诵，什么都没有。就只是安静，就只是躺着。就在一片寂静之中，有一个清楚的声音进入我的脑海："我要写一本关于女修行者的书。"

到今天我也不明白这个声音是怎么回事。它以一句话的形式出现在我的脑海里，像是一道光照亮了脑袋。

Kevin是我认识的唯一一个做出版的朋友。冥想后的第二天，我给他打电话，说想写一本关于女修行者的书。Kevin说有兴趣。我花三天时间写了一封邮件，"女修行者采访计划"，连同过去写的几篇稿子，发给了他。在邮件里，我没有提彩光教室的这次冥想，也没有说，要写这本书是因为我听见了内心的声音。

邮件里，我是这样描述这个计划的：

我想在2014年的夏季寻找并采访中国的一些女修行者。能够被列入这个采访名单的女人，不仅仅是某种宗教的信徒，她们已经真正开始修行，有自己的方法和体验。我想写她们的故事、困境、挑战、卑微、自由、欢喜。英国比丘尼丹津·葩默的《雪洞》对我影响很大。阅读这本书之前，我从未见过女修行者将自己的修行故事如此和盘托出。现在，越来越多的女性对心灵的成长感兴趣，但大部分人都恐惧修行的艰难，不知道应该怎样开始，或者认为那根本只是一个神话。她们需要看看例子，看看别人是怎样度过那些和修行有关的真实困境的，比如女性特有的例假怎么处理，闭关中的吃饭问题怎么解决，修行中遇见的情感困惑如何面对，遇到性诱惑或者性要求如何处理，修行者特有的孤寂时刻如何度过。我想搜集女修行人的故事，它有点像比尔·波特的《空谷幽兰》或《禅的行囊》，但不同的是，这本书完全描述女人的故事。它应该像《雪洞》一样，既能鼓励想修行的女性，也能让其他读者看到女人特有的坚韧不拔。我的心中已经有了一些应该踏访的目标，她们中的一些人生活在离城市不远的地方，但更多是在人迹罕至之处，这也是我选择夏季出发的原因，夏天是前往高原的最佳时间。

发出邮件仅仅一天，Kevin回答，他愿意出这本书，同时提醒我想清楚："停下工作专门去写它，是赌博。"我怕他反悔，立刻回复："你给出的写作条件很优厚，我很满意。就这样说定了。"

刚刚冒出想法，就找到了愿意与我合作的出版商，这鼓励了我的勇气，也是第一个吉兆。

一个月后，我找到机会和杂志主编李海鹏长谈。那是一个午后，编辑部去天津开年会，漫长、无聊而又必需的会议，回程时大家的心情反倒都放松下来了。天空吹着和畅的暖风，主编开着他新买的宝马车。那车真不错，动力强劲，我们在高速路上，一路向前。我告诉主编，2014年我想做一次长途旅行，写一本书，希望停薪留职。几乎没有费什么口舌，他答应了。我把这看成第二个吉兆。

第三个吉兆来自丈夫。我告诉他："2012年以来，我写了好几篇文章，报道中国当下的信仰市场，关心宗教、修行给人们带来的改变。对于这类题材，我有了一定经验。现在，我希望自己能写出更独特、更有价值的作品。"同时也申明，要花好多旅费，要在家里停薪留职一段时间。丈夫的回答让我感动，他让我不要担心经济问题，因为他支持我这样做，认为这是一件有意义的事。

对长辈，我说想写一本宗教版的《文化苦旅》，要出差几个月，父母觉得"挺好"。

没有制订细致的旅行计划，只是抱着一种混沌的决心去推进这件事，然后就听天由命了。

我不知道你有没有类似经验，一件事情，如果你想得特别仔细，或者建构得特别具体，往往到最后就失去了真正操作的勇气。最好的方式是，别想那么多，直接上。

不论是对出版人、主编，还是对丈夫、家人、朋友，我都没有提彩光教室的那次冥想，而且我根本不需要说那件事，就可以跟他们很清楚地解释这么做的原因——首先，我刚刚结婚，对婚姻生活一点经验都没有，内心储存的东西跟不上外部环境的变化，我模模糊糊觉得应该给自己内心增添一点什么，也隐隐约约觉得不够了解自己，所以我需要出走，用一次长途旅行帮自己梳理思绪。另外，我已经做了十年记者，却没有写过任何不为稿酬而写的东西，我想拥有自己的作品。

以上两点原因，几乎可以说服所有人。至于内心的声音，那次冥想课，我暂时不打算跟任何人去聊。我觉得那是一件过于隐私的事，如果说了，会很羞耻。

什么时候可以说呢？完成这次旅行的时候。

我明白，再神经病的想法，只要能执行到底，就会显得不那么神经病。

赶在"双十一"之前，我为这次旅行列出了详细的购物清单：

纯羊毛内衣（旅途中需要干燥温暖的触感）、备用录音笔、备用手机（要那种价格低廉的老式机器，耐用耐摔，充一次电能用很久）、备用手机的移动SIM卡、拍立得相机、拍立得相纸、面膜、冲锋裤（旧的那条已经划了一个洞）、卫生巾（我有用惯的牌子，绝对不想买乡村小店里不知道堆积了多久的货色）、纸巾、湿纸巾（没水的时候可以用来洗脸擦身）、保温杯（绝对密封，放在包里可劲折腾也不漏水，还能长时间保温）、羽绒服、抓绒衣、抓绒裤（既然有这样一趟旅行，完全有理由更新户外装备）、三十袋来自鱼眼儿咖啡店的挂耳包（只要找到沸水，就能在旅途中冲泡出手冲品质的咖啡。假设三天喝一包，三十包够我旅行九十天），以及香和香炉（小旅店也许很臭）。

醒着的时间大概有三分之一都贡献给了网购。比价、看用户评价、付款、刷新物流状态、收包裹。百忙之中，焦虑丛生，和小区里一只又大又白的流浪猫打了一架——楼下的流浪猫里，这只特别凶，每每有人投喂，它霸着不让别的猫吃。为了赶开它，我被挠了一下，回家写日记："连流浪猫都不让人省心。愤怒。愤怒原因：一、事情没有按照我的想法进行。二、事情没有达到圆满。"

我心中完美的流浪猫世界，不必"孔融让梨"，但也得井然有序。而旅行，我也希望它是完美的。干净、温暖、舒适，保持城市生活的品质，是一个可控的世界。

当我计算着这次旅行将会持续几个月，需要带多少包卫生巾时，一直好奇的问题再次浮上心头：那些女修行者，尤其在高原闭关的女人，怎么解决卫生巾的问题？供养者上山送粮的时候，也会带去女性卫生用品吗？她们究竟可以为修行付出多少？付出这么多，她们得到了什么，精神上的疑惑，解决了多少？

我向一个朋友说起这种好奇心，这是一位毕业于英国剑桥大学的脑科学博士，他的理解是："你想为游记找到卖点。"

他的这一误解，恰好是我决心上路的原因。只有女人才知道，为了走向更远的世界，我们要忍受多少麻烦。只有当一个女人去访问女修行者，这些被认为不适宜公开谈论的话题，她们真实的生活，才会被看见。因为许多男人不认为卫生巾是个需要关注的问题。

如何找到我想寻找的女修行者呢？

并没有这样的地图，也没有明确的指示，我只能从书籍和网络中得到只言片语的线索，加上所有的生活经验、采访经验、直觉，判断某个地方值不值得去。对着中国地图傻看的时候，我想起小时读过的童话，国王让三个儿子出门探险，他吹起三根羽毛，大儿子朝着第一片羽毛落下的方向出发，二儿子朝着第二片羽毛落下的方向出发，小儿子朝着最后一片羽毛飘落的方向出发。

我打开地图，吹起不存在的羽毛。

少数朋友知道我的旅行计划，他们热心地提供线索，但有时候我分不清他们是不是在跟我开玩笑。比如说，我听到一个关于神婆的故事。说有一个东北老太太，她上深山里去，遇到一条蛇，蛇被灌木丛卡住了，她帮助了蛇。随后那条蛇报答她，她找到了一根前所未有的、巨大的人参。这是个挺精彩的故事。最精彩的部分是朋友讲完这个故事之后，目光炯炯地看着我，说："这个老太太就是我母亲。"但是他并没有把他的母亲介绍给我认识的意图。

有时候，朋友会问我："你要找的修行人是什么样的人？"我只能含混地回答："一个人清修也可以，一群人在道场里修行也可以，但一定是很认真地修。哎呀，你知道的。"朋友一般回应"知道了"，然后回忆他们认为可以称之为修行人的人，给我提供些许线索。

帮我找人的朋友，还会提出这样的疑问："认真修行的人，一般都不愿意见记者。"我答："这不是一次采访。我已经停薪留职，这完全是个人的旅行项目。我以尊敬的态度，诚心诚意地拜访。能对话当然好，如果不能，实地观察她们的生活，留下一点记录，也很好。"

找人不是最难的事，难的是不知道自己要找谁。

这一次，我遇见的麻烦是，"修行人"这个词不存在官方定义，我需要找出自己对这个群体的定义，也就是说，我在寻找一群连我自己也无法准确描述的人。

给我最多帮助的是网络。在准备的过程中，我注意到一个叫才真旺姆的女孩，她的一条微博这样说道：

"2012年7月，我第二次上神山。彼时并没有出家的想法。而上山之后，惊如上岸，一看山下，满满的全是旋涡。之前在世间，因所有人都在旋涡里转，一个赶一个，难有发觉，临至圣地，才突晓差别。记得那个早上，我在神山湿漉漉的清晨醒来，听见上了岸的自己说，我再也不想下去了。"

联系才真旺姆的时候，她还没有引起媒体的注意。听我说完访问中国女修行人的愿望之后，她答应了我的探访请求。我很乐观地把这件事视为"已经搞定"。后来，当我走到四川，这个女孩和她的故事已经在网络和媒体上走红，她仍在弘法，但受到很多非议，后来她不再接受探访了，先前的承诺，不了了之。

也是因为网络搜索，我听说了温州的一位女道长，她住在深山，收养了许多被抛弃的孩子。通过一些道教徒的帮助，我知道了通往那座道观的路线。

阅读也是重要的线索来源。

我喜欢的作家比尔·波特，他的两本作品《空谷幽兰》和《禅的行囊》，都提到了女修行者。我记录下其中让我特别感兴趣的尼众寺庙（湖北四祖寺的下院黄梅庵，江西的大金山寺），将它们列入旅行计划。

我相信线索隐藏在空气里，上天会向我展开奥秘，因此，我留心倾听，渴望获得信息。

2014年3月，和同事衷声喝咖啡的时候，她提起青海湖的湖心，那里有个小岛，叫"海心山"，岛上生活着一些闭关修行的人。

青海湖是自然保护区，生态保护极为严格，湖上没有旅游船，只有很少的保护区船只才能进去。因此，这个小岛是一个几乎完全封闭的遁世之地，那里面的闭关者，是真正在修行的人，而且岛上有一座女众道场，名叫"莲花庵"，这一切都完全符合我的旅行主题。

通过朋友的牵线介绍，我给青海省旅游局写了封信申请参观，语气尽量正规。

"领导，您好。我曾为杂志撰写过多篇封面报道、长报道、特写。青海湖是我国最著名的自然景区之一，海心山更是具有不可替代的自然价值、环境保护价值、人文宗教价值。我希望上去走一走、看一看，对青海的优质旅游资源、文化宗教传承做出力所能及的正面报道，让都市人群对青海湖产生更大的旅游兴趣。因此，申请以随行观察的身份，在2014年7月随青海相关部门组织的登岛考察队伍，前往海心山一游。特此申请，希望予以批准。谢谢。"

邮件发出，对方回复让我等候，有船的时间大概是7月，具体日子不好说，等通知。我在旅行计划里注明，"海心山，已搞定，7月或8月"。

另一个我特别看重的地方是山西普寿寺，这里有著名的五台山尼众佛学院，住持是大名鼎鼎的如瑞法师。我去过五台山三次，从没见过普寿寺的大门打开的样子。她们只接待比丘尼或居士，还需事先预约，取得寺庙允许。像这样的修行道场，是很难被采访函打动的。

幸好我找到了和这里有关联的朋友——一位跟着如瑞法师修行了几年的女居士，帮我牵线。虽然和海心山一样，暂时不能确认访问时间，但都被我视为"已经搞定"。

我甚至把求助电话打去了拉萨。杂志编辑部有一个实习生，人称"杨拉拉"，毕业后去了拉萨电视台，对西藏，她比我熟。长途电话里讨论半天，她给了一条宝贵建议："汉藏之间，语言门槛比你想的还要大，你得把深入交流的期待放在汉地道场。"此前我还真没有想过这件事，听杨拉拉一说，确实是这个理。于是，我把计划在藏区的时间缩短，把汉地的旅行时间延长。

一些老关系，我也重新联系起来。2013年年底，我采访了四川甘孜色达五明佛学院的索达吉堪布，当时我问堪布，如果要去色达五明佛学院采访一些在那里修行的女性出家人，可不可以。堪布和蔼，说"可以，可以"。于是我又给堪布的弟子打电话，她们答应，等我7月份去佛学院的时候，会帮我预订住宿。

目的地增增减减，百度地图、Google地图，整天开着。把心中比较确定的方位，都用红色的小旗标标注出来，然后看哪些庙离得近，怎么走才最合理。最后决定，先走沿海，再去华北、华中，然后是青海、四川、云南、西藏。

对着一张巨大的中国地图做规划，在省和省之间设计路线，有一点指点江山的豪情。也是第一次发觉，中国真大。我这才意识到，做这样的旅行，要花不少钱。

我试图找一个赞助商。如果有赞助商，就可以找一个旅伴，全程拍摄视频，不但多一份影像资料，还能回馈商家，植入、冠名，都可以。想了很多可以植入的东西，户外服装、笔记本电脑、纸质笔记本、食物、睡袋、移动社交软件，甚至Johnnie Walker……自我感觉商机无限。我写了一份视频招商计划，用Word文档写的，发给两个做销售和市场工作的朋友，他们很认真地看了，然后告诉我这没什么希望，一个没有知名度的作者写一本小众的书，很难得到商业机会。

我只能带自己的积蓄，还有出版人Kevin预支给我的一笔稿费出发。我最初的设想是请一个纪录片摄影师。抱着一线希望，给一些自己喜欢的摄影师发信息，说有这样的一次旅行，我没有钱，但是你愿不愿意为了出一个摄影作品，跟我一起走。都被婉拒了。

也问了一些喜欢旅行的朋友。有些人感兴趣，说在合适的时间和我会合。不过最终并没有人来。

这注定是一个人的旅程，完全由我自己的判断决定每一天的去向，它将是我用双脚和内心，在中国大地上探寻出来的旅行。

2014年6月1日，距离出发还有两天，不安全感全面爆发。首先我不知道我能不能挺过三个月的旅程，这辈子还从未尝试连续旅行那么久。其次，在那些寺庙或者道观中，会有人愿意跟我交流吗？然后，我能写出什么？

焦虑中，我疯狂刷新各种网络社交软件，搜索"叶南"这个名字。《禅的行囊》的成功，有一部分应该归功于他的翻译。这一刻我对旅途好茫然，疯狂地嫉妒叶南，如果换成是他就不会有任何迷茫了吧？我疯狂寻找有关他的信息，无果。这人就像隐士一般。

于是痛悔自己为什么那么爱好网络社交，开始折腾自己的几个账户，删去"特别没范儿"的一些微博。在微信朋友圈宣布暂时告别。后又觉得矫情，删去"告别"，宣布"不告别"；把微信通讯录里的所有人拉黑，后又觉得没必要，把所有人都又放出来。

6月2日，再一次读叶南的文章《重访空谷幽兰》。除了平静，还意识到这其实是篇吐槽文啊，但是"吐"得非常平静，非常有学问。查了一下叶南提到的"终南山物学院"，一对隐居山中的诗人夫妇创办了这个道场。2014年6月，这对夫妻正在微博上忙乎，一个在谈论新闻热点，一个在众筹印刷诗集，过着颇为热闹的网络生活。

重读《转山》，给自己壮胆。读到"转山之前，妈妈送谢旺霖去机场，边哭边开车回家"，心想，我还好，也许因为我的父母和朋友都太文艺了，基本上没有人提出反对。老天爷一直开绿灯，那么多人都在帮忙，以至于我的焦虑到行前才爆发出来。这种焦虑，概括言之：我不认为自己是一个能干好这事的人，因为我不够仙风道骨，我不够内敛沉淀，我过于追求被关注。

旅行第一阶段要用的东西，终于都在一条瑜伽垫上放下了：

轻便的碳纤维登山手杖和折叠雨伞；洗漱用品、防蚊贴、防晒霜、挂耳咖啡包；手机，备用手机；移动电源，备用移动电源；录音笔，备用录音笔；相机，备用相机；随之而来的多种充电器；照片打印机和打印相纸；Kindle和笔记本；四条易干的棉质裙子、内衣、夹脚拖鞋、徒步鞋、棉质长裤、冲锋衣。

一切都没有准备好，就是这感觉。

第二篇

再见，比尔·波特；再见，《转山》；再见，《雪洞》

2014年6月3日，出发的日子。

我买的是廉航机票。等待登机的时间里，快速查看手机里的各种信息。Twitter、Instagram、微信。里面有各种信息，朋友在网络上的只言片语中透露着隐秘情绪。最新的科技新闻：苹果公司在旧金山的全球开发者大会（WWDC 2014）上发布了最新的电脑操作系统，OSX 10.10，这个系统被苹果称为"优胜美地 Yosemite"，他们使用美国优胜美地国家公园的El Capitan岩壁作为新系统的标志，那是一整块孤绝、巨大、坚硬的花岗岩壁，比伊比利亚半岛上的直布罗陀岩还要略高，吸引了无数来自世界各地的攀岩爱好者。攀岩的人通常需要几天时间才能爬到山顶。

我终于关闭手机，离开网络洪流。

焦虑的问题化作一个：今天要去的寺庙，能不能成功挂单呢？

第一个目的地叫"准提寺"，位于厦门市翔安区内厝镇鸿山村，从地图上看距离市区不远，我用手指比了比，感觉就像北京南站到望京的距离，或是静安寺到浦东的距离，看起来准提寺属于厦门市区的一部分（后来我意识到我对地图的理解真是幼稚）。

选择准提寺，是因为它的网络资料挺有意思，她们说，"要以都市化、现代化的理念推动禅的教育"。我不认识这座女众寺庙的住持，也不确定她们是不是我想拜访的女修行人。选择这里主要是因为它离厦门够近。

我曾经因为厦门马拉松去过厦门，一种朝气蓬勃、年轻健康的印象弥漫在我对这个城市的记忆里。选择从厦门开始旅行，是因为不想从陌生的地方开始整个旅程。于是顺便在这里找了个看上去挺有意思的女众道场，让这个目的地显得更有价值。

根据网络资料得知，准提寺并不大，她们的住持毕业于某高校。我想，这大概是一个理念开放、平易近人的道场，即使不作预约，直接找上门去，也不会被拒之门外。于是我仅仅拥有准提寺的地址，指望手机里的地图软件帮我找到那里。

我把这事想得很简单：福建，发达省份。厦门，文青圣地。准提寺，厦门市区的一部分。Easy!

舱门已经关闭，请将手机和电子用品全部关闭，系好安全带，收起小桌板，调直座椅靠背，打开遮光板。本次航班全程禁烟，祝您旅途愉快。

我以为要飞很久才能到厦门。恍惚中想起这次不再是从北京出发了。曾经在北京居住过八年，形成了错觉。

请再次确认安全带已经系紧，电子设备已关闭。

飞机过山车一般扑进雨雾，在暴雨中降落于厦门高崎机场。

手机导航告诉我，坐41路，转753路，就能到准提寺附近。

等41路车，大概等了十分钟，这期间不止一次想打车前去。又怕自己都要鄙视自己，最终还是耐心等待公交车。中转已是下午三点半，我背着大包，疲惫不堪，和办证刻章的女人一起坐在马路牙子上，我等车，她吆喝生意。

车来了。我找到一个座位。这座城市喜欢用LED灯做广告。红色的流动的字体，高低错落，从街边一直闪烁到大楼顶端，汽车屁股上也闪烁着一串串红字。"各类珠宝经由活佛开光。""优先发展公共交通，保障绿色健康生活。""乘客们，下一站台厝北站。""各类贷款业务先人一步。""铁皮石斛金线莲各类养生食材微信公众号益元本草。"

录音笔是否有足够的存储空间？我暗暗担心起来。

刚下过大雨，空气清凉，司机把公车的窗子摇下一半。一开始我觉得夏天的凉风很舒服，后来它一阵阵刮在脖子上、脸上，觉得冷。关上车窗，困意袭来。

车辆经过一个隧道，驶向翔安区。隧道超乎想象地长，当我从瞌睡中惊醒，发现乘客中不止我一人昏昏欲睡。我睡去又惊醒，反复几次。每次睁开，车还是在隧道里行驶。

驶出隧道之后，我不许自己再睡着，用力拧了拧大腿。眼前，城市消失了，出现的尽是村镇。我才明白过来，自己对"厦门市翔安区"这个名字有误会，这里虽然属于厦门市，但已经不在市区。于是决定提前下车，找一辆能载我去寺庙的摩托车。

一个穿粉红色条纹T恤、皮肤很黑、踩着双黑色胶拖的搭客仔朝我走来，兜揽生意。说是搭客仔，其实也不年轻，大概四十多岁。

我问他，去准提寺多少钱，他犹豫了一秒，说四十元。我砍价，三十五元成交。

他向我保证会把我送到准提寺，说对路况很熟，"每星期我都上去拜拜。"谢天谢地，终于有人知道准提寺在哪里。

摩托车开得飞快，我的脸被吹得发麻。从后视镜里看见自己发如飞蓬，赶快把两枚摇摇欲坠的发夹拔下来握在手里。上坡的时候，我担心过重的背包会让自己连人带包滚下车去，拼命把身体朝前靠。慌乱中擦了一把汗，脸上抹下几道泥。

车子开进村庄，一个在公交车站牌上写作"小光山"的地方。远远瞅见半山坡上有个寺庙，搭客仔说，那就是准提寺。

那座建筑物外贴瓷砖，上顶红瓦。我从摩托车后座上直起身子，眯起眼睛看，那和我之前从网上看到的图片差不多。又看见一块路牌，上面明明白白写着"准提寺"三个字。路牌的位置很奇怪，在三岔路口的公厕门前。

我经常梦见厕所，包括——非常高的旱厕，一看就让人害怕摔下去；木头地板上屎尿横流的厕所；男女坑位混在一起的厕所；浴室和厕所混在一起、别人随时可以推门进来的厕所。

寻找准提寺的路上，我在三岔路口看见的这座公厕，很像经常出现在梦境里的那种厕所，肮脏、怪异，出现在不该出现的地方。看见它的那一刻，我有一种好似做梦的感觉。

摩托车在村子里转来转去，找不到上山的路。我看着司机到处找人问路，知道他对我说谎了，他根本没有去过准提寺。但此刻，我俩都把远处那座建筑物当作准提寺，因为我们都希望那里就是。在村民指点下，摩托车很快把我送到山腰，放我下车，收了钱一溜烟走了。

远远望去，这像是一座有规模的寺院。近前，才发现它只是个未完成的工地。一个男人在三楼乘凉，探出头来。我问他，这里是否是准提寺。男人说，这里是"准提宫"，准提寺要去到山脚下，围着这座山绕半个圈——他比了个手势——绕过半座山，去山的另一边就是。

返身回望，说谎的搭客仔早开着破摩托车跑了，消失得无影无踪。我没有生气，只想知道自己接下来该怎么办。直到这时，我仍然很乐观，只要找到住持，让她告诉我路线，或者直接让寺里人来接我，岂不是更好？

好不容易，我通过微博搜索到一个男人，他曾经和那里的住持合作过一场法事，我从他那里问到了准提寺住持的电话。我背着包，站在山坡上，打通住持手机，住持说她此时在香港，庙的位置可找村民问问。

这时，我才明白，这一天的行程，安排得冒失了。我决定回厦门市区。

暮色降临。我路过牧牛的男女、采石的工地、好奇张望的乡人，寻到707路候车亭。

在那里我毫不犹豫地钻进了一辆出租车。

伸手拉开车门的刹那，看见车后排座位套着白色的座套，我把背包塞进车，整个人倒进去，感到一种无以言表的安全感——

和城市安全对接，回到了我熟悉的世界。

天已经完全黑下来，我用手机预订了一间我在厦门住过的酒店。

要豪华大床房，连标准间都不要，更不要单人间。

车费花了九十五元，一阵心疼。但现在不是心疼的时候。我得集中精力把自己哄高兴了。我去了一家曾经吃过的餐厅，喝了一杯菠萝啤酒，边吃晚餐，边写日记：

> 明天起不玩"革命浪漫主义"了。一定要预约。下午一直逞强，坐公车、倒公车、坐摩托车，却在最后关头如释重负地倒进出租车。一趟试图证明自己仍然青春、仍然理想主义的旅程，其实是一趟不断发现自己已经是贪图享受的中年人这个事实的旅程。
>
> 一种强烈的沮丧。这不是我想象的旅行。都市和出租车的灯火越舒适，这种沮丧就越强烈。
>
> 我意识到，尽管我重构了青春的诸多元素，背包、独自上路、廉航机票，但我已经不再是过去的那个自己了。

初中时曾看过一篇作文，作者说她有一天去看望她的表姐，曾经超凡脱俗的表姐竟然在做晾床单这么居家日常的事情，并且自得其乐。当时，我也对本不该囿于家务的妇女感到恐惧。

与此类似的经验，大学毕业以后，在一个姐姐的手下做记者。她曾是一枚文艺少女。我们一起出差，去丽江，参加第一届雪山音乐节。那是中国人的第一次户外音乐节，老崔、舌头、窦唯，能想到的牛逼音乐人都在。我们夜半抵达古城，隔着舷窗，飞机一低翅膀，满眼的星光撞进我的眼睛，撞得生疼。那时候的丽江还不够商业化，樱花屋老板的爱情故事还是四方街的一个传说，骆驼酒吧的摇滚乐彻夜不眠，喝醉的乐手睡倒在大石桥两边。刚到丽江的那个夜晚，小雨一直在下。姐姐说她要洗洗睡。我没法接受——睡觉？到这里来睡觉？

从此在心中将她放入中年妇女的行列。尽管其实那晚，我也只是和几个同样年轻的朋友一起上街，在雨里蹦跶了一会儿。

从小我就害怕自己变成中年妇女。

丽江的那个雨夜，我把这种恐惧化成具体目标，决定不让自己变成中年妇女，要与众不同，却从来没有问问自己究竟想要怎样的生活。

我已经依赖城市的种种好处，却始终不敢承认自己喜欢城市，喜欢物质，喜欢舒服。

用一次旅行，和二十岁说再见。

再见，比尔·波特；再见，《转山》；再见，《雪洞》。

十二年后，当我再次背起包，我需要一个名义。宗教，这是理想主义的最后一个居所。但同时，这也是中年妇女的快乐旅行。

既然承认自己已经是中年人，那就干点儿中年人该干的事。

吃罢晚饭，溜达回酒店。空气湿热，咕咚咕咚连喝两瓶矿泉水。太累，没有洗衣服的力气，买好了下一阶段的机票。借酒店前台电脑，坚持写完日记。确定，从明天开始，做力所能及、靠谱、快乐的旅行。

睡着之前，最后一个念头是——

今天这一天，和修行都没什么关系呢。

第三篇

东南沿海\『你别走，你的问题才是真正的问题』

从准提寺铩羽而归的经历仅仅令我消沉了一个夜晚。在厦门市区，熟悉而舒适的宾馆客房抚慰了我。我在房间里喝茶、写日记，查询信息，为下阶段的旅行早做打算。

按照计划，接下来要去的地方是福建的仙游县和福清县。第二天早晨，在旅馆吃早餐时，我给仙游县的一间寺庙打电话，询问客堂，我能不能去庙里住两天，向住持请教一些问题。

龙华寺客堂答应了我的挂单请求。她们说，住持宏玉法师即将闭关静修，如果想拜访，就得快点去。

三个半小时以后，我乘坐长途大巴到了仙游，找到龙华寺。

寺庙在一条热闹的小街上，庙门半开。我很快注意到这座寺庙里最具文物意义的建筑：两座北宋时期的宝塔。据说宝塔是当地一位大孝子为母亲祈福捐建的，至今已经有八百九十多年。历史上，这里一直是比丘道场。改为女众道场是二十世纪九十年代末的事，前任住持慈愍法师往生后，继任职位的是宏玉法师。

我走过长长的石子路，拜见知客，掏出身份证登记挂单。有比丘尼向住持通报我的到来。客厅不大，家具只有书柜和扶手椅。我汗流浃背，一边吹着电风扇，一边喝着刚倒给我的滚烫的茶。很快收到通知，现在就可以去见宏玉法师了，她在一个小教室里等我。

我在网上读过一点宏玉的故事，知道她是湖北人，学过武术，出家前在中学教体育。但这一切都不如她本人亲自讲述来得有魅力。我看到，宏玉是一位身材瘦削、言谈果决的比丘尼，戴一副半黑框的眼镜，眼神锐利。

我向宏玉致谢，谢谢她愿意在静修之前见我。宏玉说，其实她已经进入静修状态，几乎不见外客，因我远道而来，心生慈悲，不愿拒绝。

寒暄到此为止，她很直接地问我："你想知道什么？"

我说："做决定对于很多人来说是一件非常困难的事，更别说是'出家'这么大的决定了，您是怎么决定离弃中学教师生活的呢？"

法师回答："这可能是个人的事情。我觉得，做决定不难。"

也许是觉得这个答案不够清晰，宏玉解释，她平时不怎么说话，也有很长一段时间没和人言谈了。于是又重新组织了一下语言，开始描述踏上修行之路的过程。

宏玉：从初中开始，我就思考"人为什么活着"这个问题。我在大学里问过老师，老师回答说，活着是为了为共产主义而奋斗。后来我在湖北枝江市一中教书，高考升学率百分百，在那里当教师，身价不低，但我觉得人还是应该活得明明白白，所以一直在找那个问题的答案。

有个朋友是少林寺永寿禅师的外甥女，她来看我。她是搞武术的，我也是搞武术的，关系不错。她说，哎，我们出家吧？我说好，我们出家。其实我什么都不知道，从来没见过做佛事是什么样，连"阿弥陀佛"四个字都没有听过。这辈子只有一件和佛沾边的事，是我读高中的时候，哥哥说过一句"佛经里面有个《金刚经》"。当时我在厨房，哥哥和表弟在客厅聊天，我听到哥哥说"金刚经"三个字时，我全身的汗毛都竖起来了。可能是那个时候埋下了一个种子。

刚才说到，1997年，少林寺永寿禅师的外甥女来找我——她是结婚的时候逃跑的，跑我那里去了——突然说要出家。当时我正准备考研究生，已经备考得差不多了，但最后决定出家。学校不放我。我说我有更好的工作去做，其实我是要去出家。背了两大皮箱的书——除了书我一无所有，只有一张床、一个煤气灶，其实就是单身汉的生活，没成家，没财产，全是书。我不会存钱。每个月的工资除了买书，还要做人情，这个老师结婚，那个老师生小孩，那个老师做寿，搞得不够用。也可能是我不善于把控生活，最后要出家的时候连路费都没有。我把藏书卖了一部分，卖了两千多块钱当路费，背着剩下的书，去了北京。

后来又去山西，上五台山。到了普寿寺，就像回到家一样，如鱼得水。苦不苦？苦啊。每天早上3点钟起床，白天不让睡觉，偷偷地睡觉都不能，睡了就是这个罪，那个罪，搞得恐怖死了。晚上10点才准睡觉。真是站着也睡，坐着也睡。当了三个月小居士，剃头了。剃头了就不一样了，从被动修行转成主动修行。被动修行当然很苦，就像熬监牢一样。

后来，在众人的熏陶下开始主动修行。每天拜佛，拜上千遍，棉衣棉裤全湿透。五台山冷啊，零下二三十度，湿透以后也不脱衣服，就直接打坐，我在床上可以坐到12点多。凌晨1点多起来，再打坐。二十四个小时夜里就睡一个多小时，中午睡很短的午觉。最后病了。那时普寿寺里什么事都是我们自己干。运木头、装车、铲煤、推房子、砸夯、掏厕所，都是自己来，后来就累病了，淋巴结发病。

但是快乐啊，内心深处非常地喜悦，累的是身体，内心深处是放松的、充实的，不空虚。人，充实才不会有烦恼，人所有的烦恼都来自空虚。空虚就会烦恼。你有做不完的事情就不会烦恼。

我：都市里的工作狂，他们不空虚，可是烦恼也很多啊！

宏玉：那是因为他们没有目标。做完一件事就没了。

我：修行人的烦恼是什么烦恼？

宏玉：出家人的烦恼，和在家人不一样。在家人烦恼，慢慢就疲了，出家人烦恼起来真会撞墙的，那是自性烦恼，和外界引发的烦恼不一样。我们说"一人修行，与万人战"，是和心中的一万个念头战斗。修行路上，和心一一对证，前尘往事翻出来的时候，不是别人惹我烦恼，是我自己烦恼，从心里面出来的。但是烦恼出菩提，烦恼出觉悟。后来我就把烦恼当成滋养。

我："人为什么活着"，您一直追寻的这个问题，后来答案找到了吗？

宏玉：在普寿寺那几年，我还没找到答案，但我是快乐的。后来啊，那个答案我找到了，所以我现在也很快乐。

我：这个问题的答案是什么呢？

宏玉：答案我不能跟你分享，你还是自己找吧。哈哈。（数秒后）其实可以跟你分享。2003年我去过高旻寺的禅堂，在那边打禅七[1]还是很有感受的。后来，什么时间发生的我也不清楚，反正我现在知道我为什么而活了。人总是要找到一个自己的——也不一定是别人的

1、禅七：就是一连七天的禅修活动。

答案，这是我自己的答案——目标，不是我今生可以到达的，也不是我来生可以到达的，而是一个永久性的目标，我找到了一个这样的目标。1997年，我正式剃度，那年的年三十，我问如瑞上师，佛是什么？师父伸手把桌子一拍，你连佛都不知道你出什么家啊？当时我哭了，刚刚出家，找不到目标，学佛又不知道怎么学，甚至你都不认识佛。其实师父很厉害，你可别回答我，什么"自觉觉他"、"觉性圆满"，我可是会看书的，师父就只是使劲一拍桌子。我很感谢师父。如果师父当时告诉我答案了，我可能以后就不会这么快乐了。

我：您觉得，为什么大众很少了解女性法师的修行？

宏玉：女众不承担弘法的责任，所以外界知道的比较少。或者是你的圈子对这方面了解不多，像五台山的师父，还有隆莲老法师，都是被人传颂、景仰的。还有像通愿老法师这样的，一辈子非常低调，但却是一位非常伟大的比丘尼。

我：您觉得女性比丘尼是否应该承担更多的弘法责任？

宏玉：女众弟子承担的东西比众要少。佛教有七众弟子，比丘、比丘尼、式叉尼、沙弥、沙弥尼，还有在家的男众和女众。佛陀让女众出家的时候，就制定了"八敬"法律。哪怕男众师父还不到二十岁，你也得低头。无形中男众就处于领导阶层。有男众在弘法，女众不用过于张扬自己。

我：现代社会越来越讲求男女平等，在这样的趋势下，应该怎样看待佛教戒律对男女地位的划分？

宏玉：一方面是面对现实，佛陀给我们的戒律是这样，这是女性自身的业力，我要面对业力，遵守佛制。另外一方面，我们要行菩萨道，要给女性树立几个榜样，让女性感到骄傲，明白女人同样可以修行，心中有个皈依处，有个仰慕的地方。

我们谈了一个半小时，临走前，我在书房里看见一部特殊的经书，那是宏玉法师用她本人的鲜血抄写的《华严经》。

刺出鲜血，抄写经书，此事在修行的僧尼中间古已有之，是修行的一种方式。宏玉给我看了她手抄的《华严经》二十七至八十一卷，每个字如小核桃大，淡淡的朱砂色。据说已经抄了二十多万字，全部抄完还要四十多万字。虽然知道这是一种修行传统，但这是我第一次看见真的血经，心里涌上一种说不清、道不明的感受。

我问一旁的慧普法师，每次要写字时，给住持现抽一管血？慧普说，抽血会找医生，一次多抽一些，贮存在瓶子里，低温保存，写的时候在血里掺杂少许檀香水和朱砂，让书写更为流利。

宏玉法师告诉我，为了抄经，她已经两年多没吃过盐。

我当时忘了问她，为什么抄写血经不能吃盐，事后查阅资料，发现她曾对一位名叫游晓璐的记者说过："抄血经，如果吃盐，血液里含有矿物质，抄在纸上血会变黑，不吃盐血就很清。菜没有盐，寡淡无味，刚开始时难以下咽。抄的时候，拿笔在手上，就像针刺，非常痛，一坐就是四五个小时，抄到后来，心都抄死了，没有任何的妄念升起来，很享受。"

我行礼告退，跟着慧普离开了方丈的房间。阳光直射，屋檐很长，两个人前后脚地走在阴影里。

龙华寺建于隋代，在明朝后期倭寇的进犯中被毁坏。当时是嘉靖年间，朝廷下令拆毁龙华寺，折卖铜器、物料达数万两银子，充实国库。此后历朝历代，虽然小建重修，但再未恢复胜景。近四十年来，最早重修龙华寺的是侨僧广净法师。1993年，学诚法师和理文法师扩建龙华，拟办女众佛学院。宏玉法师接任后，再建山门，抬高大雄宝殿，兴建东西僧舍、香积厨、藏经楼、海会塔，修筑了这个比较完备的寺庙建筑群。

我问慧普，修建寺庙，钱从何来？

慧普答：我们没有大施主，修庙全靠众多的小施主捐赠，捐五块块钱也可以在钟上留名。那口铜钟价值五十万，就是用这样一点一滴的方法筑起来的。

她顺便带我参观了僧舍，极炎热的夏天，楼里没有空调，只在顶层砌了一个大水池，装上水，作楼体降温之用。

客堂安排我住在三楼的一间客房里。这是多人间，暂时只有我一人投宿。房间朴素，五张木板床，铺了一层灰色的薄布作为床单。没有多余的陈设。一张桌子，一个热水瓶，一盒纸巾，一个电蚊香。每床一个枕头，一条薄毯。我选择靠墙壁的一张床躺下。没有空调，暴热。好久没有这么痛快地出汗了，一身一身地往下淌。蚊虫极多，被叮了好几个包。电蚊香完全挡不住福建长脚蚊子的攻势，索性横下心任它咬。

有人敲门，喊我去吃晚饭。知道这里过午不食，本来已经做好了不吃晚饭的准备，听说可以吃饭，惊喜过望，立刻起床。

餐厅称作"五观堂"，这会儿只有我和两个十三四岁的女孩。大寮了我一盆素米线糊。米线糊是典型的闽地食物，比面条细。又给了几块豆干、半碟极咸的榨菜。还有一碗姜汤，里面有薏米、姜片、枸杞、山药根茎。凉凉的姜汤喝下去，汗出得越来越多。

吃完饭，回寮休息。有师父来问，要不要上殿，我婉拒了。手和脸都腻得慌，只想马上洗澡。这会儿师父们都去做晚课了，洗澡间里没人。我愉快地拧开热水管，等了一会儿，热水出来了，痛快地洗了个澡。回房坐下，一身清爽，好像没那么热了。写了会儿日记，在客堂当值的晗蝉师父来找我，她要带我去参观藏经楼。

大概是因为住持热爱读书，这里的书籍相当丰富，既有佛经，也有《道德经》，还有世俗的古典小说，甚至包括《红楼梦》。对于比丘尼道场来说，这是相当开放而包容的做法了。

晗蝉说："住持鼓励所有人看书、学文化。不过，沙弥尼不能自己乱看，得有人指导。但是资深的师父就可以自由阅读。我们拥有好多套《大藏经》，还拥有仙游县唯一一套《四库全书》。"

晚课结束了，藏经楼的大厅、走道里都有人在看书，这让我想起我的高中时代，灯火通明的晚自习教室。

回到寮房，一个七八岁大的小女孩正在背《金刚经》。她背得不连贯，看来还不熟悉，但特别认真，对身边环境视而不见，专心诵读。晗蝉告诉我，这个孩子特别奇怪，五岁就吵着要出家，庙里说太小，不可能，把她送走了。现在，女孩学习佛教经典也是自愿的，吵着让家里人带她来，暂住龙华寺度暑，享受单人单房的待遇。夏天结束，家长会来接她。

"菩提学苑"的大部分学僧都在二十至三十岁之间。她们有些人是从小庙来的，早就和父母失去联系——被"重男轻女"的陋俗所害，小时候被丢在庙门口，比丘尼慈悲，收养她们长大。还有一些人，原是在家人，成年以后选择出家。今天下午带我参观的慧普就是后一种情况。

晗蝉很少说自己的事，只说她是小庙来的，"小庙要劳动，要做法事，但不能学习佛法，我喜欢这里。"

我问她："这里多是年轻的女子，会不会被人欺负？"她笑道："我们练扁担棍、太极拳，还去南少林寺表演过。三四年了，每天下午都练拳，再说，寺里一百多人呢，团结就是力量。"

开大静的钟声响了。

跟着，柝声敲击。日记还没有写完，但我决定睡了。

躺下的时候，耳朵不自觉地捕捉并辨认着窗外的声音。前半夜恼人的蛙鸣已经停止，取而代之的是一种不知名的鸟儿，以及更多夏虫的合唱。躺在硬板床上，觉得很舒服。凉意从窗外丝丝涌入，争先恐后。

早晨4点，龙华寺敲钟打板，寺庙的一天生活从这时开始。

6点，村镇大喇叭播放闽戏，惊天动地。与此同时，庙里开始播放佛教音乐。

7点，山门外的早市开始了，摊贩出动，叫卖盈耳。

7点半，尼众诵经声中，隔壁中学放起激昂的《运动员进行曲》，孩子们列队早操。

我睡得还不错，没有听见蚊蚋声。醒来摸摸，胳膊有十几个包。正摸着胳膊数包呢，眼睁睁看一只蚊子从我眼前以"吃饱了撑的"慢动作徐徐飞过去。想想，算了。

随阖寺大众一起吃早斋。主菜是豆腐煮榨菜、水煮白菜。主食有枸杞桂圆小米粥，还有米粉饼，那里面夹了萝卜丝，半甜半咸，油酥可口。吃完正餐，每人领到两支"好邻居"牌草莓味果棒，一种草莓味的奶油软糖，味道不坏。

今天我将拜见龙华寺的一位重要执事人员：典座。典座专门负责掌管寺里大众的斋粥饮食。

在《禅的行囊》里，比尔·波特曾说起他拜访河北柏林寺的经验："即使是理想国里的人也得吃饭。我一直觉得，在任何一个集体里，最重要的地方就是它的厨房。这大概是我的一家之见。正因为此，我约见的第一位资深僧侣就是柏林寺的典座。"

我也想和龙华寺的典座聊聊。晚餐后，如约见到这位比丘尼，她正在分配明天的工作——早餐的粥是稀还是干，蒸馒头的发酵粉放多少，水池边发现蚂蚁了怎么办，洗菜池的水渍谁去擦。

福建炎热，寺庙又建在菜地、农田、集市混合的地方，老鼠蚂蚁多得很。就在她说话的当口，一只瘦小狭长的老鼠贴墙根钻进来，一溜烟跑没了。

"大寮最怕老鼠，"典座叹着气说，"不过最近好多了。我每天念大悲咒，跟老鼠蚂蚁说，你找个地方，好好离苦得乐。"

她带我进库房，那里贮藏着米、面、豆子、干果、油料，有全寺唯一的一台空调。我很珍惜那里的冷空气。

典座介绍她的工作："我们每天的重要任务就是搞卫生，饮食的地方嘛，基本的要求就是卫生。一只蚂蚁爬上去，罪过很大。另外是调理饮食。我从北方进了很多粗粮、杂粮，过去她们每天吃大米饭，现在我给做二米饭、面条、馒头。换着花样给她们调。只要人能吃进饮食去，身体就没毛病。"

除了典座，大寮还有六位干活的小师父，和负责采购的师父。

批发市场离龙华镇不远，就在城关，买一次菜够吃两三天。居士信众也时常来供养，有的供养米面食品，有些发心帮忙，做义工。

大寮的人，每天和大众一样，早上4点打板起床，只是她们几人不用去做早课，直接到厨房做早斋。一直要忙碌到6点，准时开饭。做午斋时，择菜、洗菜、炒菜的义工有十几个，他们都是当地人，制定班次，轮班来龙华寺干活。

典座是东北长春人，曾经是开素食店的，本想在东北找个离家近的道场出家，因缘巧合，到了福建龙华寺。

那时候慈师父（慈愍法师）正病重住院，我会做饭嘛，就去医院给师父们做饭。转院福州，我又去福州做了一个多月的饭。那时候我还没剃头。慈师父往生前拽着我的手说，你别走了，你留下吧。我笑笑没说话。现在的师父（宏玉法师）说，你在这剃头吧。我也没吱声。师父刚接手这个寺院，后来我想，这么大的寺院确实需要人，我留下来至少能给大家做点饭菜。那就剃头吧。

她今年已经五十八岁了，我问她，开个素食店，在家学佛不也挺好吗？为啥一定要出家？她说——

出家在家太不一样了，至少这会儿忍辱心比那时强。做饮食，众口难调，达到百分百满意是很难的。大寮是个啥地方呢？好话你得听，坏话你也得听，什么话都得听，这就是修行，各个关口你都过关了，你就成就了。

和典座聊完，我在龙华寺的这一天就结束了。

第二天早晨，再次随众过斋，享受早餐：豆粥、白粥、窝头掺葡萄干、饼子、丝瓜豇豆花菜藕片炒的素什锦。

早饭过后，我离开龙华寺，坐大巴去了福州。一路上，满脑子都是"洗热水澡"，渴望扑进酒店的怀抱。入住以后，发现情况比我想的还要好，因为首次订房，免费给我升了行政套餐。我仔细查看套房享受的各项优惠政策，决定不放过任何好处。比如："每日可享受38元的免费洗衣服务"，还有，"行政楼层咖啡厅每日免费提供酒店特定饮品一份及蛋糕一份"。

这一天，我迫不及待地回到了城市的怀抱，因为整个人的状态还是封闭的。刚刚出发，眼前的一切都被我浓缩为地点、路程、抵达、谈话、离开。

我还完全没有能力去照看自己的内心——我是什么样的人；也没有能力去真正凝视对方，看对方是什么样的人。

在免费洗衣范围内清理出几件脏衣服，交给服务员，美美地睡了个午觉。醒来，惬意地踱步至咖啡厅，打算重温在咖啡馆办公的感觉。正是中午来收衣服的那位女服务员，给我带来了一杯热腾腾加了糖和奶精的速溶咖啡。

为了让幸福感更强烈，我出门购物，在市中心找到了几个我熟悉的快消品牌，买了两件灰色T恤，还看了一场电影。

我经常在旅行中看电影。2013年，夏天最热的时候，我去辽宁采访以苦修闻名的大悲寺，在那里住了五天，每天顶着烈日锯钢筋拉水泥，一晚只睡四五个小时，夜里还得随众在工地上干活。

一切采访完成之后，我在辽宁海城看了一场电影，名字已经忘了，是个好莱坞大片。影院的灯光设备陈旧，光线昏暗，一塌糊涂，但是我在那里感到放松和平静。

购物和观影结束。回酒店的出租车上，我联系福清灵石寺的监院维律法师，她回复说，欢迎我去挂单静修，但不接受采访。我说，这只是一次纯个人身份的拜访，至于是否回答问题，由您自己决定。法师问我几点到，善意地说，如果赶在上午10点40分之前到，还能赶上午饭。我回答说，上午在福州"有些琐事"，下午到。

我说的琐事，其实是我舍不得酒店客房。它太舒适了，我想睡懒觉，直到必须退房时再走。

回到酒店，还没上电梯，发现手机不见了，断定留在出租车后座，不巧没要发票。我找酒店，调出监控录像，一帧一帧检查，查到车牌号，给出租车公司打电话，司机说他没看见手机。我不抱希望地给丢失的手机发了一条短信，希望通知对方用备用号码找到我。然后更改了邮箱密码，用软件擦除手机上的一切信息，给家里亲人打电话，告诉他们我的手机丢了。如果有人借机用通讯录行骗，说我出了事需要汇款，叮嘱他们不要相信。最后，又去了一次市中心，买了一只新的智能手机。

忙完已是深夜，我收拾背包，准备明天去灵石寺，然后用笔记下要办的几件事："补SIM卡、备份照片和采访录音、寄存行李。"

本来没有事，这下真有许多"琐事"了。我在心里默默忏悔，为自己说话的不尽不实。

刚起了忏悔的念头，突然，备用手机响了，一位女士在电话里说，她的儿子是那辆出租车的司机，夜里收工时才在后排的地垫上发现了手机，现在开车给我送来。

没有什么比失而复得更让人高兴，并且发生在已经不抱希望之后。

我一面狂喜，一面觉得有点神奇，为什么是在我刚刚检了自己的懒惰和说话不老实之后，就收到了好消息？

心神不定之中，我冲下楼等待手机，顺道去前台感谢那些帮我查监控录像的工作人员。酒店工作人员派了一名保安陪我一起在外等候。出租车很快到了，司机把手机还给我，害羞地问："可不可以给公司打个电话，说我拾金不昧？"我立马答应"可以可以"，然后塞给他一个小红包。

从这天开始，我养成了疯狂备份的习惯。手机、相机里的图片，隔三岔五备份一次。日记本的每一页都拍照。后来我甚至不敢用纸质笔记本，改用苹果手机自带的"备忘录"。感谢云技术，哪怕手机丢了，"备忘录"也可以恢复。

第二天，我把贵重物品寄存在酒店前台，只带两件换洗衣服，前往福清灵石寺。

和龙华寺一样，现为女众道场的灵石寺原本是一处男众道场。

1941年，时逢抗战，福州沦陷，地藏寺的德钦法师率领尼众逃到福清，隐居灵石，开垦荒田。从此，灵石寺由男众丛林变为女众丛林。"文革"期间，这里一度成为林场。十一届三中全会之后，政府恢复信仰自由政策，灵石寺被列为福清县级文物保护单位。1984年，曾在此地修行的一批尼众希望恢复这座庙。她们再三派人去福州地藏寺恳请德钦法师出面，最终，德钦委派了慧本照斌来灵石寺管理寺务。

慧本法师刚到灵石寺的时候，这里只剩断瓦残垣。她在漏雨的寺院内修行，没有感觉不妥，只是觉得这样有历史渊源的寺庙应该得到修整。但苦于没有资金，无能为力。

一个偶然的机会，慧本遇到了大商人曹德旺。1988年，曹德旺拜访了这座有历史但已沦落破败的寺院。从那以后，他多次给这里捐款，累计多达两千多万元，令灵石寺得到了完整的重修重建。外墙朱红，廊檐清丽，坐落在翠绿的群山中。除此之外，曹德旺还出资组建了律学苑，现在有八十多位女性学僧在这里诵经修行，她们每个月的生活费大概共计四万元左右，这笔资金也出自曹德旺的资助。

我乘车到山脚，步行上山。进入灵石寺，已是傍晚。

客堂给我端来专供客人的晚餐，一大碗素面，用西红柿、青菜、干香菇煮的，喷香。还有一碟炒时蔬，一碟辣椒油，分量不大，滋味精致。

吃完晚餐，就等候安排。给我分配的是标间，卫生间里还摆了六神沐浴露和飘柔洗发水。在这样的深山老林里，这样的待遇实属"奢侈"。照客走前提醒我："来这里挂单，必须随众上早晚课。"我答应下来。

早晨3点50分的闹钟，一大早半睡半醒，匆匆梳洗，赶去垂花门外排班，等待上殿。此时天还未亮，对面一道月洞门，里头是僧众宿舍，已有成队的比丘尼低头默立。

山林的切齿宁静中，唯有鼓声在钟鼓楼上回荡，指挥人们的行动。

这叫风雷鼓，鼓点时急时缓。当鼓声第二次由急变缓，比丘尼鱼贯而出。她们走路的姿势也不见多么特别，但就是令人觉得庄严。看了一会儿我才明白，这是因为步速完全一致，而且隐隐呼应着鼓声的节奏。

鼓声继续。不知道楼上敲鼓的人是怎么感受走路人的速度，总之她们一定有某种默契。等比丘尼和居士全部进殿，鼓声恰到好处地收起。然后，咚、咚、咚、咚，四声鼓，一声磬，早课开始了。

从头到尾没人指挥，没人说话，没人咳嗽或者发出任何微小声音，这一幕里蕴藏的默契，真是让人感动。

早课后，照客来找我，告诉我过堂吃斋的规矩，除了一些通常的嘱咐，最主要的叮嘱是："不能说话。"这里尽可能地静默，一切都用肢体语言示意。合掌是感谢，摇头是拒绝，总之千万不要出声。

我表示明白，请她放心，心里嘀咕，去过那么多庙吃饭，大概的规矩还是懂的。

等到真正用斋，才明白自己想简单了。

这里的寂静已经被执行到了优雅的程度。没有碗筷碰撞的声音，咀嚼声也很难听见，餐后涮碗、喝涮碗水的时候（佛教道场，用餐完毕都有这样的流程，用热水涮碗后将水饮尽，表示爱惜食物，油星也不浪费），没有人会端起碗仰脖子喝水，都是拿起调羹，一勺一勺小心地舀着水，像享受无上珍馐一般，珍惜地喝完。用餐完毕，用小块棉布擦嘴，比丘尼们还会拉起左袖遮口，保持动作优雅。

早餐是带咸味的玉米粥、炒青菜、炒豆角、萝卜干炒粉丝、蒸南瓜，我吃得很开心。用餐结束，还有餐后小点心，品种相当丰富，包括：全素芝麻松饼、泰国产的三合一全素奶茶、麻辣蚕豆、雀巢脆脆鲨巧克力、孝感麻糖。送点心来的，还是那位寡言、多礼的照客，她还顺便捎来监院的话，让我去客堂等待会见。

我拿起一本名叫《故道白云》的书，在客堂静候。9点多钟，一位身穿葛橘色长袍的女尼进门，这位就是灵石寺监院维律法师了。

她戴一副近视眼镜，落座的时候，将一块白毛巾轻轻搭在膝盖上，不知道是为了防风，还是遮尘，总之轻轻一搭，手指的动作很优美。道明来意之后，维律说，愿意回答几个非私人性质的问题。

我：能否介绍一下寺里的学修情况？

维律：学以戒律为主，戒律利益出家众，利益社会，利益众生。戒律是诸学基础，这在佛教各派均是如此。戒律能止恶扬善，调伏烦恼，我们学的戒律，是佛所制的戒律，学习六年后，才增上经论。修，包括上课、自习、自恣（自检、他检）、静坐、念佛，做到"如法律行"。

我：可否介绍您自己的修行经历？

维律：不谈这个，怕造就因果，误导大众。

我：本寺八十多人，我注意到很多人都特别年轻。这里的人员构成是怎样的？

维律：大多数学僧都很年轻，她们来自全国各地，通过报名而来。我们其实也没有广泛招生，她们通常是给办公室打电话，然后通过我们的审核，安排面试。审核标准包括：爱国爱教、身体状况、是否真心出家、戒律如何，有无社会婚姻关系。此外我们这里是学苑，还有一个招生条件是注重年轻化。年老的可以短期培训三个月。这里的小众（未受具足戒的沙弥尼、式叉尼）大约是十八至三十岁，比丘尼是二十至四十五岁。

我：作为女性法师，你觉得女性可以怎样发现自身蕴藏的力量？

维律：出家人是剃头的，而在家人把头发看得像宝贝一样，还用各种发饰来装扮自己。要发现力量，先从形象改变自己。自己做一个大丈夫，把难拿的都拿掉了，继而到心里面，没有放不下的。先形象，后心性。要敢于面对现实，男众能做到的，女众也能做到。很多时候，女众是自信上有障碍，比较脆弱。只要改变心态，女性自身的障碍也就可以随之克服。

我：您如何看待女性在佛教体系中的地位？

维律：出家人不存在"男女平等"，因为佛性是平等的。当然，我们有"八敬法[1]"。

我：本庙法师的生活费、生活物资如何解决？

维律：曹先生（曹德旺）每个月拨教学金、饮食费、教学器材添置费用。衣服和生活物资有居士供养，我们自己也出去采购。学苑设有供应室，由专门的同学负责，一周供应一次，由各班的生活委员登记，写纸条交师父批阅。批阅是为了杜绝浪费，有些刚出家的学生，卫生纸一扯一大条，所以师父得批阅一下。当然女性总有特殊情况，卫生巾、卫生纸在特殊情况下可以多领，居士有时也买这些供养师父。

维律只回答了六个问题，说："你可以用笔记录，但不能录音。听多少是多少。"我只能用笔飞快地记。聊完了，我向她道别，准备去参观寺院。

维律突然说："你别走，你的问题才是真正的问题，坐下坐下。"

她说了一段话，大意是，你做佛教的研究，却不信佛教。佛教不

1、一行禅师所著《故道白云》记载了佛陀时代制定"八敬法"的故事：佛陀成道后第五年，抚养他长大的姨母大爱道夫人，要求佛陀允许自己加入僧团。佛陀拒绝。经阿难再三申请，佛陀说，女人若要出家，必须遵守八敬法。大爱道夫人和她身边其他要求出家的女众都答应终生遵守八敬法，从而成为佛教史上最早的一批比丘尼。2001年3月31日，台湾的释昭慧在"第二届印顺导师思想之理论与实践学术研讨会"上，率领八位法师居士代表上台，公开宣读《废除八敬法宣言》，并一一撕毁"八敬法"的条文。昭慧法师是佛教史上第一个公开提出"废除八敬法"的出家女性，这一事件也成为台湾佛教界废除"八敬法"运动的开端。关于这一事件的评述，以及重新检视佛教两性关系的论述，可参考台湾江灿腾博士所著《新视野下的台湾近现代佛教史》，以及李翎毓女士所著《由台湾比丘尼女权发展来看"废除八敬法运动"》。

是用来研究的，是用来信的，你的问题是你不信，这样是没法写好文章的。我一下愣住了。

维律对我为什么不信佛这件事的热情，远远高于前面的答问。她跟我聊了一个多小时，什么是佛教，为什么要信佛。

其中好几次，面对她炯炯有神的目光，我居然差点睡着，又明白绝对不能这么失礼，于是偷偷地猛掐胳膊和大腿，还必须掐在那些被福建蚊子咬得伤痕累累的红疙瘩上，才保持了清醒。困意突如其来，我也不知道这是怎么回事。

迷迷糊糊中，我被她的一个问题直接问傻了。"你告诉我，什么是空。"维律问道。

我懵了。什么是空？天哪，千古难题，我怎么答得出来？面对维律法师，如此资深的比丘尼，佛教经典的大行家，我又怎么可能拿一知半解的套话来搪塞？

于是我老老实实说："我不知道什么是空，请法师开示。"

维律拿起面前的空茶杯，给我讲什么是"空"。她讲得很好，但是那个答案在午饭后就被我忘记了，因为那个答案是她的思考结果，不是我自己的切身体会，我听了仿佛跟没听一个样。

午饭时间到了，维律起身离开。

照客问我，刚才监院都把话说到那个份儿上了，你怎么还不当场请求皈依？我说皈依这事对我太严肃了，也许很多人都可以轻松地说自己是佛教徒，但我没法这么快做决定。

维律并不是第一个和我谈及皈依的人。在我为这次旅行联系寺庙的时候，很多客堂都会问我有没有皈依。我不喜欢这个问题，像必须领某种执照。难道拜访道场的只有两种人，游客和信徒，不能有第三种人吗？所以，当被问到是不是佛教徒、有没有皈依，我都说："没有皈依，但我跟庙很亲，跟修行人很亲，跟佛很亲。"。

"很亲"这两个字，大概是我能想出的唯一解释。

维律法师的问话咄咄逼人，这并不是说她的态度严苛，而是逻辑上的追问，逼得很紧。也许这正是她的风格，也许她的很多弟子都已经领教过师父的问话。

后来，在拜访了更多的佛教女性法师之后，我发现很多女僧人都有这样的特点：极其谦逊，又非常较真。谦逊，指对她们自己的修行。较真、有个性，指她们对佛教义理的坚持。

在被维律法师逼问的那几十分钟里，我一方面感觉到尴尬，一方面也感受到她身上有一种让我欣赏的东西——她不像我遇见的很多访问对象那样，只关心最终的呈现是否有利于形象。她更关心的是面前的这个人是否愿意接受她本人已经接受奉行的真理。

和维律的谈话结束后，我去吃午餐。经历了一场信息量太大的谈话，我胃口不佳。但这里的菜实在丰盛，我很快又恢复了食欲。

主食有白米饭、馒头、玉米面的饺子。菜有酸菜土豆片、炒丝瓜、炒油麦菜、炒老豆腐、凉拌丝瓜。汤是西红柿枸杞汤、竹荪素面筋汤。完美的一餐。

饭后，我迫不及待回房午睡。刚躺下，照客便来敲门。上午监院曾说送我一套《华严经》，现在让我去请经。我便随她去监院的办公室。

照客叮嘱的流程是，合掌礼敬入室，顶礼，答"依教奉行"。我进去按照这个规矩做，但忘了说"依教奉行"。维律法师说，《华严经》太难了，你看不懂，给你一本《妙法莲华经》吧。还在我头顶门拍了两下，说："开开智慧。"并嘱咐我，经书要放在高处、清净的所在，爱护法宝。

捧着经书往回走，长廊里有宣传小黑板，写着：

> 严持戒行，众德威严，令人可畏，谓之威；动静合辙，进退安详，令人可敬，谓之仪。马胜比丘，雍容行道，感得舍利弗信乐出家；鹜子安详乞食，摄外道反邪归正。如来示迹，威仪为主，菩萨三众，律仪为先。愿我们：扇起西来的律风，珍藏佛陀的威仪，出家修道如法行，内德外彰自然威。

我找了一个荫凉的位置，继续读《故道白云》，这本书写的是佛陀修道的故事。

> 他体会到身和心组合成一个不可分割的实体。身体的平静和舒适与自心的安住是息息相关的。虐待自己的身体就是虐待自己的心智。

灵石寺饭菜清爽怡口，房间提供独立卫浴，没有蚊子，洗过的细布夏衣很快在微风中吹干。

我不再有强烈的物质补偿渴求，不再迫切地期待以城市的生活方式来安慰自己。甚至连早课也变得不那么困倦。

诵经时升起的平静，贯穿到整个白天。我回忆起早晨拜佛的时候，天空是蓝色的，树是绿色的，瓦片是黄色的，当我回到房间里，向窗外看，再一次注意到自己生活在颜色的世界里。

窗帘是绿色的，床褥上铺的床单是灰蓝色的，寺院的围墙是红色的。甚至当我在日记本上写下"蓝色""绿色"的时候，依稀能够回忆起小时候刚刚认识到这两个词语所代表的含义时的喜悦感。

我想起，小时候对"绿色"这个词充满好感是因为一篇儿童故事，故事里的小孩得到了一盒绿色的颜料。在那个年龄，仅仅是在纸面上看见这个词，就让我感觉到无比幸福。

后来，"绿色"对我而言就只是一种颜色，一个名词，我对它没有感觉——

世界的大门曾经向我敞开，是什么时候这扇门又悄然关闭了呢？

我又想起监院和我谈话的情景。当时我太困了，尤其是对于"空"的探讨。现在看来，监院的话语虽然我已忘了大半，但还是留下了些什么。离开这座庙宇的前一晚，我还没有看完《故道白云》。照客说"你可以带走它"，我谢谢她，把这本书和监院送我的经书放在一起。

6月10日，我在灵石寺停留的最后一个早晨，偷懒没上早课。

鼓声、磬声响起，我把它们听成风声、雨声，任其留在睡眠的背景中。

再次醒来已是6点，阳光照拂红墙。

我快速洗漱，赶去过堂。看见照客优雅地弯腰，摆放碗筷、调羹。她的动作如此轻柔，以至于像在弯腰插花。照拂餐具的那一刻，她在欣赏和体味着什么呢？我很好奇。

过堂开始了。今天是小米粥和芸豆紫米粥，还有红糖和小菜。吃罢早饭，从山下开来的小面包车已经在等候我。我尽力收拾了房间，希望恢复原样，但很困难——我叠的毯子明显不合规格。

照客站在车边，叮嘱司机把我送到一个名叫甘肃路的路口，让我从那里拦大巴回福州。司机是个瘦小的本地人，诺诺连声。

小面包车很快把我带走，两三分钟后，我已经与森林中的寺庙作别。

第四篇

初进普寿寺、从此以后我不会再说自己『近乎佛教徒』了回福州的中巴车上坐满了人，售票员拿了一个小板凳，让我坐在过道上。

手机的3G信号又变回了满格。我用手机预订了福州三坊七巷的如家酒店，两晚合计三百七十八元，到店付款。旅行经费本来就紧张，丢手机那天，慌慌张张买了个新的智能手机。几个小时后，旧手机又送回来了。我把新手机挂在网上，至今尚未售出，甚至没人问价。

去五台山的票早就买好了，福州飞北京，然后坐机场大巴去天津。我将在那里与祥德会合，接下来的事全听她的安排。

能去普寿寺，完全因为祥德的帮助。她是那里的义工，周末或是有空的时候，经常往五台山跑。

祥德还组织了一个花卉慈善基金，款项主要用来买花植树，给寺里美化环境。

我不认识祥德。能和她相识，是因为张斌、赛娅夫妇的帮忙。

张斌是我认识的最好的瑜伽老师，祥德也在他那里学过瑜伽。

2014年3月底，我正在制作旅行计划，普寿寺是目标之一。我此前并不知道张斌有这层缘分，只是抱着"普遍撒网"的心情，请张斌、赛娅吃了顿饭。

还记得，就在北京崇文门新世界商场的"一茶一坐"，当时我想多点几个菜，张斌看我一眼："你感冒了吧？感冒了，吃素吧。"就着清茶、豆腐和青菜，我把旅行计划说了一遍，其中也提到普寿寺。著名的五台山尼众佛学院坐落于普寿寺内，这里被称为中国乃至亚洲规模最大的女子佛学院。我说很想去普寿寺，但是知道这很难。

张斌说他倒是认识一个朋友和普寿寺有些缘分。很快把我的事说给了祥德。赛娅也为我说了不少好话。因是有缘，祥德愿意带我去普寿寺走一趟，但她把话说在前头，这不是采访，普寿寺不见记者。

我马上答应。这本来就不是采访，我也不是给媒体写报道，纯粹是以个人身份拜访。如果能见到如瑞法师，当然希望她能回答我的问题，如果没有这个缘分，那就作罢，能进中国最大的女子佛学院看看，心愿已足。

祥德说我这个态度可以，但是反复提醒我，她并没有把握带我去普寿寺。我反复保证，不管事情能不能成，都抱着顺其自然的心态，不会生嗔怪心。

隐约感觉到，祥德不愿把话说满是为我好。她不希望我失望，进而对寺庙生出抱怨。类似的短信来回重复了好几次，我再三保证：能去更好，不能去也没关系，去了，保证听话，不瞎问、不瞎跑、守规矩。

去灵石寺前，收到祥德短信："去普寿寺的事情定了，就在这个周末，6月13日，我要运一批竹子到庙里去，你来天津，和我一起去五台山。"

她还告诉我，这几天是如瑞法师的生日，师父很低调，不过生日，也不希望别人给她祝寿，但我们最好带一点礼物，聊表心意。我说没问题，既然是拜访，确实不该空手上门。祥德又叮嘱我，千万要注意礼物的成分，不能带荤，她曾经买过"深海鱼油咖啡"，像这样的东西绝不能带。我心想，怪哉，还有"深海鱼油咖啡"这种东西。祥德的短信又来了，说维生素、咖啡、水果，不拘什么，别太多，一点心意即可。

我在福州只停留一个白天，要办的琐事不少。先叫快递，灵石寺监院送我的《妙法莲华经》相当沉重，还有寺庙的光盘资料、朝圣旅途中不实用的连衣裙，都要寄回家。接着预订第二天清晨去机场的出租车。最后，借用酒店公共区域的台式机，备份旅行资料，看地图，考虑五台山之后往哪里走。

我在三坊七巷的工艺品店找到了给祥德的礼物，一块小小的寿山石。店主用两个小时把这枚石头做成了一方小印，上面刻着："祥德居士"。这就是我想到的最适合送她的礼物，不算贵重，但是带有福州特色，并且这件东西除了她谁也用不了。

一时没有找到合适的礼物给如瑞法师。这件事最后是在北京T3航站楼解决的。

我进了同仁堂药店，预算是四百元以内，人参什么的肯定买不起。挑了半天，最后买了两瓶维生素。包装起来，有个小袋子拎着，还算得体。买完了才想起来看成分，有蜂蜡、蜂蜜，这到底算不算荤？我糊涂了，百度了半天，有人说这算荤，也有人说不算。给祥德发短信，祥德回复"可以"，这才放心。

上一次在首都机场T3航站楼长时间停留，是因为报道严冬冬山难事件。

2012年7月9日，自由攀登者严冬冬，在新疆西天山却勒博斯峰的下撤途中遇难。一个星期后，我联系他的登山搭档周鹏，希望做采访。同时还联系了赵兴政，赵是宁夏人，2007年作为石嘴山市惠农区的理科状元考入清华大学，是严冬冬离校之后的清华登山队继任队长之一。严冬冬遇难后，赵兴政和其他几个朋友去新疆处理善后事宜，头七过后，他飞回北京，然后马上转机去四川爬另一座雪山，我只能在T3航站楼，趁赵兴政转机的间隙，和他聊一个小时。

记得当时我和赵兴政就坐在二楼就餐区距离这家同仁堂药店不远的"泰辣椒"餐厅，我叫了泰式海鲜沙拉、冬阴功汤和炒饭。我们聊起清华登山队。他说："清华登山队这些人，很少有人毕业了之后还继续登山的。因为毕竟是清华毕业的嘛，找一个什么样的差事不行？"

严冬冬和赵兴政是毕业之后还在登山的少数人。2010年，他们有一个共同的朋友叫陈家慧，攀岩的时候罹难了。严冬冬对赵兴政说，死亡这件事是登山的人应该接受的，就应该把它放在生命的可能性之内、考虑范围之内。

他们把自己想要的东西称为"自由"。赵兴政说，自由攀登者想要的登山是这样的：走在任何一个荒原地形上，看着周围的雪山，你只要有装备，想去哪就去哪，想往哪攀就往哪攀，想走哪条路线就走哪条路线，这是一层自由，也是最浅层面上的自由。

谈话的一个多小时里，赵兴政根本没有胃口。他只想讲一些关于他最好的朋友的最值得讲的事，一些值得被非登山者了解，也一定能够被了解的事情。

从此，T3航站楼和"泰辣椒"成为我对首都机场的记忆地标。

如果你和某个人在某个地方聊过一些攸关精神的东西，那个地方就不会在记忆里模糊。因为"探底"了，探到了你日常生活中经常规避，却一直存在的东西。比如说，某种深刻而真实的情感，内心深处一直存在却不适合对人表达的想法，或者是一个疑问："什么是自由？"

樱桃来机场找我的时候，我已经买完了维生素，左手抓着大包的背带，右手抱着随行布包，把它拢在怀里，背靠着一根柱子，在航站楼出发厅睡着了。

我们是好朋友，已有好几个月没有见面。她的样子焕然一新。可能因为刚刚去了一趟斯里兰卡，皮肤和身材都收紧了，肤色晒黑，还有一些晒脱皮的地方，一些恋爱的感觉。

匆匆的见面，她给我讲了很多，旅行、恋情、生活，我给她说了龙华寺的故事。一个小时后，樱桃送我上车去天津，人群里我看见她戴着香奈儿墨镜，跳起来朝我微笑。

我在心里将这一幕命名为"红尘滚滚"。我很珍惜，而且需要这个。

大巴车上，我昏睡过去。随着旅行的进展，我养成了一种能力：可以睡觉的时候，随时随地都能睡着。需要醒来的时候，马上清醒。我对旅途中和我不发生直接关系的事物视若无睹。

我住进了莫泰168，天津的消费比福州便宜，这样的一个房间，一晚只需要一百二十元。

闹钟在第二天早晨把我叫醒，我一分钟都没有耽搁，按照约定的时间下楼等待。果然，祥德准时到来。

这是我们第一次碰面，她个子不高，很瘦，行动敏捷，走路的步态像一个训练有素的女运动员。头发削得很短，脸庞微方，表情坚毅，穿一件浅白色的小号T恤，特别瘦，显得干练。

地铁上，祥德和我说了很多。她执行管理的那个花卉慈善基金，不但给庙里栽了榕树，还做了一个"妙吉祥"的图案。后来我在寺里看到了那个图案，是用花朵组成的三个字，有点像国庆时广场上用花草组成的"国庆节"那种大字，但是比那漂亮。通过这件事，她阐发了一个心得："寺庙里不是种什么花都合适，做事不能老想着我又为庙里做了什么。"她把这看成一种学习，在实实在在的交往中，体会着师父们做事情、考虑事情的方法。

另一件让我印象深刻的事，是她说她坚持练习张斌教的瑜伽动作。我也向张斌学过瑜伽，但很少练习。我知道的其他同学也多半如此，但祥德几乎每天都练。

"我们不是学的东西太少，而是学的太多，却练得太少。"她说。

我们在地铁口和花匠会合。祥德在这里订购了竹子，要送到庙里去。花匠姓宋，也是佛教徒，仰慕普寿寺，所以他和我们一起去。于是小面包车载着七个人、一条狗。十二盆竹子，上路了。

前几年，我还住在北京的时候，常和丈夫去郊外爬山。

有一次我们选择在11月下旬去五台山徒步，冰雪已经覆盖了好些路面，我们却连一根登山杖都没带。最后用两根临时捡拾的树枝充当拐杖，横切两三个雪坡，又翻了好几个山头，搭好心人的过路车狼狈下山。

后来我们还去过五台山几次，但是再也没有看见过那样的胜景：冰雪霜冻，冰天雪地，露出土层的地方荒凉枯黄好像月球表面，那里从早到晚刮着大风，除了少量朝拜者和终年隐居的修行人之外，简直是空旷得完美。

台怀镇和山上的空旷截然不同。它位于风景区的中心腹地，由五台山五大高峰东台、西台、南台、北台和中台形成的怀抱之中，是一小截台地形成的山镇。

台怀镇的中央是一片河谷，被建作一个无遮无蔽的大停车场。寒冬腊月之外，这里从早到晚都有无数的旅行团、自驾游客，人们从北京、山西、河北，甚至全国各地赶来，捧着大把的香烛，在文殊菩萨面前献上虔心。镇上的每一座庙，只要打开门，就会迎来香客。

不仅如此，哪怕是从未来过台怀镇，并非佛教徒，也不指望通过烧香拜佛为自己祈福的中国人，谈起从五台山来的和尚，都会在口舌中多多少少留点尊敬："五台山来的，恐怕有点修行。"五台山在中国就是有这样的魅力。为什么中国人喜欢五台山，没有人能完全说清楚。

当然，你可以从网络资料上看到许多，它是佛教四大道场之一，清代以来皇室和五台山的亲近，汉藏佛教在五台山的融汇交流，以及五台山的酷寒气候使得在这里修行的人很容易被看作虔敬和苦修。但是答案一定不止于此。

上一次来台怀镇，这里正在翻修干道，四处开掘，漫天黄土，午后刮起大风，行人无不掩面。小贩兴高采烈地叫卖，不受灰尘的影响。街上四处走着僧尼，有些穿着汉传佛教的袈裟，有些穿着喇嘛装。谢天谢地，两年过去，路修好了。

除了我、祥德，小面包车里的乘客都是天津人。一路欢声笑语，像是听了一场三个小时的相声。祥德事先跟普寿寺打过招呼，今天有这么一辆送竹子的车子，不用买进山门票。可是临了，风景区收门票的人说，这车子来过，上次给庙里送的是梅花，没给看门的留一盆，这次送竹子，能不能留一盆？开车的宋居士，一口好听的天津腔，永远笑嘻嘻的，说："今天的竹子是要往庙里送的，不能给您留，但我下次还来，准定给您带一盆花。"

车子顺顺利利进了普寿寺。门开了，我们做正事，给各处搬运竹子。客堂的师父叮嘱："一定要听师父的话，千万不要急，师父咋说你咋听。"一一应下。

我仿佛进了大观园似的。正是午间，好大的一座庙，各处都安安静静。我们把竹子送到地方，搁在外头，就悄悄走了。祥德说，在这里，一根针也丢不了。送了几处竹子，看到长廊是朱红色，屋檐是深黛色，砖墙是灰色。我只能注意到视野所及，来不及欣赏寺院的全貌。

如瑞法师是这座寺庙的住持，五台山尼众佛学院院长。

说到如瑞法师，不能不提及她的两位恩师，通愿老法师和隆莲老法师。

通愿法师，1913年出生于黑龙江双城县，家境优越，接受过高等教育，毕业于北京大学经济系。1956年，因政治环境的变化，通愿法师移居五台山。1966年，通愿法师被"红小兵"劫持到太原，长期关押。浩劫过后，在佛教百废待兴的1981年，老法师向弟子提出："想要佛法振兴，就要号召全体尼众起来建十方道场。佛法以后最缺的是僧才。"

佛法缺的是僧才，通愿法师的这一想法，与隆莲法师不谋而合。

隆莲法师，1909年出生于四川乐山。三岁学古诗，后自学数、理及文、史、哲、英文；向藏族喇嘛学习藏文，将《〈入菩萨行论〉广解》十卷本由藏文翻译成汉文；又学诗、习画，钻研中医，悬壶济世。"文革"中，隆莲法师一样受到冲击。劫难结束，1982年，她携手通愿法师，做了一件了不起的大事，在四川成都为比丘尼传二部僧戒。

所谓"二部僧戒"，通俗地讲，就是受两次戒。女信徒想出家，先请比丘尼十人为戒师，再由这十个比丘尼师父带领她们到比丘僧团中，请十位比丘为戒师，在比丘、比丘尼各十人的戒坛中，为她们授比丘尼戒。如果没有领受二部僧戒，女人出家后就只是沙弥尼，不能被称为比丘尼。

隆莲法师和通愿法师传二部僧戒，是新中国成立后第一次授比丘尼戒。隆莲法师亲自将传授比丘尼戒的仪轨翻译成了英文，并邀请通愿法师从五台山南下四川，共同主持仪式。

多年后，如瑞法师在文章中回忆了这段往事：

传授具戒，续佛慧命，此乃僧内重中之重，唯有专精毗尼、严持戒律的大德堪任尼和尚。师父自谦对戒律的研究和戒德都不及愿老法师，不堪胜任尼和尚。愿老法师再三辞谢，最终屈服于莲老法师的请求，坐在了尼和尚的位置。而莲老法师甘坐左右，任羯磨阿阇黎。

1991年，如瑞法师和妙音法师从一百零五块人民币、四十亩地起步，带领尼众重修并且扩建了普寿寺。如瑞法师很低调，以至于她的知名度是这样一种情形：身在佛教界的人，或者是佛教徒，几乎没有不知道五台山尼众佛学院和如瑞法师的。那些对佛教兴趣不大的人，很少会谈论她，因为她几乎不接受任何市场化媒体的采访，许多普通民众不知道中国当下竟有这么一位了不起的人物。

看到普寿寺的时候，我把这些已经知道的情况在心里又联想了一遍。已经是6月中旬了，寒风还在吹，真不知道在这里过冬是怎样一番景象。

路上遇见一些人。从这个时候开始，我对祥德在普寿寺的熟稔程度有了一个直观印象——不管是基建处还是后勤部，到处都有和她打招呼的人。"上来啦？你还穿凉鞋，穿这个可不行！"师父们通常都这样和她打招呼。祥德会热情地回复师父们的问候，同时告诉我："千万不要以为师父们是在管头管脚。五台山的天气，不在这里住的人不明白，下面的人上山，开始觉得不冷，等觉得冷，坏了，已经生病了。"寺里的尼众，好多人穿着棉裤棉靴，我和祥德都是短袖，一看就是从山下上来的。

"走吧，我先带你们去见见隆般法师。"祥德兴致勃勃地说。还是那辆小面包车，朝五台山的南台驶去。

隆般法师个子高大，他喜欢笑，一开口就是"哈、哈、哈、哈"，好像不会别的笑法，京剧念白一般，四声大笑。见过隆般的人，准保记得他这四声笑。

他泡了金骏眉。告诉我们："马云来过两次，就坐在这里喝茶。"

这是一处闭关所在。院子平平无奇，木头大门，水泥围墙，门外贴着两幅字："此处闭关请勿打扰"，"有事请到下面联系"，乍看以为是个农家院。

安静落座，品茶。隆般一边给我们泡茶，一边讲起自己的出家经历。他是沈阳人，曾经参军，退伍以后开出租车，因为重兄弟义气，差点去混社会。母亲信佛，劝阻他，说有果报、地狱。隆般花了半年时间，研究究竟有没有地狱，这期间他看了许多佛经。后来因为母亲的一场病，他出家了。

说故事的时候，隆般的眼睛总是盯着宋居士。宋居士慢慢有点不自在。隆般的眼神光太足了，被他盯着一定很不好受，我和祥德坐侧首，还不太感觉得到，宋居士坐对面，被探照灯照住似的。

"你是不是当过兵？"隆般问宋居士。短兵相接。

"当过。坦克兵。"

"哎呀，我是特种兵。我说怎么这么有缘呢。"

隆般"哈、哈、哈、哈"四声大笑，笑完了继续盯着宋居士。

宋居士更不自在了，浑身好像捏着一团别扭劲儿，说不上来是紧张还是不知所措。

"茶好喝吗？"隆般问宋居士。

我心想，好，谈话进入主题了。

和尚一问茶好不好喝，那就是开始了。

"好喝。"宋居士下意识地回答。

"你没喝那杯茶怎么能知道那杯茶的味道！"隆般一声断喝。

声如雷鸣，我们几个人全呆住了。我偷偷看一眼，宋居士确实没有喝。他太紧张了，手里那杯金骏眉一直捏着，转来转去，一口都还没喝。宋居士挤出了一个无以名状的笑容，估计是傻了，完全不知道该怎么回答，只能笑。

"你信佛吗？"隆般突然又压低了嗓门，温柔询问。

"信！"这次宋居士知道怎么回答，答得特别快。

"信多久了？"

"十多年了。"

"为什么信佛？"隆般突然问。

宋居士一下又傻了。他好像在组织语言似的，过了半天才开声，但仅仅是重复了一遍刚才的问题："为什么信佛……"

"哈、哈、哈、哈!"隆般又发出四声大笑,冲着大家,慈祥和蔼地招呼:"喝茶,喝茶。"然后又直直地看着宋居士:"学了十年还没摸到门啊!"

问难到此为止。隆般说,他打宋居士一进门就看出他那股当过兵的味道,都当过兵,这是缘分。还直接问他:"你想不想出家?今天别走了,就在这留下吧。"像是开玩笑,又很认真。

宋居士憨憨笑,我们几个也不敢乱接话茬。开车回普寿寺的路上,四个人都晕陶陶的,回不了神。

宋居士半梦半醒地说:"我家还有老婆孩子呢,我今天就是送一趟竹子……"

祥德打趣问,"还敢来见隆般法师吗?"

宋居士又变成了那个笑嘻嘻、能言善语的天津花匠。

他说:"敢来,怎么不敢,以后我要常来,来当义工。"

普寿寺安排我和祥德住在善来楼106号房。下午6点,如瑞法师在千人大经堂讲课,我们赶去听课。

这是我第一次见到这位院长,台下五六百人听课,我只能远远地看她一眼。她讲课的方式很亲切,谈到僧团对修行的重要性,如瑞法师说,"团体是最好的修行方式。"然后说菩提心,"龙王有如意宝冠,光明四射,对头不敢靠近。菩提心就是如意宝冠,发菩提心的人就像戴着宝冠,福德和智慧从服务众生里来,不要用利益交换的心去理解。"

说完了,如瑞法师温和询问:"都听懂了吗?"

大众答:"懂。"

法师软软地叹气："唉，没明白。"

又问："如果有人问，为什么要给你们说这些，怎么回答？"

大众七嘴八舌，莫衷一是。

"因为发心难嘛！很好回答呀！下课。"课后，祥德领着我、宋居士、张居士去佛学院办公室。

每个人都有一个提问的机会。宋居士的问题是："应该怎样学佛？"如瑞法师回答：

学法是个滴水穿石的事，每天早发愿晚忏悔，早晚都要念三皈依，睡觉前念阿弥陀佛或是观世音菩萨，或是文殊菩萨。每天清理掉心里的一些东西。这些要持之以恒地去做。不要嫌学到的东西少，学的东西要用起来。如果这一点你都不用，教你更多的也没有意义。学一点，用一点，每天进步一点点。

我的问题是："您会不会做更多的弘法工作，让世人更了解女性修行人是怎么修行的，也能更加了解佛法？"她回答：

修行的人不要搞得那么热闹。写书，我没有时间。佛法珍贵，不求不说。想求法，至少得来当面说吧！电话里就想请法，我是不会说的。采访我一般不接受。要名副其实。没有做到的事情不要说。如果把这里说得特别好，来了一看不是，别人会特别失望。不如不说。像你今天来到这里了，你自然会有自己的感受。弘法的事其实一直在做，你们今天来了，不是也跟你们讲了这么长时间吗？下次还可以再来，可以把问题都写在纸上，逐条对治。这样自然而然就能走出一条解脱之路。

谈话中间，法师三次让侍者给我们礼物，先赠送每人一本袖珍《吉祥经》和一个手串，后来又送我们书本、光碟。临走前，还让侍者给我们拿了几个巧克力。

回住处的路上，祥德说，她一直不跟我保证能不能见到师父，这是刻意为之，从前她喜欢拍胸脯，经常把话说满，然后中途出现风吹草动，一个人默默纠结，现在她懂了，没做到的事就不要说，这是师父多年教育的结果。

我把那枚寿山石印章拿出来，果然，祥德说她不收礼，不要身外之物。看到是刻了她名字的印章，只好收了，表情无喜无嗔。我觉得不送这个小东西，她可能还更高兴一些。

睡觉之前，我俩在言语上碰撞了一下。

事情起源于下午在面包车上的闲聊，她说一个高知家庭的上海男孩，才十二岁，来五台山出家。说这个故事的时候，祥德带着敬佩的语气，一个小孩能发宏愿了脱生死，了不起。当时我带着怀疑语气问了一句："十二岁小孩出家，能是自愿的吗？"祥德不高兴了，教育我："问问题要带着正能量去问。不能因为一个女人嫁得不幸福，就问每一个女人是不是自愿嫁给她老公的。你以为寺院是什么地方？寺院还挑呢。"

祥德大概是观察了我一整天。睡觉前，她找我谈话，希望我深入了解普寿寺，不然就不要写。

她说："通过这一天我发现你是不懂的，你这样写的书我不会看。"

我承认我不懂，也略加辩白："不能等到一切条件都完美才做这次旅行，我的写作只是抛砖引玉，现在没有人来为中国的女修行者写点什么。虽然是走马观花，但万一这样也对人有用呢？"

祥德说："我要对寺庙负责。从现在开始，很多事情你问我我不会说了。"我表示理解，也提醒她注意，这一整天我很少提问，我不是来寺院里做探子的，更多是在听、在观察。

她问我，以前喜欢把话说满，现在不再乱拍胸脯了，这两种做法有什么好或不好？我说，这证明你在修行，你的自我变小了。拍胸脯是热情开放的你，现在也许是找到了更深的安宁。我也有我的选择，写出自己的风格，也尽量如实。

祥德说："那我放心了。跟你说这些，是觉得你善根深厚，很可惜。"最后她做了一个总结陈词："人和人之间总是会有碰撞。有的碰撞会让彼此更加信任，是提高互信的碰撞，我俩的碰撞就属于这种。"我也尽量高风亮节地回答："我在你的话语中感受到了善意，谢谢。"

睡前她给我倒了一杯蜂蜜柠檬水。她自己用蜂蜜和柠檬粒做了果酱，从天津带到五台山，用热水冲开就能喝。喝着这个，我又在心里感谢了她一次，我们素不相识，因为朋友的介绍，她就愿意把我这样一个曾经为记者的"可疑分子"带进她视若心灵家园的地方，还给我泡蜂蜜水喝，能不感谢人家吗？

带着五彩斑斓的情绪睡着了。

早课是4点钟去大殿。祥德睡得晚，醒得早，3点半她就起床了。往大殿走，月亮又圆又大，挂在头顶上，照亮了殿堂屋檐的一条线。河谷对面的黛螺顶，山峰上的寺庙刚刚亮起灯火。我恍惚想起曾经在四川爬雪山的体验。在海拔四千五百米的地方扎营，凌晨三点拔营，对面的山峰也有人在冲顶，头灯亮成了一条长线，就跟现在看见的灯火一样。

　　6点半用早斋。普寿寺对所有人一视同仁，全体"过午不食"，不给客人开小灶。这会儿我是真饿了，看什么都觉得好吃。赤豆、大米、香米、薏仁煮的粥。腌菜炒蔬菜、榨菜丁；糖酥饼，油汪汪的，顶饱又香甜；茴香豆腐饺子，热气腾腾；海带丝炒胡萝卜；豆腐渣烧茄丁。每人发一个红豆馅的铜锣烧，还有红糖、小菜若干。说素菜不好吃的，那是没有吃过真正好吃的素斋。但我吃得也太投入了，这么一想，有些自卑："祥德说我不懂，她没说错，我确实不懂。我就是一个大俗人。"

　　醒得太早了，吃完早餐就犯困。祥德带我去观音殿参加诵经，去后勤部看她曾住过两年的房间，又去大殿参观。我困了，于是自己回房间，展开辛辛苦苦铺成棱角的棉被，倒头睡了两个小时。醒来就又该吃午饭了，虽然并不饿，想到没有晚餐，于是又努力地吃。想来这一切祥德都看在了眼里。

　　离开普寿寺前，祥德带我去拜见梦参老和尚。

　　梦老是中国佛教界的大德，已届百岁高龄。因为年事已高，他很少参加公开活动，但每周六下午3点，只要身体状况允许，还是对外接见信众。祥德就是借这个机会带我去拜见他。

　　祥德提点我，要见梦老，应该准备一点供养，钱不在多，百元即可。能有机会面见这样的大德，实乃我之幸运。赶快翻钱包，突然发现钱包丢了，在随身的布袋里一顿找，怎么都找不着。

我心里马上慌了，但是按捺住心情。好不容易，我坐着飞机和汽车，来了五台山，首要大事是拜见梦老，我强摁着自己的注意力，要求自己先做好这件事。边走路，边想怎么补办身份证和银行卡，哪几张卡要挂失。又想了想钱包的去向。回忆起来，最后一次用钱是在建设宾馆请吃午饭，钱包要么在建设宾馆，要么就在花匠的面包车上。

拜见梦老的人排成了长队，侍者反复提示"不开示不皈依不传法"。好在都是信众，大家都讲礼貌，没人插队也没人闲谈，秩序井然。我跟祥德讲了我对钱包去向的猜测，假装镇定，跟着人潮排队，还能跟她聊聊闲话。心里感到痛苦：又是丢手机，又是丢钱包，我怎么就这么不成器。

轮到我俩参拜之前，祥德打通了宋居士的电话，得知钱包在他车上，祥德很高兴。她是一个责任感很强的人，如果我真丢了钱包，她兴许比我还郁闷。现在我俩都了无心事了。

排队半个小时，终于轮到我俩进屋。老人看着健康、放松、喜悦。有人希望聊几句，被侍者阻止了。轮到我的时候，被梦老轻柔地拍了拍头，我觉得很满足。一个教科书式的人物，亲眼见到了，还能怎样呢？回去的路上，反复体会拍在头上时究竟是什么感觉，笑眯眯的，也不跟祥德说话。

祥德也笑眯眯的。拜见了梦老，她心情很好，又开始主动跟我讲故事，说的是梦老的轶事。

某日某人来朝见梦老。老和尚问："你来五台山干什么？"那人回答："来朝山。"老和尚问："朝山朝什么？"答曰："朝文殊菩萨。"老和尚大声说:"文殊菩萨就在你的心里呀。"

又问:"你是怎么来五台山的?"那人说:"开车。"老和尚说:"以前西藏、内蒙古的人,都走路来朝五台山。你们现在坐汽车或者飞机,一下就到了。所以现在的人功德和以前不能比。要始终记住,文殊菩萨就在你的心里。"

祥德很会讲故事,模仿梦老的语气,听得我哈哈大笑。

我没去细想自己是不是一个糊涂的朝圣者。

这个晚上,临睡之前,祥德又跟我谈心。

"你在庙里拍的照片,说是给日后你那本书的读者看,其实是你自己在回忆潜意识里修行的习性。读者只是你的外缘。我们曾经在一起修行,只是你已经忘记了。不然我们也不会一起来到这里,住在这个房间。只是你迷了,忘了。"

小时候在《三言二拍》里读过一个故事,"金光洞主谈旧变,玉虚尊者悟前身",讲的是天上有两个修行人,其中一个贪恋红尘,为满此念,投生为人。另一个修行人安慰他,说你只管下凡,五十年后,我去寻你,提醒你,让你心念洞彻。后来果然如此,投生的那位迷了本性,不知道自己原本是谁。他的朋友如期出现,点化成功,两人再回天宫。小时候看这个故事时,我曾生出一个可怕的疑问:如果他的朋友按照约定出现了,但是点化不成功,怎么办呢?

夜晚寂静,只有更鼓,一声一声。我们关了灯,各自躺着。祥德说话的声音非常温柔,也非常真诚。我开动全部想象力,去幻想,是否真有前生,是否有那么一个夜晚,我和她曾经共同修行,也像这样同处一室。然后我再次问自己：如果一个外星人到了地球上，把自己当地球人了，过得挺好。后来他的外星人朋友来了，告诉他他的真实身份，只要愿意，就能回去。但是他不相信自己是外星人，也不信眼前的是外星人，"点化失败"，怎么办呢？

我正琢磨呢，祥德又说了一句有意思的话。

她说："赛娅今天给我发短信了，问我你在这里过得怎么样，我俩处得怎么样。我其实想告诉她，行李箱安好。我就是把你看成暂时来到我手里的一个行李箱。"

她说完笑了，好像觉得这么说会让我不高兴。其实我挺喜欢她这种说法，比刚才那些话好理解多了。我特别同意我就是一个行李箱，这趟旅程就是一条流水线，今天遇见这个人，明天遇见那个人，他们对我这个行李箱没有义务，纯粹凭着缘分做出处理。我希望我这只行李箱能漂得更远一些。

想到这里，我对祥德说："你是一个负责任、温柔的行李箱保管员。"

普寿寺的这趟行程就此结束，我没有像祥德建议的那样，在庙里住两三个月，深入理解经藏，在劳动中理解比丘尼的修行。

我还是要继续旅行。我想清楚了，我不是来这里皈依的，我的初心是旅行，想去喜欢的地方，见一些喜欢的人。我想看看中国的女修行人都是什么样的。

也不是没有自我批评。我的佛教基础知识薄弱，没有能力去跟如瑞法师深入对话，也不太理解梦参老和尚的境界，辛辛苦苦，折腾了交通和住宿，只是满足了我对五台山这块招牌的好奇心。

从此以后我不会再说自己"近乎佛教徒"了，这个词是我看宗萨的书学来的，觉得很酷，后来就这么自许了，其实是个天大的误会。也不会再跟人瞎聊佛教的种种名词，我压根就不懂，碰上了真正的大行家，根本就没有我讨论的余地。但是我多了祥德这个朋友啊，她就是我要找的女修行人，只不过没有出家而已。这么一想，我原谅自己了。

中午，兴兴头头地吃了午饭。有我喜欢的油酥饼，还有超级好吃的斋菜：黄瓜木耳烧锅巴，白菜烧面筋，花菜胡萝卜烧豆腐，豆瓣酱香干烧茄子。还是北方菜对我胃口啊。

后来我翻阅这段时间的日记，发现记录最多的就是我每天在普寿寺吃到了什么。真是太讽刺了，来到我憧憬不已的普寿寺，自己却根本没法适应这里的严格纪律，要靠食物的安慰来度过一天又一天。

回想当初，整个旅程是从一个特别高大上的心灵顿悟开始的，但是每一天的旅程都让我一步一步认识到：我就是一个俗人。

和客堂道别时，我和祥德都交了挂单费。在旅途开始前，我有过侥幸的念头，以为这趟旅程有一半时间住道场，住宿费能省不少。现在发现不是那么回事。寺庙讲的是十方信众供奉出家人，在家人不交挂单费讲不过去。所以每个庙我都不是白住的，不但如此，还要供奉僧侣，表达心意。我那点儿节约旅费的鸡贼念头白瞎了。

回到天津，我又住进莫泰168。真舒服，想睡到几点就睡到几点。可我没睡好，晚上一直做噩梦，梦里好多看不清脸的人一直问我："你怎么还不出家？"后半夜才慢慢安定下来。

我做了一个美梦，看到森林中的隐士小屋，蝴蝶从门中飞出。一个光点，像是太阳，旋转的凡·高的太阳。又感受到时光飞速前进，像走在一条极快的隧道里。又仿佛像海浪，层层叠加而非线性前进。然后看到了小时候在双杠上玩耍的自己。只见她娴熟地用脚钩上一条杠，然后钻上去，坐在杠上。小女孩的脸露出笑容，我也笑了。

第二天我醒得挺早，给自己放最喜欢的音乐，喝红茶拿铁，看文艺杂志，心情渐渐安定。昨夜的噩梦显得多虑，就像从黑漆漆的电影院走出来，阳光一照，即知妄念可笑。

不要再谈天赋悟性。在分不清真实和妄想之前，我压根就还不适合进入宗教，因为那会助长我对自我天赋的妄想。

踏踏实实，继续我的旅行吧。

第五篇

三台道院丶无苦不成道

离开普寿寺，我跟着花匠的面包车回到天津，然后折返北京。

下一个目的地是浙江温州南雁荡山，我要去那里拜访一位女道长。为了省钱，买了从南苑机场起飞的机票。

我只有一次从南苑机场出发的经验。那是2008年5月12日，当时我在网易新闻工作，正在位于五道口公司的27楼演播室制作一期视频节目。突然，地面在摇，大灯晃动，嘉宾和我都感到惊慌。紧接着得知，四川地震了。没人知道灾难有多大，新闻中心的整个团队都没有报道灾难新闻的经验，但是，记者总归应该出现在前线。我去了南苑机场，随身只带了一个小包。

没能像其他记者那样搭上地震局的救灾专机，但也不能回头。于是住在机场招待所，等待飞往四川的机会。招待所房间简陋，没有电视机，那时候也没有微博。闷在小房间里的我，对灾情的了解程度还不如一个普通的电视观众。后方新闻中心给我的信息只有：灾情特别严重，不管你用什么办法，务必在第一时间到达现场。

当晚我很饿。那时的机场没有餐厅，只有一个小卖部，卖速冻水饺和方便面。

现在我也很饿。早上起太早，在高铁站买的小面包已经消化完毕。2014年的南苑机场具备了现代航站楼的外观，有贵宾休息室、书报商店、餐厅、便利店，但是当我走进餐厅，问他们有什么，服务员告诉我，只有牛肉面和速冻水饺。好吧，和当年差不多。

5月13日清晨，我抢到一张从南苑机场飞往成都的机票，又从成都包出租车到都江堰。当天遇见的许多私家车都在往反方向开，逃难一样。只有载了三个记者的这辆车往都江堰开。直到那一刻，我的心中仍然充满了关于"新闻理想"的激情，完全没有想到自己缺乏灾难报道经验，也没有从后方了解新闻进展。

我根本不知道什么是地震，也不知道这是一次多么空前的灾难。

直到踏上都江堰的土地，我自以为是的新闻理想被击得粉碎。我吓坏了，眼前的现实超出我全部的人生经验。楼群以未曾见过的方式扭曲倒塌，空中盘旋着直升机，整个城市断电。在黑暗中，我想找一个像机场招待所那样的地方休息，却发现这个想法是多么愚蠢。

为了对抗恐惧，我告诉自己，你有过类似体验，美国灾难大片里的末日景象就是如此，你对此情此景并非毫无心理准备。同时，我蹲下来，在黑暗、空无一人的大街当中撒了一泡尿。这纯粹是为了保命，那一刻我觉得只有街心是安全的，任何更体面的遮蔽处都可能倒塌，分分钟要了我的命。

在大街上尿完之后，我找回了一些理性，摸黑找到公路，拦到了回成都的顺风车。在成都，经过一些对灾难和灾难报道的基本学习之后（我终于明白至少应该去买一套冲锋衣裤以及登山鞋），5月15日，我去了北川。

我花了两个小时回忆上述经历，去往温州的飞机就快起飞了。

我甚至暂时忘了我要去雁荡山的目的，梦游般走进机舱，满脑子只有一个念头：我为什么把这些深刻的恐惧遗忘了这么久？为什么我从来没有大声告诉所有人"我害怕"？

等待起飞的时候，我好像流了两滴眼泪。当飞机腾空，我已经睡着了。

抵达温州，便一头扑进了南国燠热的夏天。

这里和五台山简直隔了两个季节。南雁荡山的线索来自微博。5月底，正是出行前最焦虑的一段时间。日日夜夜，我在网络上变换关键词，不停搜索，想找到一张可以打动我的图片、一个激发我思绪的地名，或是一段别具意义的故事。

我在微博看见这段话：

这孩子刚来山上时晚上总不睡觉，后来渐渐改善了。老修行说她那边是坤道院，过几天这个孩子就要送到武夷山桃源洞去了，看得出来老人家很舍不得这孩子。我问过老修行，这些孩子姓什么。答曰：不跟我姓。女的都姓朱，跟当地民间信仰的一位朱仙姑姓，男的都姓李，跟老君爷姓。没有一个姓陈。

发布信息的人，网名"墨染"，是一个住在杭州的道教徒。从他那里我得知女道长名叫陈光静，道观位于南雁荡山，名为"三台道院"。墨染说他前不久拜访过陈道长，文字中的内容属实。还告诉我，得从温州坐车去水头，再转车去南雁荡山，道观就在山中。

谢过墨染之后，我一门心思联系三台道院。她们有一部固定电话，可怎么都打不通，导致我一直不能确定温州能不能成为行程的一部分。就在我去五台山之前，电话终于打通了，里面传来一位年轻女子的声音，问我何事。我猜测，这也许是观里的义工？告诉她，我从网上得知陈道长收养孩子的善举，想去道观里看看。她把电话从嘴边拿开，大声地、用我完全听不懂的温州方言跟什么人说着什么，过了一会儿又回到电话跟前，对我说："道长说，你可以来。但必须在6月17来，第二天我们就要出门了。"

因为这个约定，6月17日，我准时出现在南雁荡山。

这是我第一次来雁荡山，此前对它的了解，几乎全部来源于徐霞客的《游雁荡山记》。他写道，主仆三人及一名僧人，在山岭上遇见一个道士，于是强邀道士的徒弟当导游，带他们去雁荡山峰顶。小道士把徐霞客的队伍带到一座峻峭的山峰下，不肯再走。又爬过两个山峰，同行的僧人也吃不消了，离队而去，最终这次探险没能成功。二十多年后，徐霞客在崇祯年间重返雁荡，登临山顶，实地考察，弄清了大龙湫、小龙湫的发源地。

在徐霞客旅行的时代，雁荡山被称为只有仙人才能到达的绝壁。他在旅程中一再遇见僧人、道士，也经常夜宿于寺院中。

吃完午饭，我准备上山。这是我第一次正式跟道教徒打交道，到目前为止，一切顺利。

眼前的风景很符合我对道家的想象，一条绿油油的河，给山增添了灵气。渡江的缆车是一张铁长椅，工作人员把隔挡放下来，并且示意我踏上脚踏，人就这么踩着一件东西，晃晃悠悠飘上去。飘上去，就真的进入雁荡山了。我摸摸手边的布包，又摸了摸雨伞。

从早上起床到正午的这段时间里，空气里的湿度不断增大，我能感觉得出来，也许就在这两天，这里会迎来一场大雨。

缆车的终点设了一个售票处，游客要在这里为进山支付门票。

那是一栋20世纪90年代风格的小房子，让我想起《庐山恋》《芙蓉镇》《小花》。

三台道院的电话没人接。我打了五次，然后坐在凉亭里，等待。再打电话，三次，还是没人接。我不能就这样下山。

于是问售票员三台道院怎么走。他告诉我，道观离这里很近，但是再往里走，得买进山门票。门票的价格是四十元，我的现金已经不够了，只好说自己是和道观约好的客人，应该给我免票。售票员说，那你让道观来接。

电话始终没办法打通。我摸出名片，好声好气地跟售票员商量，说是北京来的记者，来报道三台道院陈道长的善行，争取社会关注。

名片发挥了作用，售票员挥手放行。往山上走的时候，我有点不能理解：明明约好今天中午上山，她们为什么始终不接电话？

经过两条小溪，三台道院出现在眼前，我站着喘气，顺便观看石碑上的介绍。

三台峰由三堵岩壁呈梯形层层垒成，开发于五代，宋时就有不少名士慕名而来。现今为五间二层仿古建筑，面积约一百七十平方米，1984年4月由一道姑筹募经费新建，近年香火亦盛，居此可侧览东洞周围诸景。

道观位于南雁的三台峰麓，故名"三台道院"，是一栋二层小楼，坐东朝西，仿清代格局，采取现代钢筋水泥木料结构，墙壁涂满黄色。

我在门口喊一声，无人回应。试探着往里走，看见一楼走廊有个极小的女孩正在独自玩耍，她站在塞满了衣服的大纸壳箱里，把箱子当成摇摇车，试图晃动起来。

陈光静道长在二楼。一个西瓜皮发型的小女孩带我找到了她。道长正忙着给一个两岁左右的小男孩换衣服，孩子刚刚尿在身上了。那里还有几个稍大一些的女孩，她们像哄弟弟一样围着男孩打转，说不上是在帮忙还是在添乱。道长跟我打了个招呼，继续忙她手上的活儿。

和我在电话里交谈过的女人也回来了，是个二十岁左右的姑娘，面庞微黑，抱着一个装满衣服的大木盆。看样子刚刚出去干活了，这会儿才回来。原来，她也是陈道长收养的孩子，在这里长大，孩子们叫她大姐。

这里的人，要么是小孩，要么正在忙着看护小孩。这里没有负责招呼客人的"客堂"，所以电话屡屡没人应答。

陈道长说的是温州本地方言，我一句也听不懂。大姐担任翻译，告诉我，这会儿大家都忙，请自己去看一楼客厅的剪报，那里有师太（孩子们都叫陈光静道长为"师太"，音"tata"）的一些资料。

我识趣地走开，不再打扰她们。这跟我在寺庙里的感觉不太一样。没有人注意我，也没有人告诉我应该做出怎样的举止才符合规范。总之我就这么自然而然地待着，感觉更像是来到了一个人家，而不是道观。

下楼的阶梯太难走了，潮湿得难以置信，像是刚刚被人用水泼过似的。我猜测这是因为房子太靠近山崖了，夏季的连续降雨让房屋内侧变得潮湿无比，整个厅堂就像一个大浴室。这会不会损害健康呢？

我一边揣度，一边小心地顺着楼梯往下走。

一楼墙壁上糊着几张剪报，它们的内容大同小异，讲述的是陈光静道长的善举。事情是从1993年开始的，有人把一个四岁左右、患有先天性心脏病的男孩扔在浙江苍南县的一座破房子里，人们围观了两三天，没人领养。最后是一个走江湖的孤老头把孩子抱上了三台道院，那时候，这里除了陈光静，还住着她的三个徒弟：蒋信容、谢信义、冯信臻。她们收养了这个孩子，取名为"拾送"。奇迹般地，孩子没死，几天后会说话了。这在南雁山区传为新闻，很多老百姓知道这里的女道士养了一个被遗弃的小孩。

没多久，一名出生才一个多月的女婴又悄无声息地被遗弃在道院门口。这样的事情在接下来的十五年里多次发生，至今为止陈光静一共收养了六十七名被无声无息放在道院门口的弃婴，其中大多数是带有先天疾病的孩子。

南雁本来就没什么游客，香客也少，功德箱收入微薄。幸而民政、妇联、到访的企业家和好心人也会捐助一些。

总体来说，陈光静的唯一办法就是吃苦。

她和孩子们开辟菜地，节衣缩食。到后来，徒弟都陆续离开，去其他道观当门立户，这里只剩下陈光静一位道长，为了照看孩子，她经常每天只睡三四个小时。

关于她收养弃婴的报道大多是2005年以前的，报纸已发霉、模糊，有些字句看不清。报纸上有一张黑白照，陈光静和徒弟正在给孩子喂饭，那时候她的头发是黑色的，想必是十多年前的事了。

我上楼去找陈光静聊天，想问问她的出家经历。她让我等着，进房间去了。我不知道这是什么意思，就等着。过会儿她出来了，一手拿着剪报，一手拿着药膏。

"这个好。"她把药膏递给我，指指我的胳膊。

在福建龙华寺和灵石寺里被咬的几十个包，一直红肿着，也不知道是什么毒蚊子，这么厉害。去五台山的那几天，温度低，伤疤有收口的迹象。这两天来到温州，一发不可收拾，肿成了片，有的还溃烂了。她给我的这支药膏，一看就是国产货。我非常怀疑这东西的效果，但情况不能更坏了，就抹了一些，似乎挺清凉的。

她给我的剪报上写着："陈光静，1940年出生于浙江苍南县，书香门第，父亲是教员兼医生。于1954年在苍南县的凤凰道观出家，苦志修行。"

"您十四岁的时候，为什么选择出家呢？"我问。陈光静说，父母都信佛，七岁她开始吃素。有个姐姐也出家了，进的是佛门。"为什么一个进佛门，一个进道观？"我好奇。"父亲说佛道一样，法是通的。"她平静地回答。

"您来这里多久了？"

"四十多年。"

她于十九岁（虚岁）正式受戒，可是，紧接着就是"文革"。凤凰道观被破坏，道友、道长也作为批判对象，被强制还俗。陈光静为坚持修行，迁移到苍南县矾山南宋乡，搭棚修道，白天农作，晚上修道，就这样坚持了十多年的茅棚修行。直到"文革"结束后，她才来到南雁荡山景区。

道院门口石碑写着"本道观由一道姑筹募经费新建"，说的就是陈光静，她在四十五岁那年发心修建三台道院，不但把一生积蓄的三万多元全部投入建设，还坚持参加施工劳动。1984年，道院落成，立碑题字："十方来，十方去，十方共成十方事；万人舍，万人施，万人同结万人缘。"

指着这副对联，陈光静告诉我："这就是我要做的，也是我这一生许下的愿。"

距离晚饭还有一个小时，师太让一个少女陪我出去逛逛。女孩一开始很羞涩，不搭理我，渐渐话密。

她是在道院长大的孩子，现在读初中，每天很早起床，去水头镇上课，再坐小巴转缆车回家。我问她道观的生活苦不苦，她说最怕没水没电，去年刮台风，断电十几天，每天洗冷水澡，点蜡烛。还有一年春节停水，"谁家过年不打扫卫生啊？结果没有水，什么都洗刷不了，差点没法过年。"

至于陈光静，女孩说："师太什么都好，就是太信经文，翻来覆去说她的那套，固执，自说自话。"

第一个被养大的孩子叫拾送，后来读了中专，毕业后做过不同的工作，根据温州当地媒体介绍，他似乎还当过和尚。

"拾送喜欢吹牛，回家就跟我们吹牛。有时候会给大家发红包，有时候回来了不打招呼，走也不说。师太很喜欢他回家，但总是板着脸，拾送给她红包也不要，每次听说他经过水头不上山，就说气话，让拾送以后不要回家。他就撒娇，说师太不疼他。"

少女说的拾送，听起来就像一个叛逆、不定性的年轻人，而陈光静是忧心忡忡的老母。

对面山上有一处漂亮的道观，名叫"仙姑洞"，是我和女孩散步的目的地。

相传北宋年间，进士朱璧的女儿朱婵媛受母亲周氏崇奉老子的影响，十三岁便离开家乡，结茅修行。父兄数次劝导，不肯返家。父亲为了令其回心转意，使人纵火焚烧茅棚。传说里是这样写的："观世音腾驾五彩祥云把她救起，度到南雁西洞隐居，她一边修炼金丹，一边为人治病。京都瘟疫，她广施妙药，大显灵通，被皇帝敕封为南雁洞主大慈大悲救苦救难护国慈母朱氏仙姑。"

道士们相信，朱氏在仙姑洞修行炼丹，得道成仙，因此这里是风水宝地，灵气聚集的地方，千年之后，他们仍愿在此修行。陈光静的师父生前住在仙姑洞，陈光静也在那里住过，为师父挑水、砍柴。那时候见过她的人说，陈光静的身体壮健得像牛一样。

和仙姑洞的道长告辞之后，我们匆匆往回走。少女有时像在抱怨，批评师太脑筋固执。我刚刚要为陈道长讲话，说："师太其实挺不容易的。"少女马上说："不需要外人提醒我们孝顺。"

就这样聊了一路，熟悉起来，回到三台道院，她带我楼上楼下参观了一遍。这栋房子分成两边，左边楼上是大殿，供奉太上老君神像，匾联文字都以歌颂太上老君统摄宇宙至尊无上之意。后面壁塑三十三天众多神像，斗姆天尊端坐在云崖中的龙头。走下台阶，一楼是厨房和餐厅。右边小楼住人，每个房间有两三张床铺。陈光静的房间有三张床，她和年纪最小、身患疾病的两个孩子住在一起，亲自照顾他们。

大姐站在院子里晒桂圆干。师太舍不得吃，把东西留到发霉，趁没下雨搬出来晒。小孩们在院里疯玩，找到两个雪碧饮料的绿色塑料瓶，踩扁了当滑板，从院子的一头滑到另一头，弄得一身泥，放声大笑，其乐无穷。大姐把他们拎起来洗。

有人在厨房敲起梆子，那是开饭的声音。

她们吃得很简朴，全是素食。厨房的地上堆着卷心菜、黄瓜、丝瓜，是存粮。烧好的有六七盆菜，木耳、金针菇、咸菜、豆腐干、香菇、笋干，用纱罩罩着，存放在餐桌上，很咸，又都是蔬菜，耐得住放，每天打开纱罩就可以拿出来吃。

我到三台道院这天，晚饭是一大锅丝瓜煮面，味道特别淡，感觉既没放味精，也没放盐。小孩们端着碗，吃得稀里哗啦的，很欢快。饭后，最小的那几个孩子领到我从镇上带回来的纸杯蛋糕，一人一口，瞬间吃光。

餐后水果是新鲜的杨梅。南雁盛产杨梅，这个季节漫山遍野都是，走在路上都能从树枝上拽着吃。大姐洗干净一脸盆，孩子们一把把抓。我也分到一大碗，吃得满手紫红。我夸赞杨梅甜，大姐淡淡地说，过去杨梅是她们的主菜，好几年，经济困窘，钱都拿去给孩子治病，就把杨梅晒干、腌渍，当菜吃。

饭后，大一点的姑娘开始洗碗，小一点的几个孩子自己玩，陈光静的普通话我听不懂。百无聊赖，只好回楼上待着，静静地闻着自己身上一阵阵往外飘的汗馊味。突然间钟鼓齐鸣，我非常诧异：怎么，这里只有陈光静一位坤道，还做晚课？

大殿里，所有人都在。下午带我散步的小姑娘，穿上一身黑色的斜襟纱袍，站在左边的梯子上敲鼓。大姐穿上一身黑色的纱袍，站在右边的梯子上司钟。我听见的钟鼓声，就是她俩制造出来的。陈光静驼得厉害，汗水湿透了衣衫，在后背最驼的地方形成分水岭，上面湿，下面干。她站在神像前面，掌鼓。

晚课开始了。一人敲木鱼，一人摇铃。还有一个我没见过的大孩子，戴着鸭舌帽，穿便装，满不在乎地击磬——这人击磬的姿势像挥舞一根棒球棍，或者干脆说像在打架。

老师太个子矮小，驼背，腿脚不便，走路依赖手杖，她用双手结揖，弯腰将手背按上垫子，连按数次，以此代替作揖。有时老师太也走去殿后方，抽一张薄垫子铺在地上，艰难地跪倒、磕头。

小孩们在殿上乱滚乱跑。俩男孩把塑料雪碧瓶当成木鱼，用木棍敲着，煞有介事地绕殿。西瓜皮发型的小女孩，在地上快乐地乱扭，不知从中找到了什么乐趣。另一个穿白纱裙的小女生，在窗边微弱的光线下写作业，对混乱充耳不闻。

大一点的女孩们是唱诵的主力。她们之间默契已深，不必看《玄门日诵早晚课》，越唱越快，越唱越快。外人拿着课本看也一片混沌，她们驾轻就熟如脱缰野马，声音奔流而去。

老君曰：大道无形，生育天地；大道无情，运行日月；大道无名，长养万物；吾不知其名，强名曰道。夫道者：有清有浊，有动有静；天清地浊，天动地静。男清女浊，男动女静。降本流末，而生万物。清者浊之源，动者静之基。人能常清静，天地悉皆归。

正唱，一个小女孩哭着跑过来，掀起裤腿给年长的女孩看，红肿一片，像是蚊叮后又被挠开的疤痕。她看一眼，骂："教你不要挖，不听。让你不听！"骂完了这句，继续唱诵晚课。

她们随时会因为什么事走开几步，到自己岗位需要发出声音的时候再回来，敲一下乐器，接着唱。包括陈光静本人也是这样。有时她正在全副身心地唱，突然一个小孩跑过去，非要她抱，她就应付几下，哄一两句，再回到唱词。

什么是庄严？

这件事在我心里是有默认值的。列队整齐，衣裳整洁，鱼贯而出，是庄严。

遵守戒律，没有闲话，从肢体语言到表情都投入仪式，是庄严。

还有，云集大德，场面隆重，这也是庄严。

三台道院的晚课和上述要点完全不沾边，小孩们乱扭，场面一塌糊涂，但我目瞪口呆，因为我看到了生命——如果不是因为陈光静，这些孩子里的好几个早就不在人世了。

她们仍然存在，能在此时此刻发出声音，她们因为一位女道长的慈悲而活了下来，这就是庄严，而且是最好的庄严。

我用相机拍下这个场面，然后给丈夫发了一条短信："在大山深处参加了一次超越此生所有体验的晚课。上殿人数仅为十人，包括我这个打酱油的，以及四个平均年龄不超过七岁的小孩。其中一个因为在地板上扭得太嗨，中途睡着了。"

陈光静道长予我礼遇，让我去这里最豪华的一间大床房睡觉，我感谢不尽。可是睡前发现一件惊恐的事：房间没装纱窗，里面飞着不少蚊子。只好掏出备用武器：精油防蚊贴，在床头、床尾、门窗处各贴一个，可是没用。大腿很快沦陷，我被迫穿上汗津津的牛仔裤。再是脚，穿上两双棉袜，但蚊子和小虫能透过袜子咬进去，我不得不用被子做成一个窝，把脚伸进去。然后是手，我用毛巾被裹起手臂。

最后是脸，我把全部的防蚊贴都拿出来，贴在床头，集中优势兵力守护裸露的面部，但仍然有蚊子来访。听得见的时候我就赶赶，睡着了就随它去。一整晚的交战中，一个翻身也可能令我受损——背部皮肤随着翻身露出来了。这时候就要重新躺平。有时被咬得狠了，就跳下床，用陈光静给我的药膏搽搽。

忙了一晚，但我还是睡着了片刻，而且是深度睡眠。我做了一个奇怪的梦，梦见陈光静。在梦里，她带着我，在天空中飞翔。

早餐是桂圆红枣花生粥拌白糖，挺好吃的。吃着吃着，我发现自己碗里的桂圆最多，比那个受宠的小男孩还多。

饭后，陈光静和几个大女孩收拾行李，要去拜访台州一个道观。师太觉得自己年龄老了，要为孩子们多考虑未来。现实情况是，有的孩子脑部有顽疾，不能从事体力劳动，有的孩子行动不便，还有的对读书兴趣不大，也许做道士是一条不错的出路。

她们还没出门，暴雨降临，出门拜客的计划取消。

我上楼补觉。暴雨中，一只蚊子都没有，空气凉爽，雨声阵阵，特别适合埋头酣睡，睡回笼觉。睡到一半，陈光静来敲门，送了两本书来给我看，《道教神仙与内丹学》《钟吕内丹道德观研究》。我接了书，继续睡。整整一天只来了一个旅行团。他们没上楼看太清宫，匆匆离开。今天没有香火钱。

晚饭打板，所有小孩都神出鬼没地出现了。

丝瓜、卷心菜煮挂面，菜是昨天餐桌上见过的，增加了一盘腌菜和笋干。她们把第一碗面挑给我吃，雨天吃热汤面，真开心。

现在我知道，只要姑娘们在牛仔裤T恤外面加上黑色纱袍，就是要上殿了。毫无意外的，小男孩又在地板上睡着，他被抱走之后，地板上出现一小摊口水和鼻息造成的水汽，似乎还在闪光。

对面山崖，仙姑洞那边，也亮起晚课的灯火。

峰谷之间，白烟摇曳，煞是好看，好像老天爷在放干冰。最后白雾弥漫，什么都看不见，但钟声是清晰的，一声，一声，再一声。一小时后，山岚消散，对面的房屋再度出现，慢慢整个山谷只剩两盏摇曳的烛火，直至一灯如豆。

大姐洗了头发，正靠在栏杆上，等风吹干。我上去与她攀话。她告诉我，戴鸭舌帽、穿便装、击磬的那位不是女孩，他十指无力，患有某种重疾，拿筷子都有些吃力；总在晚课时分睡着的男孩是最近一次收养的孩子，刚来时体弱多病，夜里睡觉特别差，又哭又闹，现在养得白白胖胖；窗边做作业，喜欢穿纱裙，不参加晚课的小女孩，也是这里收养的孩子。"因为她要去上学嘛，要给她打扮得漂亮一点。"我看大姐打开了话匣子，就问："有没有想过自己以后的出路？"她回答：

认真想过当道姑，希望能去正统的道学院学习，不怕吃苦。师太以前割草种田太辛苦，驼了背。前几年踩在孩子的一摊尿上摔了腿，没去看，结果腿脚不便。她又不吃荤。小朋友吃蛋糕、面包，里面都有鸡蛋，师太完全不吃。这几年年纪大了身体不好，勉强劝她喝奶粉，很长时间才吃了一点点，说味道太重，绝不再吃。营养保健品，别人送给她，她马上送给老姐妹、朋友、熟人，自己从来不吃。有好几个徒弟在各地主持道观，想接她下山养老，不去。早上两三点起床念经，有时候看错手表，夜里12点以为天亮，一个人上殿、念经、拜礼。

正说着，陈光静师太颤巍巍地出现，带了一个果盘，装了半碟杨梅半碟糖果，还拿了一袋橄榄、一袋瓜子，来看我，送给我吃。我半开玩笑地问，如果我给她买了营养品，她肯不肯吃，会不会拿去送人。陈光静连连摆手，说："不吃，不吃。"

她告诉我："我有新衣服，不穿。有东西吃，不吃。"我问："为什么？"她说："无苦不成道。享福、福气，让他们去享，我不要。"

我在三台道院住了两个晚上。第三天，雨停了，我下山去，临别前和陈光静告别，她挂着拐杖，倚靠着道院的门，微笑着看我。我问："能抱抱你吗？"她说："不要抱，不要抱。无量天尊。无量天尊。回浙江的时候来这里看看。"

她对我提出的唯一一个要求，是希望我为她写一篇文章，并且指定要求发表在《中国道教》。我说，这恐怕不行，我不认识那本杂志的人，写了未必能发。陈光静坚持："行的。你投稿，就能发。"

就这样定了。等我完成旅行，我会写一篇关于陈光静修道生活的文章，然后给《中国道教》投稿。如果不给发，我就再写，再投稿。如果还不给发，我就继续写，继续投稿。关于陈光静道长，我要做的事情就是这样。

第六篇

乾元观＼责任所在

想去乾元观是因为一篇文章。

2012年，我在《纽约时报》上读到张彦（Ian Johnson）写的报道，《道的复兴》。文章描述江苏茅山乾元观住持尹信慧道长赴山东沂山，为那里刚刚重建的一座道观开光的故事。在文章里，张彦用一种富于魅力的笔触写道：

当仪式进入高潮时，越来越多的人开始出现。四名警察试图维持秩序，手挽手地将围观人群挡在门外，以便道姑们有足够的活动空间。"往后退，往后退，给她们让地方。"一名警员向人群高喊。有的观众透过窗户往里面瞧，还有的守在门外，高举相机拍照。"玉皇大帝，"一名老年妇女一边口中念念有词，一边将一篮子苹果作为供品放在地上，"我们的庙又回来了。"她说。尹道长移到玉皇像前，一边拜一边唱一边叩头。这是开光仪式最重要的部分——创造一个神圣的空间，召唤天上的神灵，此时此刻，光降此地。午后，就在尹道长看起来似乎有点体力不支的时候，她停止了吟唱。她手握一支毛笔，在空中画出一个符箓。然后她仰头望天：太阳正在恰当的位置，斜射进大殿。时辰到了。她举起一块方形的小镜子，将阳光反射至正好照到玉皇大帝额头的位置。尹道长微调了一下镜子的角度，以使阳光击中玉皇大帝的眼睛——开光了。开了光的玉皇大帝看到了下方的尘世，看到了尹道长和一干信众，也看到了幅员辽阔的华北平原，那里，百千万民众正在疾速奔向一个现代化中国所追求的，或许是对全人类来说都是不易的目标——繁荣、富裕和幸福。

张彦是美国人，资深记者，2001年获得普利策奖，《寻路中国》的作者何伟（Peter Hessler）曾是他的助手。张彦喜欢中国文化，说很漂亮的汉语，对道教充满兴趣，在他的笔下，我看见一个美好、宁静的道教世界，而这个世界的中心人物，是尹信慧。

我尝试联系尹道长。按照做记者时的老习惯，要给这次拜访找一个合适的引荐人。沈向阳是《常州日报》记者，在地方上人面很熟，所以我请他帮忙。就在我访问过南雁荡山的三台道院之后，沈先生打来电话，说可以介绍我去乾元观。于是，6月20日，接到沈先生电话的第二天，我在常州的一家餐馆与沈向阳及他的朋友共进晚餐。

沈先生十分健谈，他告诉我，乾元观曾被日军"屠过"。

1938年，陈毅率新四军在苏南开辟茅山抗日根据地，将司令部、政治部设在乾元观。当时乾元观的监院叫惠心白，他与陈毅交往甚密。当日军向茅山抗日根据地发起扫荡时，乾元观也成为目标。就这样，乾元观被一把火烧成白地，包括惠心白道长在内的十二名道士及观内伙夫被日军屠杀在茅山的白虎岭下，只有一位名叫朱易经的道士因外出办事，逃过此劫。

在这段惨烈的往事之前，乾元观已经有两千余年的历史。

相传，秦统一六国后，因始皇帝痴迷长生不老术，有方士李明在茅山郁冈峰前建了炼丹院。南朝时期，南京人陶弘景辞官不做，在炼丹院隐居。他的隐士生活传进了皇帝的耳朵，梁武帝多次降旨并重金邀请陶弘景进宫协助朝政。然而，陶弘景自称难以割舍乡野生活，婉言谢绝。越是如此，梁武帝越是热情，"恩礼愈笃，书问不绝"，在此设立咨询处，名"宰相堂"，人称陶弘景为"山中宰相"。令"炼丹院"改名"乾元观"的，是句容人朱自英。1004年，朱自英在炼丹院为宋真宗赵恒设醮求嗣。第二年，赵恒的儿子赵祯降生，这便是北宋第四位皇帝宋仁宗。宋真宗大喜过望，下诏敕建"乾元观"。

元代，乾元观进入它的全盛时代，坐拥房屋殿堂八百余间，但在元末明初的战火中，观宇逐渐荒废，道士星散，最后只剩下门窗和陋舍。嘉靖年间，山西人闫希言从湖北太和山学道后云游天下，路过此处。他认为这里有自己的"道缘"，决定留下，复兴乾元观。随后二十多年里，闫希言创立全真龙门复字岔派——闫祖派，确立了乾元观"全真宗祠"的地位。

1938年，惠心白道长罹难于日寇之手。劫难过后，乾元观荒废了几十年。1993年，身为全真龙门第二十五代道士的尹信慧来到乾元观，准备开始重建工作时，她面对的是：两块倒在草丛中的石碑，一口荒芜的古井、几间在夜晚能望得见星星的茅屋……

听说我想访问尹信慧，沈向阳引荐金坛市旅游局局长杨先生给我认识。次日，我按照约好的时间地点，去金坛找到杨局长。他正好要去茅山风景区看几个项目，顺便带上我，往乾元观去。

茅山处于江苏省句容市与金坛市的交界地带，茅山风景区一分为二：句容市茅山风景区和金坛市茅山风景区。路上，我和杨局长闲聊，他说，如今当公务员一定要脑筋清楚，还要注重效益，比如金坛，最重要的旅游项目是"东方盐湖城"和"盐泉小镇"，这两个项目只要建设好配套设施，就能吸引大批游客，眼前就有成功经验，隔壁某市做"生态恐龙园"，大获成功。

我们也聊到乾元观。尹信慧从1993年受当地政府邀请，主持乾元观的重建。她接手时，道观近于荒地。常规的重建方式是道观和地方合作，开展旅游事业，从门票收入里支出重建经费。尹信慧没有采取这样的方法，她不搞旅游，不收门票，重建工作主要靠做法事和信众的善款。我问杨局长，对乾元观不搞旅游开发有什么想法。杨局长说，在尊重乾元观自身定位的基础上，他个人希望乾元观增加一些利于发展旅游的东西，"比如说更多的道教文化表演，至少找几个懂外语的导游，能给外国游客讲解这里的道教历史。这些事情完全可以由旅游局来做。你们修行，我们做旅游配套。"

翠竹掩映之中，一条水泥路在茅山延伸，它看起来崭新，像是为乾元观专门修的。顺着这条路，杨局长把我送到了目的地，我看到一个相当大的圆形广场和一座石头牌坊。上题："贞白遗风"，对联是："青龙岭下藏古今真人秦汉时便为神仙洞府，白虎岗侧隐南北圣贤梁唐际乃是宰相门庭。"这副对联言简意赅，说的是秦朝方士李明，又说到南朝的陶弘景。

道观朱红色的外墙掩映在重重树影之后，顺着长长的石阶上去，山顶的道观便是乾元观了。

杨局长和院子里一个正在扫地的中年女人打了声招呼："尹道长，你好。"

就这样见到了张彦笔下的尹信慧？

有一种不可置信感。她脸庞圆圆，穿一件蓝色的道袍，裹着白色的腿袜，脚下是一双平平无奇的黑靴。身为道观的住持，在院子里扫地，额头上还带着汗。

杨局长介绍我，说是一个来观拜访的记者，小住两天。尹信慧说："可以，可以。"这就交接完了。杨局长还有公务，很快离开。尹信慧送他出门，转头看我一眼，含笑地说："有缘。有缘。你跟我来吧。"

道观的山门外，沿着阶梯往下走几步，右手边有一栋宿舍楼，这是乾元观的招待所。它原本属于金坛市旅游局，后来经过市委协调，补贴一百万元人民币归道观所有。

尹信慧提着扫帚，带我去招待所，交代看管宿舍的女人给我安排房间。"你先休息。今天我还要做法事。"尹信慧说。"您去忙吧，"我赶忙回答，"我自己安顿就行。"

想过很多种和尹信慧道长见面的方式，但没有想到是这种：她在院子里扫地，然后拎着扫把，陪我去招待所安排房间。难道不应该有侍者来干这些事吗？我把这些吃惊放在心底。后来我才知道，尹道长对我突如其来的到访也有一些惊讶，再度碰面，她问："你和杨局长是怎么认识的？"

噢，我马上回答了这个问题。告诉她最初是怎么从《纽约时报》看到《道的复兴》，直到杨局长带我到乾元观。在我讲述的过程中，尹信慧的眼神有一点惊讶。最后我强调，是因为张彦的那篇报道，我想来这里拜访她。她微笑了，似乎搞明白了是怎么一回事。

尹信慧告诉我，她和张彦已经认识了一段时间。那是在2000年左右，有一些对道教感兴趣、生活在中国的外国人，彼此往来密切。因为这个团体中某人的介绍，她认识了张彦。尹信慧去北京出差时，曾和张彦一起前往京郊的妙峰山游览，后来她去山东为道观开光，张彦也去参加了那个仪式，并把这段经历写成了文章。

我们谈话的时候，来找尹信慧的人络绎不绝。每过几分钟，就有电话打进她的手机，香积厨里的道人也来找，问中午应该预备多少斋饭，尹信慧慢悠悠地回答："大概，有二十多个人。所以，凳子多加一点。"来问的人吃了一惊，提高声音："二十多个啊？"尹信慧还是那副慢腾腾的声调："第一批，二十多个。第二批大概只有十几个。马上就到了。"

她每一句话都慢悠悠的。我情不自禁地想象，如果尹信慧不是这里的住持，而是一本杂志的主编，在兵荒马乱的截稿期，她不会说："今晚8点交稿！还差五篇！临时枪毙了两篇长报道！"而应该是这样的语气："今晚8点交稿。还差五篇。有两篇长报道被拿掉了。"

她不负责提供感叹号。

尹信慧让我第二天找她，我们可以在早晨七点钟聊一个钟头。我很乐意地接受了这一安排，起身去吃午饭。这里的用餐氛围很轻松，一张大圆桌，随来随坐，居士、义工可以和道长们坐一张桌子。饭自己打，吃饭的时候可以闲谈。午饭后，屋外淅淅沥沥下起小雨。我撑着伞去看尹信慧做法事。

她戴金冠、插金簪，白衣外面套着黑袍，黑袍外有高功[1]才能穿的

1、高功：道教法师的专名。在举行宗教仪式时高座居中，在道士中是被认为道功最高，故称高功。

红色鹤氅，脚踩红纹白鞋，足踏八卦步，轻洒杨柳水，举着桃木剑。最有意思的是"化表"那一刹那，就是焚化道士向天进呈奏章的表文，就那么轻轻一扬手，灰烬以一种电影化的慢动作飞上去了。根本不像我想的，焚化表文需要铁桶什么的装灰，那团灰悠悠扬扬，自己跑到大殿的横梁上，消失了。

尹信慧是这一仪式的中枢。

她长时间站立，还要跪倒、后仰、诵经、奉咒，按照特定的速度和角度运动步幅，或是握紧手中玉牌，向上天祈祷。法事中的尹信慧和扫院子的尹信慧好像完全不是一个人，她旋转、下跪、上表、念诵，在极为复杂的动作和程序中，保持深度宁静。

就在尹信慧全神贯注做法事的时候，大殿里出了状况。

一队人拿专业长焦相机，对准尹信慧连续拍照。其实他们和道观打过招呼，但是香客们不知道，就很愤怒，先是质问，然后批评，摄影团从头到尾没有人解释。突然，香客里冒出一位精神不稳定的年轻人，对摄影团喊打喊杀。有人试图劝止，也差点挨打。场面混乱不堪。最后好几个男人拉走凶汉，摄影团也离开了，大殿重归宁静。

尹信慧对她身后一米内的混乱充耳不闻，她人在这里，但好像又不在这里。我决定，隔天拜访她的时候，要直接问问这件事，"你究竟听见没有？"

按照约定，我们的谈话在第二天早晨准时开始。我们聊起她入道的经过，她对生命的看法，对于道士来说死亡是一件怎样的事。当然，也和她聊到了下午大殿内的混乱。

我：这是您的办公室？

尹信慧：是的。我师父在这里的时候还没有办公室，只有一个很小的房间。现在有这么一个办公室不错了。不过以后也要改造。国家规定要有单独的档案室、财务室、多功能厅、接待室，这样才能创"和谐宫观"。我们是"全国和谐宫观"。

我：最近香客是不是特别多？

尹信慧：信众到道观里来就想做一场祈福的法事，祈福、保平安。有时候也不一定，像今天有一帮常熟的香客，只是过来烧香，不一定做法事。她们每年秧插完了，就一定要出来烧香。一个地方有一个地方的"香风"。常州的香客都是春天来烧香，常熟的就是插完秧以后这几天。

我：道长们的日常生活是怎样的？

尹信慧：香季的时候，所有事情就围绕香客的需求去服务。香客来了一般要做祈福道场，在这里吃个饭，吃完饭回去。香客不在，我们自己过正常的生活，早晚功课，中午斋供，每天晚上集中起来学习道教音乐。白天每个人都有一处岗位，在殿堂值殿。空余的时间，自己抄抄经，看看书。

我：这里的道长好像都特别年轻。是在搞年轻化建设吗？

尹信慧：你看着她们年轻是吧，不年轻了。最小是二十一岁。刚才那位个子很小的已经三十出头了。大殿里面拉二胡的那个已经四十九了。昨晚做法事负责唱诵的，四十一，安排吃饭的，四十二了。

我：四十二了？难以置信。是怎么养颜的？

尹信慧：我最老相。哈哈。年轻的时候也是很老相。我在道观生活了几十年，反正是保持着一个这样的心态，做人就是要开心吧。

我：目前的十六位道长，都是从哪里来的？

尹信慧：她们都是自己来的。早期本地来的人比较多。后来道观有影响了，温州的、外地的也慢慢过来了。

我：接收有什么标准？

尹信慧：没有标准。完全是一个信仰的问题。第一年是考验期，她们自己适应一下道观的生活，看看能否适应。我们也要考察她，觉得不行随时劝退。她自己也可以随时离开，头发、衣服都自由的，我们不管。第二年还是考察，真正让她开始过道人的生活。如果真的要入道，就要冠巾，就像佛教说削发，我们叫蓄发，有一个仪式叫冠巾。冠巾完了之后，我们看看她自己究竟修行的程度怎么样。道家一步一步的，还有受戒啊，很严格的一个过程。另外修道完全是靠自己，有没有决心，有没有诚心。第一年考察期，我们比较随便，要求不是那么严格，你可以跟我们学，但是不要求。但是成了道人，在学习上就要求很高，要严格按照我们的作息时间走。

我：能说一说您自己的入道经历吗？

尹信慧：那是1985年2月份。我的文化程度不高，读书只读到高中毕业。当时高考录取率很低，应届考走基本没有，都要复读一年。我几个同学都去复读。让我也去，我不想去。我们是农村孩子，家庭比较困难，我不想给父母增添太多麻烦。不读书了，回家吧，帮助父母做点事情。刚好苏州道协的会长,是我们家乡的人,说杭州有个道观,新收一批学员去学习,要求是高中毕业生。说实话那时候我对道教不了解。家庭对茅山有所耳闻,但是也不了解。我爸妈还是非常开明的,爸爸是抗美援朝志愿军,思想很开放。妈妈也是有文化的。妈妈说你出去吧,在农村一点发展余地都没有,当妈妈的是这么想的。我就去了。

我:你在杭州待了多久?

尹信慧:在杭州待了七年。1991年10月,离开了抱朴道院。每个地方都有每个地方的问题,道观也不是完全清静的。抱朴道院是我们老一代坤道院里的好地方,但是当地政府对于道教不支持,园林管理局权力很大,说我们违建,一点点扩展余地都没有。乾道坤道住在一起,一点点大的道场,不方便,发生了很多事情。反正种种原因吧,1991年,我和师父都离开那个地方了。师父去温州,我师兄弟在那里,我回家。原本道门是一个非常清静的地方,而且我非常喜欢道教音乐,我在抱朴道院的感觉是最好、最好的。当初第一次去那个地方,山腰底下我就听见琴声。道教音乐非常优美,特别是那种古琴声从山上传下来。环境又在西湖边上,特别优美。

我:后来是怎么来乾元观的呢?

尹信慧:回家待了一年的时间,金坛县委统战部部长、宗教科科长,还有乾元观的一个老道长来找我。老道长以前带着香客去过杭州,是我接待的,所以他知道我。县里要恢复乾元观的时候,老道长提起我,说金坛有一个年轻的道长很好,让金坛领导把我找来。

我：你为什么答应？

尹信慧：当时这个地方一无所有。但是我有一个想法，也是后来确定来这的原因——我到杭州的第二年，当时杭州有一个老师父跟我讲，你今后修道的路在你的家乡。那个老道长很有修为，她知道自己的生死。我一直陪伴她，我们给她送终。我到杭州不久，她就跟我讲了这样的话。我小名叫菊芳嘛，她就跟我说，菊芳，你今后修道的路子在你的家乡。我说不可能的，家乡茅山都是男道士，怎么可能去家乡？以为跟我开玩笑。她是个老坤道，卧病在床，出了车祸腿被压断了，躺在床上。我们一直在照顾她、服侍她，她就跟我说这个话。她走那天，我还记得是农历七月三十，晚上十点多钟，她说想吃藕粉。我就把她徒弟叫起来，给她调了一碗藕粉。她吃得很好，吃完之后又睡下去，一会儿，她说："我的魂魄已经出窍了。"她就这么跟我们讲的——"我的魂魄已经出窍了"。她清清楚楚的。她讲完之后，手就这样，就这样摇了一摇，就走掉了。这个老道人就这样走掉了。当时我们好多师兄弟围着她，她讲完这句话走了。也许别人对这件事感觉不深，但给我这一辈子留下了很深的印象。我就是从她身上，了解到修行人真的有这个道行。那个时候我坚定了信仰。金坛政府叫我到这里来的时候，我才回想起她当年的那句话："你今后修道的路子在你的家乡。"琢磨自己该不该来的时候，就想到她这句话。我想可能我就是要在茅山修行。

我：原本是乾道院，怎么改成坤道院的？

尹信慧：答应地方政府的时候，我提了一个要求，我来这里就要恢复坤道院，如果不是坤道院我就不来。后来他们就随我了。一开始他们不放心，因为这地方很偏僻，作为政府领导要考虑安全稳定。部长跟我讲，很多名山都是有乾道有坤道在一个道观里修行的，你这个地方路都没有，四周都是采石矿，只有坤道怕不安全。我说我要来这个地方就是坤道院，乾道院我不来。

我：为什么必须是坤道院？

尹信慧：祖师爷感应。另一方面也是杭州那段生活没实现的愿望吧。乾道、坤道混合在一起住，很难那样纯真。

我："纯真"是指什么？

尹信慧：我希望道观真的就像一个道观。吃素的就全部吃素，不能有荤腥进来。地方信众有供养荤菜的习惯，我们都慢慢去劝说。道观是一个很庄严的道场，从建设、布置，到道人的生活、管理，都要严格要求。现在的社会不是过去，现在的出家人也不是过去的出家人。你在外面走也知道，现在宗教面临世俗化的转折。我也知道宗教在不同的朝代都有很大的改变，从改革落实政策以后年轻人比较多，老的比较少，老一代的规矩传承下来的不多。还有些宫观随着社会发展，政府管得比较多。我们也理解领导的心情，这里这么好的资源、环境不要浪费，于是就要搞旅游开发。幸好金坛的领导比较尊重我们，这二十年下来领导也很清楚我的为人，这么多年完全是通过自己的努力、信众的帮助，建了这么大的道场。我们不是不欢迎游客进来。我们很欢迎，但是有个规定，不能拿着话筒在殿堂里大声喧哗。我们可以给大家定时演奏一段道教音乐，讲解一下道教基本常识，这些都可以做到，但是来这里就必须守这里的规矩，让这里是一个清净庄严的道场，这个氛围你要让我守住。

我：这里的产权属于谁？

尹信慧：观里面。道教产权属于道教场所。

我：像你这样忙碌，如何调节身心、修习大道？

尹信慧：静坐非常有好处，我希望你以后每天也能静坐一下，或者练一套基本的养生功法，把一天的疲劳化解掉，把自己的身体复原，不至于太辛苦劳累。修大道我现在还做不到，那要有很多精力，每天抽出一段很长的时间静坐。我现在庙务繁重，没有那么多时间。

我：昨天下午大殿里的混乱，你听见了吗？

尹信慧：我感觉到有一些问题，但是不太清楚。我一般做法事的时候，外面什么事我都不去管的。

我：那您究竟听见了吗？

尹信慧：我感觉到后面比较乱，但是我感觉不是太大。我做法事还是非常入定的。不管外面什么大事。我一直以来保持着这样的心情去做法事。做法事要完全投入到里面，因为要用心做的。

我：那是一种什么状态？

尹信慧：这种时候，我的眼前会有很多的非常神圣庄严的殿堂，就相当于我们道教的大罗天宫一样。我会完全把自己的心情沉淀到那个世界里去。法事里面内容比较多，口诀、心诀，还有很多运会、天目。高功有很多是内功，外表看上去就像舞台唱戏的形式一样，但完全不是这样。我们不是表演一个形式。高功是由内功而发的。高功要有通神的功底。昨天上的是玉皇表，那还只是一个小表。如果是上大表，要步罡踏斗，做下来要三个小时，通过非常复杂的仪式，像大臣朝见皇帝一样，一步一步地登天，最后登到玉皇大帝的昊天通明宫去。

1985年，尹信慧来到杭州西湖畔的葛岭，在抱朴道院拜施诚易道长为师。

彼时的道院，刚从"文革"的洗劫中恢复。初复的抱朴道院只有两三位老道长，后又陆续回来几位，但他们都是历尽艰辛，从各个工厂走出来重回道门的。与尹信慧一同入门的年轻人有六七个，他们跟着各自的师父，学习道教科仪、义理、音乐、书法、武术、医学。

尹信慧曾对记者回忆自己的修道生活："我记得那是1985年的2月17日，下着大雪，我们道院的住所，推窗就可看见西湖，老道长们散落而坐，弹古琴、拉二胡、吹笛子，雪安静地落着……那年的雪景，我一辈子不会忘记。"

那年头，师父教徒弟道乐，手里没有谱子，师父唱一句，徒弟学一句。尹信慧用这种缓慢而传统的方式，学习自己感兴趣的知识。师父对她有很多要求，其中包括：不要多讲话，多讲话伤神伤精伤气，修行人要守住精气神。另外讲究"道不外传"，"口口相传，不记文字"。

尹信慧一共在杭州待了七年，年纪轻轻就做"高功"。江南水路运输发达，有一群信任她的苏州香客，总是坐船到杭州，找她做道场。直到尹信慧离开杭州，回金坛主持乾元观，那些香客还来找她。

我问尹信慧："你为什么那么受香客欢迎？"她说："诚心诚意。"但我觉得这和外在条件也有关系——尹道长的眼睛、五官，都给人一种落落大方的感觉。她笑话自己："生得老相。"

尹信慧说，重建乾元观彻底改变了她的生活。她说："小时候我是比较内向、守静的一个人，不爱讲话，不会唱歌，什么都不会。在杭州的那几年，我年轻，让我做什么我就做什么，对待老师父我非常关心，所以老师父个个喜欢我——我在那里就是一个非常乖、非常爱学习的小孩子。到乾元观以后，我的性格改变了很多，是这个地方逼得我这样。在荒郊野外的地方修一个道观，我才知道自己有一份责任心，才意识到自己一生的责任在这个地方。"

当尹信慧决定接手重建乾元观时，这座道观已经败落。她所承担的复兴工作，是要在一个现代化的社会中，处理好与政府、民众、信众的关系，让道观的重建得到支持。

在《道的复兴》一文中，张彦这样描述尹信慧的筹款方法：

尹道长精通道教音乐，于是就成立了一支坤道仙乐团，在长江三角洲一带巡回演出。她们搭乘一辆破旧的汽车到处颠簸，为那些出钱聘请她们的社区或个人举行道场。当我在1998年第一次见到尹道长的时候，她已经用坤道仙乐团挣来的钱重建了乾元观的大殿，但她拒绝收取任何门票。她对宗教的虔诚和认真态度为她在国内外的宗教界赢得了名声。很快，她的仙乐团就受邀到香港和新加坡演出。乾元观名声日隆，捐助也随之而来。

经过二十多年的努力，乾元观已经成为茅山乃至江南地区最著名的道观之一。在这座道观里，玉皇殿高居山顶。

离开乾元观的那天，我再度登上石阶，想去玉皇殿拜谒一番。

天在下雨。为了抄近道，我打算从山坡爬上去，结果陷在雨季的泥巴地里，鞋底沾满红泥，寸步难行。等到拔出裤腿，走回正道，一大堆红泥巴随着我的脚步，延伸到玉皇殿的门口。我望着这些糟心的泥巴，目瞪口呆。

细雨迷蒙，四顾无人。我可以选择马上溜走，想也不会被人指责。可是这会毁了我的旅行。

本来我可以很愉快地回忆乾元观，以及尹信慧告诉我的那些故事，她是怎样在杭州找到自己的信仰，又是怎样在家乡茅山找到了一生的责任所在。如果我就这样溜走了，以后每次想起乾元观，我只会想起这些糟心的泥巴，以及我是多么不负责任。

想到这里，我决定赶快了结此事。

我向值殿的女人借了一个拖把、一块抹布，决心在雨停之前，把泥巴还有那些脚印擦干净了。

这事比我想的辛苦。近三百级阶梯，光爬上去就累得够呛。我扛着雨伞，提着拖把，弯腰用抹布擦地，一步一步地往上爬，两个小时后，才把自己踩出的足迹擦掉，登上了玉皇殿。

第七篇

普寿寺、武汉、芦花庵\这不是一趟学习无情的旅行我在太原武宿机场降落，刚走到机场外，立刻感受到山西的气温比半个月前上升了一些。毕竟是六月底，华北平原已进入初夏。

因梦参老和尚的百岁华诞法会，这几天普寿寺将迎来许多义工，他们来自北京、天津、山西，或是更远的地方。祥德告诉我，榆次大乘寺将为义工包车前往普寿寺，她建议我在太原和这个队伍会合，一起去五台山。

因为梦老的生日，整个五台山的寺庙都行动起来。

6月28日，这里将举办两场华诞庆祝法会，第一场在通愿寺，第二场在普寿寺。

法会规模宏大，需要的义工也特别多，运送义工的车辆一律是枣红色客运大巴。我和大乘寺的义工一同到达普寿寺。寺庙的侧门打开了，成群的女尼出现在那里，和大乘寺来的人打招呼，热情洋溢。场面很热闹，和上一次我来这里时截然不同，那时门禁森严，静悄悄没有一丝声音。

我感到一种节日般的快乐。再次看见这些女修行人，虽然并不认识，心中却觉得亲切。

这次我还住在"善来楼"，里面住满了人，都是各山各庙来参加法会的比丘尼。睡前有人敲门，是一位陌生的小师父，带着羞怯，捧着一双新棉鞋，请我穿上走七步。我问她这是什么含义，她说"踩净"是给出家人穿别人已经穿过的鞋，为了去除出家人的贪念。我很愉快地配合她完成了这个仪式。

一位年长的比丘尼出现在走廊上，批评这个小师父不该没事来打扰我。"这么深更半夜的，明天找个小居士踩不就好了？"小师父的脸更红了。临走前，她祝福我以此累积福报，我也向她鞠躬还礼。

这晚我睡得很好，第二天早上4点15分，随众参加早课。即使有盛大法会，早晚课还是照旧，这就是普寿寺。

早课完毕，我去大寮领食物。厨房为了中午的"千僧宴"忙碌，没时间做早饭。他们发放两天分量的干粮：面包、方便面、饼干、花生米、素豆腐。按人头发，签字认领。

领完早餐，祥德来了。出乎意料的是，还带着一个年轻的姑娘，叫王瑶，两人是在中巴车上认识的，聊起今天梦老的法会，王瑶随祥德前来观礼。

法会全名为"恭祝梦参老和尚百岁华诞祈祷世界和平国泰民安斋僧法会"，早晨7点钟开始，普寿寺里响彻着欢快的佛教歌曲，完全是一派过节的气象。

不知道是不是因为高僧齐聚，总之，五台山这天的天气真是漂亮。祥云朵朵，阳光灿烂，远处青山，近处人物，个个鲜明，照片怎么拍怎么好看。

大概是我们仨说话声音太大，僧值走了过来。僧值是寺庙里最重要的执事之一，有权执行寺规。所幸她不是来赶人的，她说手头的小照相机不好用，要我们几个站在殿前，多拍照，回头发给她。这是求之不得的一道命令，我连声答应。

9点半，仪式开始。比丘首先列队走入大雄宝殿，他们来自竹林寺、碧山寺、南山寺，也有远道而来的藏地喇嘛。还有一些道长，背着"中国道教"字样的布包，前来贺喜。因为阳光炎热，五台山通愿寺给到场嘉宾发放了遮阳伞，上书四个大字："即心即佛"，是梦参老和尚昔年的题字。

梦老本人没有来。据说身体不太好，前两天还在输液。毕竟已是逾百岁的老人了。

2013年，五台山曾为梦老的九十九岁生日举办法会（为取长寿吉祥之意，九十九岁便过百岁寿诞），那一天，佛教界群贤毕至，参与盛事的僧众、居士、信徒及游客多达两万余人，星云法师也从台湾跨海而来，与梦老交谈合影。今年百岁，庆祝法会再度召开。

我正拍照，祥德突然出现了，把一个胸卡塞过来，上面写着"拈香"两个字，对我说："拿着这个证件，去大殿正中。"

证件分成几种。义工戴红袖章，在路两旁维持秩序。我奉命拍照，戴着红袖章，还有一种黄色系绳的胸卡，可以自由出入。祥德塞给我的是"拈香"证，今天早课结束，一群人跟着住持如瑞法师的后面行走，他们就戴着这种卡。法会典礼开始以后，还是这群人，在众比丘之后行入大殿。

我不知道手里的证件代表什么身份，但知道有了它就能站到大殿的中间。我有点犹豫，说："还是你去吧。"祥德说："你去，拜的时候默念'欧普照明'。"

"欧普照明"是祥德曾经工作过的企业，如今她虽然离开，但对老同事的感情还在。我记住这个任务，拿着牌子，走进大殿。

从没经历过这么大的佛事场面。左右僧侣加起来怕是超过一千人。进香的时候，合十列队，等到经过案前，每人领一小块香木，点燃此香，插进香炉。我有样学样，但这块木头偏偏不容易点着，好容易燃亮了，匆匆上香，跪地叩拜，刚跪第二下，旁边师父催我快走。我就这样退下去，随众顶礼，心想："糟糕！刚才没念'欧普照明'。"

幸好还有一次机会。顶礼结束，众人再度上前，挨个进香。我已有经验，不再慌张，拜的时候在心里念："欧普照明，欧普照明。"刚把香木插进香炉，又被催着下来，然后新一轮跪伏磕头。

穿的是牛仔裤。我老是担心自己的后背、后腰露出来没有，又忙着留神听师父叫"起"。跪下去趴在那儿一动不动的时候，因为什么也不用干，心里反而是安宁的，有一种诸般乱哄哄中不合理的安宁。拈香证从脖子上掉出来，一动不动，趴在我脸前不远的地方。我仔细地看着那个证上面绷的那层硬塑料膜，它反射出了殿外的蓝天。僧人又叫"起"了，我挣扎着爬起来，那层蓝天摇晃着消失了。

三次进香，礼佛完毕。
全殿比丘、大众盘腿坐下，诵《普贤行愿品》。

我在福建灵石寺体会过的那种困倦不堪的感觉又来了。当时监院维律法师与我谈佛法，我不知如何对答，同时困得不合理，几乎睡着，最后靠偷偷掐大腿，才没有当面昏睡。我一直对这倦意纳闷，它突如其来，没有征兆。

此刻，在普寿寺宏大的佛事场面中，相同的感受又发生了。明明

107

这一天我精力旺盛，还很兴奋，没有半点渴睡。偏偏就在念经文的时候，困得几乎马上要睡着。

我当然知道此时此刻万万不能睡倒，身在大殿正中，左右各有五百多个和尚，还有僧值监场，我跪在大殿正中央，不能打瞌睡。但那股困意由不得人，它强大，霸道，不讲道理。

复次善男子，言忏悔业障者。菩萨自念我于过去无始劫中，由贪嗔痴，发身口意，作诸恶业，无量无边。若此恶业有体相者，尽虚空界不能容受。我今悉以清净三业，遍于法界极微尘刹，一切诸佛菩萨众前，诚心忏悔，后不复造。

困到无边无际，困到车载海量。香烛、人声、音乐，无穷涌来，几乎睁不开眼。我拼命念，漱口似的，大声念。

复次善男子，言随喜功德者。所有尽法界虚空界，十方三世一切佛刹，极微尘数诸佛如来。从初发心，为一切智，勤修福聚，不惜身命，经不可说不可说佛刹极微尘数劫。一一劫中，舍不可说不可说佛刹极微尘数头目手足。如是一切难行苦行，圆满种种波罗蜜门。

牙齿咬住每一个发音，几乎感觉不到是谁在读这些经文。

因为过于瞌睡，脑中的杂念倒也消失了，只剩下最朴素的一个念头："不能睡着"。

复次善男子，言请转法轮者。所有尽法界虚空界，十方三世一切佛刹极微尘中，一一各有不可说不可说佛刹极微尘数广大佛刹。一一刹中，念念有不可说不可说佛刹极微尘数一切诸佛成等正觉，一切菩萨海会围绕。

坚持到底就是胜利。口舌运动几近麻木，瞌睡到完全不知道自己在念什么，只知道自己还没睡着，还在念。

愿以此功德，庄严佛净土。上报四重恩，下济三途苦。若有见闻者，悉发菩提心。尽此一报身，同生极乐国。

回向偈读毕，法会结束。刹那间我突然就不瞌睡了。站起来，发现腿有点麻，但还好，站住了。心想千万别摔倒，不然太丢人了——这时听见右手边一位比丘说："哎哟，腿麻了。"——觉得这师父挺实在的。

众人鱼贯而出。我在走廊的拐角处寻到祥德，她说："你马上去斋堂，一楼有'千僧宴'。"

我不太确定地说："我能去吗？"

祥德说："有这块胸卡就能去。"

趁她没走远，我还来得及说一句话："我刚才念'欧普照明'了。念了好多遍。"

她远远朝我一挥手，很欣慰的笑容。看到这笑容，我想起上次问她："为什么高兴的时候总喜欢一拍脸？"

她说："拍脸的意思是害羞加抱歉，是一个充满童心的动作。四十几年都过去了，我像一个小孩一样，才刚刚开始生长。"

祥德是佛门里一个天真无邪的女童。

"千僧宴"开始，我的杂念又出来了，心想：有几个人一辈子能吃上一次"千僧宴"，想马上在微信发一条朋友圈。但又琢磨不出合适的言辞——既能让所有人都明白这事是多么难得，又不显得Low。

正胡思乱想，上菜了。黄瓜木耳腰果拌素鸡，海带土豆烧素肠，炸香菇，荷兰豆烧胡萝卜，豆沙包，米饭。炸香菇太好吃了。

回去睡午觉，祥德打电话叫醒我，她喊我和王瑶一起去拜见梦老。当天正巧又是周六，梦老还是按照习惯，在住处接见信众——颇有一种按时上班的感觉，这场为他而办的法会，离他只有一公里，却好像跟他没有关系。

回普寿寺的路上，说了说各自明天的打算。王瑶说她小时候跟爸妈来过台怀镇，那时十二岁。她想第二天去五爷庙，找回童年记忆。我觉得"找回记忆"很有意思，跟她说好，明早陪她一起去。

第二天，祥德比我们起得都早，独自去上早课。等她回来，我和王瑶都起床了，吃了昨天领的干粮，把碗筷洗干净还给客堂。祥德换了衣裳，去吃早斋，走的时候只说了一句话："我吃饭去啦，走了。"

我喜欢宽松、自然、欢乐，喜欢朋友一起大笑，随意瞎扯。但是祥德不是这样的朋友，她有时候看起来有点严肃，就像她说的一句话："'修行人'的另一个解释是'非常人'。'非常人'如果用常人的思维要求他们，结果就好心反把他们都装进地窖了。"

两次来普寿寺，我在这里认识的唯一一个女修行人，是祥德。

祥德离开房间，下楼了，王瑶托着脑袋发呆，傻乎乎地说："我喜欢不说告别的告别。"我不理这套,我是个俗人,推开窗子,朝祥德喊:"再见!"

我也要离开普寿寺了。

王瑶陪我去汽车站买票,我们一起坐公车去五爷庙寻找她的回忆。

进庙,台上正在唱晋剧。才子佳人都在狭窄的后台上换装。白的红的涂在脸上。古代的衣裳换上,走出来就是故事了。拜五爷的人还是那么多,王瑶说,进来闻见那香火味,童年的回忆就全回来了。

我看了一会儿晋剧,就跟王瑶说了再见。

今晚,我在武汉。祥德在天津,王瑶在台怀镇,她找了个青年旅馆,说那儿比普寿寺更适合她。

高铁到武汉已是深夜。我去熟悉的宾馆投宿。它的名字有点拗口,"大觉宾舍",挨着归元寺,比较清静。喜欢住这里,主要因为宾馆斜对面有一家手艺了得的素食馆子,拿手菜是油豆腐做皮,芋泥做馅的素鸡,一面当心舌头被烫着,一面品尝豆腐皮里的甜馅,还略有腐乳的滋味,细腻交融,难以忘怀。另一家我到武汉必去的素食店在长春观,用豆腐和淮山煮的"羊肉汤",用新鲜稻米做的香甜米饼,也是别处吃不到的。

武汉人做豆制品的造诣让此地的素斋水准遥遥领先。

来到这个城市之后,持续觉得快乐。

深夜,按照在寺庙时的生物钟,应该已经熟睡,但还是得洗衣服、洗澡、清洗头发。坐了一天车,感觉全身都是尘土。最后连背包的防雨罩也洗了。

第二天早晨，不赶班车，也不上早课，睡到8点半起床，懒洋洋地去巷子里吃早餐。这里没人吃油条大饼，华北平原的食物已经被抛在身后。我要了一碗热干面，以各种佐料调味，还有芝麻酱，味道不错，面条下肚，从胃到喉咙，都很舒服。

吃面时，我决定在武汉多住一天，就当给自己放假。

所谓的旅程，就是自己拥有决定权，知道怎样做能让自己更开心。

下午，我坐车过长江，去经济开发区拜访一位女教授。上次我俩见面，也是在她武汉的家里，那次是职务行为，做采访，我们一起动手为一幅油画钉画框，聊到什么是勇气。她说勇气就是不害怕失去，以前她也害怕，后来发现，只要把事情想清楚了，就不会害怕，因此结论是：按照自己彻底想明白的道理去做。

这次来拜访她，纯属私人会面，想知道她对修行这件事怎么看。她自己动手烧的晚餐，边吃边聊。

问起我的旅行，我说想为中国的女修行人写一本书，然后问她有什么建议。

她说："'为什么'比较重要。为什么要做这件事，为什么要传递这个信息。光写结果不行，结果大家都看得到。"

我说，有时候某个信息很重要，比如说，在拜访女修行人的途中，她谈了个人修道历程中特别重要的私事，这件事其实决定了她的修行态度，也最能反映她的纠葛与取舍。但这是私事。如果我写，她不开心。如果我不写，那其实没有把最关键的东西写出来，遇到这种情况怎么办。

她说："别人不同意发就先放着。告诉你，至少加深了你对她的理解。或者想想办法，给人家处理一下，匿名；""要敢于质疑威权，不要对弱者吹毛求疵。弱者的瑕疵是很容易找的；""采访就像边走边撸葡萄，撸到哪算哪。问题问到哪儿，答案就到哪儿。没有问题就没有答案。"

两人吃了一半，去锅边等馒头蒸热，这是主食。她突然跟我说起她自己的信仰经历。那是在国外访学的时候，在一个教堂里，突然被感动，然后就哭了，哭得很厉害，很快"决志受洗"。

我听得目瞪口呆，说："原来你有信仰啊。我以为像你这样的人不会有信仰。"我的意思是，她看上去太强大了，似乎不需要任何外部的解释和安慰。她从锅里往外夹着馒头，轻描淡写地说："嗨，谁能不被影响啊？那时候我还不知道'决志'是什么意思。人都会有一些傻问题。"

这个话题确实太私人了，关于信仰的聊天到此为止。馒头上桌以后，她又顺手做了个紫菜汤。我们就着汤和热菜吃馒头。我问："我今年结婚了。您对婚姻有什么经验之谈？"她咬着馒头，说："第一，别太认真；第二，别太个性。"

临走的时候，她送给我一个胡杨木做的小骆驼、一套旅行护肤品，一张兔妈妈带着兔宝宝的明信片。室外暴雨倾盆，我把这些东西放在随身的包里，费力地撑开伞，往小区外面走。

大雨中，打车去一个叫"爪哇空气"的酒吧。

这是武汉女作家吕露的朋友开的店。我跟她说，跑了一个月的寺庙、道观，不接地气，请她介绍一个好玩的地方，最好热闹一点，让我去看看人。吕露把我介绍到了这儿。

进酒吧前，我发现自己两手空空。于是又折出去，买了几样水果，拎着水果去了酒吧。老板叫方文，他把这里装修成印尼风情，院里两个大水缸，到处都绿油油的，给人感觉随时能有青蛙跳出来。这种装修太适合武汉了，天天下雨，有扮成东南亚的潜质。

方文真是好人——他牵着两条大狗，带我去江边散步，还找了一个很能聊天的朋友陪我聊天。我们聊了湖北风情、日本自卫队、壁画艺术。6月初刚刚开始这趟旅行，从福州去天津的那天，世界杯刚刚开赛。我在天津的麦当劳里吃了一只足球形状的汉堡，所以记住了世界杯这码事。一转眼，赛程过半，酒吧里高挂的电视机正在直播比赛。

一场场的世界杯比赛看下去也是需要耐力的，一次次的出发也是一样。"没有人催促你出发，这趟旅程全凭你自己。"我对自己说。

临走的时候，方文让我把水果带走。"我这里真不需要这个，谢谢你的好意。"他客气地说。回宾馆的车上，我给吕露发短信，谢谢她的介绍。

我给自己放的两天假就这样结束了。7月2日，星期三，武汉大雨转小雨。我在宾馆前台寄存行李，借了一把雨伞，从付家坡长途客运站登车，前往黄梅县芦花庵。

芦花庵是四祖寺的下院，位于镇子以西十五公里外的大山里。另一所著名的禅宗寺庙五祖寺也在黄梅县，只不过与四祖寺方向正好相反。

我读过圣严法师的《五百菩萨走江湖》，这本书记载他在2002

年，率领五百人的佛教团体，从台湾来到福建、江西、安徽、湖北、湖南等省，进行禅宗寺庙巡礼的故事。

"走江湖"这个词，通常被认为带有民间、流动、平民社会的色彩，但读了圣严的这本书，才知道"走江湖"源于禅门——他说，禅宗寺院本以朝参、晚参为日常定课，如果因故暂时休止，便称为"放参"。然而想要参究生命的实相时，并无时地动静之分，即使在放参或游访四方时，都是求道的方法，也是必要的历练。江西和湖南曾经是禅宗发展史上最重要的两个地方，所以古代形容禅门的行者，寻师参方，往来各大禅师门下的旅行为"走江湖"。

在这次旅行中，圣严法师亦曾到访四祖寺，为此地写下了翔实的介绍：

四祖道信到黄梅的双峰山，开创四祖寺，在那里住了三十多年才圆寂。五祖弘忍也就在这个时候投入他的门下，参学悟道。当时双峰山的道场，究竟叫作什么寺，不太清楚，据说就叫双峰寺或正觉寺。中国禅宗寺院生活真正的开创者，应该是从四祖道信开始。因为在这之前，菩提达摩、二祖慧可，乃至三祖僧璨，并没有形成聚居一寺的僧团生活。早起的中国禅者们，都是一人一室，或者一人住一个精舍，或者是居无定所，过着随遇而安、木食涧饮的生活，并没有固定的场所成就许多人来群居禅修，也没有办法培养出大批的禅修人才。

道信在双峰山开创道场之后，才形成了禅宗僧团的寺院生活。根据《续高僧传》《历代法宝记》的记载，当时随道信修行者达五百人之多。这些人的生活，并不靠朝廷拨款接济或信众捐助，而是采取自耕自食的方式，白天带头劳作，晚上潜心禅修，这就是禅宗历史上著名的"农禅并作"制度。

我对禅宗兴趣很高，因为它有很多故事、公案，也因为禅宗把饮食、旅行和修行放在一起考虑，他们不但"走江湖"，还创造性地解决了僧团的吃饭问题。

来到四祖寺门前，天色已晚。从居民那里得知，从这里上芦花庵有车道，但是都是上山的路，走路还要一个小时。我放弃了步行的打算，花钱雇了车，直接开到芦花庵门口。

既已抵达目的地，我便不忙进去，抬头看山门，上面题着一副对联："白云青嶂红尘外，明月芦花法界中。"匾额注明"芦花庵，四祖分院"。

这副对联，看上去是务虚，其实不然，字字句句都在写实。

芦花庵建造在山腰上，原本此处有一个水库，现在已经改造为寺前百亩大小的深潭。四面青山环绕，山在水里，水里有山，长堤上还修了一所小小的亭子，称为"赵州亭"，令人即刻想起禅宗里著名的"赵州和尚"。不但如此，因为黄梅多雨，每逢雨后，潭面上会荡漾起一层雾气，令得青山更加朦胧，也更显妩媚。

忙着拍照的工夫，庵里开出几辆黑色轿车，往山下方向驶去。大概是四祖寺的僧人陪地方领导上来视察。我也赶快收拾脚步，往芦花庵里面走去。二山门外，有一辆客货两用的小车正在卸货，一位中年女尼站在车后，她个子不怎么高，神色淡淡的，穿着一件灰色的僧袍。我朝这位师父行了个礼，便往寺里寻找客堂。后来才知道，门口遇见的这位比丘尼，正是芦花庵的监院宏用法师。

"宏用"这个名字，我曾在《禅的行囊》里看见过。作者比尔·波特在这本书里写道："比丘尼们暂时借住在北京的一处公寓楼里，她们的庵院眼下正在南方一千公里外的湖北黄梅兴建，那里离禅宗的四祖寺很近。宏用告诉我，她们正在准备参加念诵《大般若经》的法会。"

此刻，宏用已不再是书里的一个名字，她就站在我的眼前，只是我没有认出她来。

我遵循程序，等待客堂师父结束晚课，回来安排住宿。等待的时候，注意到廊下几位正在洗菜的比丘尼，她们手里的蔬菜是那般肥大、鲜美，吸引了我的目光。我忍不住拍下了这些蔬菜的照片，比丘尼们"呵呵"笑了。显然，她们也为自己的劳动成果而自豪。

晚课结束了，知客很快回到客堂，为我安排挂单。

我随着她的脚步，在这座依山而建的寺院里前行。这里不愧是禅宗的庵院，一路行来，处处都有茶盘和供对饮的座椅。我住的院子里摆着茶案，位置俯瞰青山、深潭、小亭，背景是双峰山的湖光山色。雨后的雾气已经全部收拢，檐下的几盆莲花正在盛放，说芦花庵是我这一路行来最美的寺庙，毫不过分。

晚饭时间到了，比丘尼们持"过午不食"戒，不用餐。我和几位居士在待客的小厅里吃饭，西红柿煮面条，味道可口。吃饭时，我看见客厅中立着一块牌子，上面写着："宗风四要：信戒为本、禅静双修、坐作并重、自他兼利。"

所谓"坐作并重"，"坐"是坐禅，"作"是作务，也就是劳动。我正在吃的西红柿，就是寺里自耕自种的成果。在地理位置如此偏僻的地方，带领大众学习佛法，且能通过劳动自食其力，可知监院宏用法师这些年付出多少艰辛。据说，她曾是一位高校教师，来自北京，饭后闲聊时，我向她问及人生经历，宏用法师只是笑笑，对自己的事不愿多谈。

我：听说芦花庵在办儿童夏令营，有些居士在网上宣传这件事。

宏用：我们内容不多，没怎么宣传。第一期十天，第二期七天，现在才是第三届，慢慢地知道的人稍微多了一些。有家人整个暑假都把孩子放在这里，连续来了两年。后来又有一个孩子，淘气得不得了，北京的，爸爸妈妈管不了，搁外婆那。外婆也管不了啊，读书也不行，还没放假就领到这了，待了一个多月，转变特别大。后来我就想，索性每年假期办一个儿童夏令营，我也不用招生，熟悉的居士家的孩子，或者出家众的家里人，都可以来。

我：孩子在这里主要学什么？像您说的那个变化特别大的，是怎么转变的？

宏用：其实也是一个熏习，孩子也不用随众，想跟着就跟着。基本上殿的都很少。但有时候孩子也愿意找出家师父聊聊天，我们也让孩子背背经，读读故事，自然而然地，就有很大转化。还有一个发愿，特别想出家，家长害怕了，赶快把孩子接走。

我：想把孩子送来的家长，怎么跟芦花庵联系呢，好像也没有网站。

宏用：我们没有网站，我现在没想扩大宣传，住宿本来就很紧张，禅堂还在修。一般是熟悉的人才送来。微博这些都没有。

我：是不是先把硬件弄好，才考虑弘法？是有这样的一个过程吗？

宏用：其实也不是，你看老和尚[1]——接触过老和尚吗？

1、老和尚：指的是净慧法师，也被称"静慧长老"。曾任中国佛教协会副会长、河北省佛教协会会长。他提倡生活禅，主张"在生活中修行，在修行中生活"。

我：没有。刚才在下面看了老和尚的故事，很感动。

宏用：你没有接触过老和尚啊？那你接触佛法的时间还是很短的。老和尚最早在北京，建河北的柏林寺，刚开始只有一个大殿的时候，只能住棚，夏令营就在大棚里办，一边修建寺庙，一边就办夏令营。所以不一定是说硬件都修好了才做，一切要看因缘条件。

我：我看见下面黑板报上说，老和尚曾经担心这里"前不着村后不着店"，可能有安全问题。这些年来，有这方面的问题吗？

宏用：还好，应该没有这方面的问题。

我：当地村民都挺支持的？

宏用：刚开始和村民关系也不是特别好，后来老和尚来了以后，跟村民改善关系，帮他们修路。我们刚来，四祖刚恢复的时候山都是秃的，树都是后来长的，你看到的这些树也就长了十多年。村民为了卖钱，把松树皮都弄了滴油，卖钱。老和尚说，我给你钱，现在不要再弄这些树了。一点一点地努力。所有的建筑工程，刚开始他们技术根本不行，全部工程都交给他们，这几个寺院，北边的寺院。慢慢、慢慢地给了他们利益以后，慢慢、慢慢地转化。

我：现在庵里有多少位师父？

宏用：师父有五十二位。一小半年岁比较高，像我就算年纪大的了。

我：您刚才说到，没有网站和官方微博。您以后会考虑这种网络形式的弘法吗？

宏用：也不是不可以，但需要一个成熟的过程，也需要系统化。这需要很多精力和时间，还得有人，说到底还是一个人才的问题。男众还好一些，我看这些年慢慢起来了，但还是缺少人才，各个寺院都一样，方方面面都缺少。女众就更缺少了。有适当的这方面的人，也可能可以做。寺院里控制网络的使用，主要因为，毕竟都很年轻，怕她们控制不了，好奇的东西太多，干扰太大。尤其刚出家的，看书都不能让她们随便乱看。这是为了保护她们。等成熟了，有正知正见了，看什么都行，很多东西也不会感兴趣了。

我：您自己的出家经历能谈谈吗？
宏用：自己没什么好介绍的，也不是什么知识分子。

我：女众在修道途中，会遇见什么特别的障碍？
宏用：最最重要的还是不断地面对，不断地面对，强化了自己的心态，自然就勇敢起来了。不要给自己找退路。其实出家这条路本身就是没有退路的路。很多女众的居士来我这里，说想出家，老是说想出家，但是迈出这一步很难。尤其女众，你也应该了解，最重、最重就是一个"情"字。"情"是女众在修道中最大的问题。哪怕是出家以后，很多人在这方面还是出现很多的障碍。有时候它在修道中通过别的一种形式表现出来，它不是针对放不下感情，是在生活的方方面面中出现一些习性。女众的戒律为什么比男众多？也是针对一个"情"字。

我：具体来说，怎么才能不断面对？
宏用：就是不管遇到什么情境，顺境逆境你都能面对，还能接纳。一般人面对逆境，不是对立，就是逃避。你不对立，也不逃避，这不就是面对吗？

我：是，有时候觉得自己最近修得挺好的，其实仔细想想是因为最近挺顺的。

宏用：人最难面对的就是人生问题，你在一个集体里头，各种各样的人你都能接纳，你都不对立，包容一切人的弱点，这对很多人来说就是一个难题。只有通过熏修，有人道理特别明白，但是境界不行，所以得修，得在境界中不断的磨练。单纯的理论学习不行，单纯的做事也不行。所以"坐作并重"，也要打坐，也要耕田。

芦花庵一切都好，只是蚊虫难熬。我睡前要点上电蚊香，还要熏艾条。艾草腾起"呼啦啦"一片烟雾，蚊子晕过去，消停半个晚上。到了后半夜，蚊子清醒过来，许是饿了，扑得更加凶猛。只能摸黑找香茅油涂抹，再擦一些止痒的膏药。第二天醒来看看，小虫子围着我的胳膊打转，不全是蚊子，有的像柳絮那么软，个头小得像黑丝线的线头。

因为睡不好，我总是在白天补觉，很少参加早晚课。或者是，已经麻木到对此类仪式没有参与感，初上路的好奇心不知去了何处。

我在一个清晨离开芦花庵。离开的山路上，我最后一次饱览双峰山的美景，同时不无沮丧地意识到，虽然我知道了这座庵堂的来历，虽然我已经和住持谈过话，虽然我已经在这里吃过、住过、上过课，但我对这里的女修行人的了解，几乎没有比来之前增加太多。

我必须承认的事情还包括：之所以选在早斋过后离开芦花庵，是因为我不想在这里吃午饭了。这里吃得实在太清淡了，完全不符合我的口味。晚上的蚊子、白天的湿热，都太可怕，即使用浪漫情绪去想象，我也不愿意再待下去。

在这种抗拒的情绪下，最初上路的好奇心已经减退不少，我的状态变得低迷、麻木、缺乏生命力、不活泼，连最起码的八卦欲望都消失了，对寺院的拜访更像是一种形式，逼迫自己走个过场——舟车劳顿，去到一个地方，获取只言片语，观察三天两天，便希望离开。

这一天，我寄希望于武汉，想尽快回到那里，吃好一点，住好一点，然后逛逛商场。在这种情绪中，我路过一辆清晨来寺庙朝拜的小轿车、两头黄牛、一个扛着木料和雨伞的农人，行到双峰山的半山腰，那里有禅宗四祖道信的真身塔，名为"毗卢"。

公元651年，道信圆寂，肉身放在毗卢塔中。当时是唐高宗李治当朝，他笃信佛教，做太子时，依求玄琬法师授了菩萨戒，后来又与玄奘亲近交好。而到了武则天时期，在这个中国封建历史上唯一的女皇帝的倾力倡导下，佛教达到了空前的鼎盛。

我朝毗卢塔拜了几拜，继续往山下走去。

最初的旅行计划里，芦花庵的下一站是陕西终南山。我想去那里拜访住山的女隐者。或是去临近湖北的江西省寻访大金山寺，那里的住持是印空长老尼，她声望隆赫，威严又富于智慧。但这两个计划都被我自己否决了。

怎样判断下一个目的地，我希望和自己的内心感受相连。

怎么找回这种感觉？答案是：回武汉去，找一个好点的酒店，吃点好的，逛逛商场，别把自己装进仙风道骨的套子，别把自己乔装成不食烟火的模样，先让自己开心起来，然后，等待灵感。

我走到了山下，四祖寺的大门开着。进去走了一圈，买了点纪念品，便离开了这个地方。

三个小时后，转车回到武汉，我做的第一件事情是住进了一家比芦花庵豪华了不知道多少倍的酒店式公寓，它恰好坐落在一家大型商场里，往下几层楼，就是热热闹闹的商店、影院、餐馆。我一头钻进去，喝咖啡、买衣服、去粤菜馆点了一顿肉很多的午饭。

第二天，丈夫从上海飞来武汉看望我，我带他去我喜欢的湖北省博物馆参观，带他去看三楼那两个仿制的人头骨，给他讲解关于文物的故事，他带我去吃好的喝好的，两人还去爬了黄鹤楼。

丈夫在武汉待了两个晚上，他去机场的那天，我去送他。我本来最讨厌送人的。接人还可以，接人代表希望啊。但我还是去送了。出租车往机场开，他抱着一个大大的背包，里面是他永不离身的笔记本电脑，歪着头，睡着了。我用手机，极其珍惜地拍下了他熟睡的模样，在心里对自己说，要永远记住他睡着的这一刻，男人也会疲倦，只是平时不愿轻易表露出来。丈夫安检的时候，我感觉自己的眼眶里有泪水。从这一刻起，我开始允许自己想念，允许自己真情流露。

我明白了，这不是一趟学习无情的旅行，无情只会让我丧失活力，感情才能让我找到好奇心。

我的低迷状态就在这次机场之行以后消失了。我感受到很多很多的爱。我对丈夫的爱，丈夫对我的爱。能哭真好，能爱真好，我又活过来了，活蹦乱跳，对远方再度充满信心。

我望着他的背影，眼泪流出的同时意识到了自己的转变。

恢复了得意扬扬的劲头之后，我发了一条朋友圈，宣布本仙女又要进山访道去了："一人一伞一包，手拎一盒绿豆糕，径投武当山去也。"配图是一只飞起来的三花猫。

第八篇

武当山／『修行嘛就是各管各，自己管自己，别人是管不了的』

去武当山的念头来自我在茅山乾元观的那段日子。

当时在尹信慧道长的办公桌上看到一册申请南京大学博士学位的论文，标题是《宋元清微雷法研究》，作者叫王驰。

我第一次看到有人把"清微雷法"作为学术研究内容，十分好奇，翻阅后发现百分之九十看不懂，唯一看懂的是论文后记：

读博数年来，因缘际会，于天下名山仙境、洞天福地多有参访，并结识诸多道长仙友。时时于清风明月之下，品茗论道，探玄问心，方觉生命归宿，无非性命之圆满，真常之回归。今博士论文既成，心境复翻一层，明人生苦短，学海无涯，唯至诚赤心方可得其神髓，谨赋拙诗一首以志之：阅罢清微仙真语，堪叹古来道心同。炁聚五行风云变，神归紫府万雷轰。三生不改降魔志，一灵悟彻自从容。教慧剑护方寸，云水无碍归妙宗。

甲午年四月书于武当山紫霄宫夜雨中

他说他是在武当山紫霄宫的夜雨声中写完博士论文的，我顿时感觉走进了武侠小说。武当山，那不是张三丰的地盘吗？紫霄宫听起来也很像某个门派的名字。江湖夜雨，就更有气氛了。

经尹信慧道长介绍，我认识了王驰，此时他已通过博士答辩，在

126

上海道教学院工作，任职副院长。

我们聊了两个多小时，王驰对道教在当下中国的发展很有一番见解，聊天主要内容也围绕于此，但我最感兴趣的还是"紫霄夜雨"，说到这个，王驰告诉我，每逢打雷下雨，道士会说："王灵官又出来收人了。"王灵官是道教护法神将，属雷部，使铁鞭为武器，司天上、人间纠察之职。我问，紫霄宫在武当山什么地方？如果我报你的名字，是不是能住进去？王驰表情有些为难，说他住在紫霄宫写论文是通过当地道协安排，外人住宿，报他的名字怕是不方便，但紫霄宫并不禁止外人挂单，地方也很容易找。最后提醒我，若有缘去那里，记得请一面七星旗。我一看，果然王驰的办公室里就有桃木剑、七星旗，忙把这事记了下来。回去查看攻略，紫霄宫属于武当山的重点宫观，坐景区内穿梭巴士可以到达，也就没再找人引荐。

7月7日下午，我在武汉搭乘当晚的K422次火车前往武当山。

我比发车时间早到了两个多小时。正在候车，对面抱着小孩的中年女人突然端起孩子的屁股，一股热尿急射而出。另一位嗑瓜子的女人不抗议，反而笑了："你是孩子妈？""不，是奶奶。"抱小孩的女人一面给孩子擦尿一面回答。爷爷（一个头发花白的中年男人）端着刚刚泡好的方便面回来，他刚才找热水去了。奶奶把孙子交给爷爷，端起杯碗，吃起饭来。爷爷细心地抱着已经醒来的男孩，用几张报纸为他扇风。

老两口的眼睛里都有一种中国农村老人常见的水牛般顺从的神色，和孩子玩起来的时候，笑得那么幸福，一种无拘无束、天真善良的幸福。嗑瓜子的女人、吃方便面的女人、抱孩子的男人，听他们聊起天来。女人骄傲地抱着孙子，男人在旁摇着扇子。他们的身边，许多孩子正在跑动、玩耍，上一分钟还准备去往天南海北，这分钟就玩到了一起，就连随地便溺——都市里的大罪——在这里轻而易举地就达成了理解。中国乡土社会自有的秩序，就在候车椅之间上演。

　　我再一次感受到了赶路中我曾一次次感受到的那种宁静。

　　长途旅行有点像在玩电脑游戏，你操纵着人物角色跳跃，只有沼泽或水面之间一个个绿色的草丛才是安全的落脚点。

　　但你突然发现，落脚点和落脚点之间的那些沼泽和泥泞，是它们令你感觉更加宽慰。

　　最后，你根本不是为了到达落脚点，而是为了走过这些道路。

　　所有的候车室、机场、机舱，所有的大巴中巴小巴，所有的旅馆，所有的饭食，每一次付账，每一次刷卡。

　　你和背包在一起，除此之外，一无所有。

　　既不在这里，也不在那里。

　　熟悉的宁静感席卷全身。

　　我静静体会着车站的感觉，暖和。暖和得就像睡在一床被子里。

　　这里没有人嘲笑人。这里的人知道身边的人和自己是一个阶层。因此他们既不紧张，也不逢迎，孩子四处嬉耍，瓜子皮丢在地上，不觉得自己做错了事。那一瞬间这里是非常自然的，虽然到处是人，他们流动着，跟着车站广播报告车次的声音来来回回地走，却没有冲突，无须解释，没有愧疚，没有自卑。这里非常自然。

　　在旅程中我曾经多次与自然相处，却思念着社会，心中动荡。

　　这一刻，身处人群中，却感受到了什么是自然。

128

和他们待在一起，我感受到了一阵短暂的、幸福的、不被打扰的感觉。

火车开了一晚，次日清晨抵达武当山。

来武当山之前，我读过闵智亭道长所著《道教仪范》一书。

书中介绍道，道教宫观庙宇有两种不同属性，一种是子孙庙，一种是十方常住。紫霄宫是明朝皇室家庙，赐额"太元紫霄宫"，原为"子孙庙"，后来变为"子孙常住"，设有十方堂，接待游方道人挂单、留住事宜。像我这样慕名前来的游客，需在门口买票。

根据湖北省十堰市政府门户网站"十堰地情网"上刊登的《武当道教》一文介绍，武当山"金顶""紫霄宫"两处庙观由武当山道教协会管理，属宗教活动场所，其门票收入由道协"自收自支，以庙养庙"，主要用于解决僧道生活、寺观维修和寺观内的日常开支。

门票十五元。我一边买票，一边问："这里能挂单吗？"

收钱的是位中年道爷，眼不望我，回答："给钱就能住。"然后不愿意再说话了。

道士几乎没有话多的。

茅山的尹信慧道长曾告诉我，道教讲修炼，讲养生，注重个人修行，她当年刚进杭州抱朴道院的时候，被师父明确要求"不要多讲话"，因为多讲话伤神、伤精、伤气，道教修行人讲究的是要守住精气神。

为我办理挂单的是位坤道，话也少。她不接寒暄，走进屋子坐下，拿起笔、复印纸，低头办手续，整个过程中，只主动开口一次：

"吃饭要准时。吃饭拍照罚三百。只准住三天。"

我问:"如果还想住呢?"

道长:"下个月再来,还是三天。"

我问:"这里有太极课吗?"

道长:"没有。"

"挂单了可以出去玩吗?"

"可以。"

"可以一起上早晚课吗?"

"可以。"

"早晚课在哪个殿?"

"大殿。"

每一种修行方式都有自己的讲究,道观有道观的规矩,通常来说,道士们不爱攀交情、不多言语,尤其不喜欢被人问自己的年龄。

办理挂单的同时,我打量四周。

这是一处简朴的院子,白色塑料顶篷,红砖小楼,既是宿舍,又在空地上摆了十多张方桌,作餐厅用。

早餐每人六元,中餐晚餐每人十元。早中晚各有半小时的供餐时间。就餐采取打饭制,推开一个木板挡住的小窗口,师傅在里头盛菜、舀汤,米饭搁在外面,自取。自己洗碗筷,吃统一提供的素餐,通常是白菜、木耳、茄子、苦瓜、芹菜,主食除了米饭,还有面条和土豆。有意思的是,每张餐桌上都贴着一张字条:"吃饭拍照,罚款三百元"。

挂单窗口贴着一张标语"食宿预订登记处 Reservation desk"。有关投宿就餐的关键词均用中英文标出，大概是来这里的外国人不少，让这里多出了几分青旅的感觉。

我缴纳了二百二十八元钱，这是三晚的住宿费与伙食费，到住的地方一看，特别满意。所谓"紫霄宫旅社"，位于宫观西南角，是一山门到二山门之间的独栋二层小楼。我住的是标准三人间，有独立的卫生间，可以淋浴。在风景区里，能以每晚五十元的价格住在这样宁静怡人的小院，尽情体会这座建于明代的古老建筑从早到晚的美丽，实在是太愉快了。

赤日炎炎，我决定睡个午觉。

醒来时，看见有人在小院里打太极，有人在椅子上读书，诵读："道德""运动""不虚""虚性而不沉静"，有两人站着辩论，主题是"何为圣人"，一人说，圣人首先是人，另一人反驳："圣人不是人。圣人本来就是个假设。这些概念建立在一个良性体系中，你不断削弱自己，满足别人，内耗外耗俱起。说不要踩蝼蚁，不要这样，不要那样，你光为了这些就累死了。圣人是什么，精神、物质，不停地给，可是圣人自己能不停地往出给吗？无私也，故能成其私。你首先要生存，如果都为了别人，你自己从哪得到东西。"

通常的青年旅馆，大伙谈的是怎么出发旅行，谁和谁搭伴川藏线，谁和谁骑车环湖，谁的越野车还多一个空位。紫霄宫旅社像一间道教性质的青旅，来这里的人，或是静静吐纳，或练习推手，讲谈的都是性、命。这太有意思了。

我想住的，就是这样的地方，既有青年人的活泼，又有头脑上的交流。

"你好！"一个女孩出现在走廊上，含笑朝我望来。

刚才在附近闲逛的时候，我已经注意到这个亭亭玉立的女孩，但没有想到她就是我的室友。我也向她打招呼，从此认识了一个新朋友：宁远。

宁远非常瘦，因为在云南、四川旅行了小半年，皮肤被太阳晒得微黑，腿上、胳膊上长着一些红斑，用中医的话说就是"湿气重"。但这些都不是初次见她的人会留下的最深印象。刚刚见到她的人，只会觉得她美。眼睛很美，姿态很美，她穿的长长衣衫、宽宽的粗布裤子很美，她在道观里走来走去的样子很美。

认识宁远的那一刹那，我就和她成为朋友，好像已经认识很多年一样。我喜欢她温柔的眼睛，也喜欢她携带的茶箱。对了，宁远不但是个旅行者，还是个茶人。我俩都是独自旅行的女性，很快，两人聊了起来。

宁远开始泡茶，说，午睡醒来，喝一杯浓茶最是舒服。

她的茶箱裹在一层包袱布里，打开来，有茶壶、茶海、茶杯、茶针，全套工具。我们一起喝生普洱，又尝了尝普洱膏。说起茶经，宁远滔滔不绝，说喝茶要品尝苦涩的本味在身体里的冲刷。

紫霄宫里有位坤道，喜欢喝茶，和宁远关系挺好。

下午4时，耳边隐约传来古琴声音，宁远说，走吧，我带你去找这位会弹琴的谷道长喝茶。（注：宁远、谷道长，均为化名）

我们组成一个散步小组，我、宁远、谷道长，还有几位朋友，五六个人，晚饭后，从紫霄宫出去，沿着盘山公路往下走，走两公里，再顺着公路上来。

这个时间，公路上几乎一辆车也没有，路又整洁漂亮，适宜散步。

散步时，谷道长说，修行修的是什么呢？首先是吃饭、走路。

她给我们示范，散步求的不是快，而是慢，有点像太极步的感觉，两手轻轻地背在后面，沉默不语，不要和旁人搭话，落脚的时候，先下脚跟，再下脚掌，一步一步，寻找节奏。

示范以后，道长不再搭理我们，按照她自己的节奏，慢慢踱步。

我们几个，开头还忙着拍照，慢慢不再说话。有人放起手机里的音乐，声音很轻，时断时无，就这样，一行人默默往前走。

一切都怡然自得，自有规律。

眼前的景色，最鲜明的，一开始是绿叶，各种各样的树；之后是山，远近不同的山，不同层次的蓝，然后是天边初升的月亮。

往回走，还有一个转弯就到紫霄宫了。

谷道长提议："我们来唱歌吧。"

临时的演唱会就此开始。

我们脱掉鞋，爬上公路边的护栏，盘腿坐下。没有游客，没有车辆，美轮美奂的山谷一片寂静。

月亮初升，坐在公路边的有道士，有游人。

我们面对山谷，唱起心中的歌谣，一遍又一遍，直到薄雾完全笼罩，直到所有人都看向月亮的方向。

回到紫霄宫，里面影影绰绰，只点着几盏路灯，2014年7月8日的星星出来了，我们看见流星从天上掠过，也看见北斗七星，它那么明晰，勺尾恰好落在紫霄大殿的殿顶。

我找到一把长椅，躺在大殿的屋檐下，什么也不做，看星星。

大殿往左，有道长在吹笛；大殿往右，有道长在弹琵琶。

月光漫过松尖，渐次移到中天。喜鹊张开尾巴，飞进松树的庇荫。

在我身边，宁远静静地说："我喜欢大山、大水、大树，特别给人安全感。为什么喜欢自然？因为大自然一直陪着你。而人类呢，只要有人的地方，小环境和大环境差不多，变的只是自然环境。"

我察觉到她心中有一份沉郁，却不知该如何劝说。

第二天，我们去太子洞拜访一位老道长。

老道姓贾，人称贾爷，据说已经九十多岁，近二十年来一直住在石洞里修行。贾爷的屋子门口有两个碗柜，野蜜蜂将那里当作家，飞来飞去，客人见了都怕，贾爷不以为意地挥挥手："没事，没事。"

他跟我们说"三坚持"："人生就是坚持，坚持，再坚持。坚持到底就是胜利。修行就是坚持。什么是坚持？坚持到最后一口气，那个就叫坚持。不到最后一口气，都不是坚持。"

我们问他为什么不去道观住，要住这么个石头屋，他摇摇头："道观、寺庙，是加油站，是客栈。你见过住客栈住一辈子的人吗？修行是什么，修行是自己一个人的事。"

有人请贾爷讲经说法，他说："不去。我在这里看门。"

三天挂单期满，我和宁远破例又续了三天。

办挂单的道长叮嘱："不要带生人来这里住，也不要带外面的人来吃食堂。"我们点头答应。我抓紧时间，在武当山会见各路奇人。

墨染也来了，他就是那位把南雁荡山三台道院的消息发布在微博上，教我去找陈光静道长的人。恰逢农历十五，墨染陪着一位姓梁的道长来武当山拜谒真武大帝，我们在此巧遇。

他们住在南岩，距离紫霄宫不远。承蒙介绍，梁道长给我上了半小时的道教文化入门课。许多精深的道理，一时不能领会，我只记住一条，梁道长说，若要养生、凝神，男人可以抄经，女人可以念经，关键在于持久，若能持续，便能见到效果，帮助人保持良好的精神状态。

从听见这番话起，后来我每天都做这个练习。原因是我怕自己在旅途中生病受罪，耽误钱又耽误事。

因为聊天，误了回去的班车，只能甩开大步，步行往紫霄宫去。

山谷渐渐变得黑暗，景色模糊，直到我听见杨道士的埙声。

道士里有许多音乐家。但是很少有人听到他们的演奏，也不知道他们的名字。像这位杨道士，他擅长二胡、笛子、箫，也能吹埙。

前两天在公路上散步的时候，就曾碰见他独自一人在林边吹奏。现在，虽然我与杨道士还隔着不少山路，也能听出那就是他的埙声。

山谷里唯有我一个行道的人在聆听。

黑暗里，我从山顶走到山腰，花了大半个小时才走到杨道士身边。他认出我来，笑了。我也朝他微笑。随后我们就这样在路边分开了。至今他的笑容似乎仍在眼前，亮光闪闪。

第二天农历十五，紫霄宫里一早便香烟缭绕，神像面前摆上瓜果面饼，黄裱纸的灰烬在空中游荡。

武当山道教协会的李会长也来了，我远远看他，是个胡子长长的中年道士。宁远说，临走前应该去跟贾爷告别，我赞成。这次，贾爷又说"三坚持"："人生就是坚持，坚持，再坚持，修行就是坚持，坚持，再坚持"。还有"五好"："存好心、说好话、办好事、修行好、生活好。最重要的是要生活好"。临别的时候，这位九十多岁的老道长送给我们书籍、礼物，对我们说："不要让你的心留空子。"我们鞠躬，谢谢他。

就快离开武当山，遇见的奇人仍是不断。

晚上9点，屋里来了个新室友，是位大姐，皮肤黝黑，举手投足利落。她是个道医，多年来隐居神农架，参悟医理，采集药材。她一开口就讲出宁远近日的症状，还说她外缘太多，须心静，须筛选。我跟宁远说："咱们屋来医生了。"俩人乖乖坐着听她说话。大姐瞅我俩一眼，说："以后有机会来神农架玩，可以找我。太晚了，夜不看脉。"

我翻身睡下，屋外淅淅沥沥下起小雨，继而转为中雨。我期盼的"紫霄夜雨"，终于来了。

次日就是离开的日子。

宁远陪我去公车站，以此送别。我坐在车上，看见她的背影在如潮的游客中渐渐远去。她就那样，瘦瘦的，消失在我眼前。

我在武当山的最后一个心愿，是探访李诚玉道长曾经修行的铁道涵洞。

这个故事也来源于王驰。他说玉虚宫有一位叫李诚玉的坤道，"文革"期间，宗教的合法性被取消，老人家就躲在铁道涵洞里继续修行，最后修得非常好。听了这个故事，我很吃惊。山清水秀的地方好修行，肮脏吵闹的铁路下面怎么修行呢？

我想找到涵洞，这是我武当之行中仅次于体验"紫霄夜雨"的目标。

玉虚宫在山脚下。出景区大门，我找了一家宾馆，一百二十四元一晚。

放下随身行包，去找涵洞。路上，购物的欲望无比蓬勃，开心地吃了根五毛钱的油条，欣赏了一阵水果摊，又买了两个热乎乎的包子，觉得县城真是繁华。

还没到玉虚宫，就看到巨大的高铁墩架。我不知道这是不是我要找的涵洞，眼前好几个算命的，我去问，其中一个人说就是这里，我将信将疑。

走进玉虚宫，游人如织。石子路上，有人在教一帮外国徒弟打拳。大殿上倒是有一位工作人员，我走过去，问她可知道李诚玉道长，特地说了铁道涵洞的故事。那人不耐烦，说："没这个事。"

这样的敷衍是不能把我打发走的。

我独自在玉虚宫里转悠。这里实在已经不剩下什么建筑，除了大殿，还有一排已经上锁的后殿，木头结构，几乎快倒塌了。此外就是两间砖瓦房，看着很是寒酸。

没想到，李诚玉道长的画像就悬挂在破瓦房里。我惊喜万分，朝屋里的女孩打听，她穿鹅黄色的上衣，正戴着耳机听音乐。我又把那个关于涵洞和修行的故事对她讲了一遍，问她知道不知道涵洞和李诚玉的事，她都说不知道。

在砖瓦房后头找到何道长的时候，她正在园子里侍弄蔬菜。

我说明来意，又说了一遍李诚玉的故事，她用一种极其冷静的态度说："修行哪有不苦的呢？"整个身体语言都传达出一种极为冷静、不受干扰的状态，从那种自然而然的安静中，我意识到，眼前的这位老年坤道正是我想拜访的那一类女修行者。我们的对话也由此开始。

何道长：是有这个事。你采访这个事干啥？

我：觉得李道长修得太苦了。这么苦还坚持修道，很感动。

何道长：苦？修行不都是一样的？

我：李道长是在玉虚宫离世的吗？

何道长：对，父母殿，后面那间屋子。坐缸[1]走的。

我：走前她说了什么？

何道长：我不知道她说了什么。那时她面前人太多，殿里都是人，我过不去。我只记得她经常说，"修行就是zaoye"。

我：什么？遭业？造业？灶爷？

何道长：zaoye。

我：zaoye怎么办？

何道长：坚持。坚持到底。不管发生什么都要坚持。

我：是什么鼓励一个修行人坚持下去？

何道长：心。你知道"心"？人知道心就能坚持下去。人活着就是一个良心。可是人的贪心比海水还沉。现在不是说世界和平吗。为什么坚持，为的就是这个。如果人人都贪心，有可能世界和平吗？

我：什么是修行？

何道长：修行嘛就是各管各，自己管自己，别人是管不了的。

1、坐缸：是道教对高道的一种安葬方式。

我：李诚玉道长住过的铁路涵洞在哪里？

何道长：不是涵洞，是一间kuaipeng。

何道长说的是一种湖北、四川口音兼而有之的方言，我听不懂"kuaipeng"是什么意思。

她拉我去看她的厨房，那是一间土坯矮房。指着这间房，对我说，"比这个还要破，她就住在那里，不肯回来。"我问，她说的"kuaipeng"是不是"窝棚"的意思，她点头，说早已被扒掉了，原本位置在玉虚宫出门左边，离铁路不远。

武汉开往十堰的铁路线，经过玉虚宫山门外，李诚玉在那附近搭建窝棚，被误传为"在铁路涵洞里修行"。[1]

我向何道长拜别。她露出笑容，说欢迎我再来，来吃饭也好，来找她也好。我感谢，鞠躬。

她挥挥手，说："可以了，可以了。"意思是，你快走吧。

我走到远一点的地方，再次向她鞠躬。

她挥挥手，消失在菜地里。

1、后来我找到《中国道教》杂志2003年第3期，上面刊有丹江口市文物保护专家卢家亮的一篇文章，他在文章里写到，20世纪70年代初，东风汽车公司将玉虚宫两宫及李诚玉居住的张爷庙拆除，在庙观内兴建工厂。为了守护玉虚宫建筑群，免遭破坏，李诚玉带着弟子在玉虚宫山门口大门洞内居住了整整十年。这就是关于"铁道涵洞"的故事。

第九篇

海心山／白度母的璎珞

海心山这个名字，在恰当的时间以恰当的方式进入我的视线。

那是2014年春天，我离开寓居七年的北京，去上海生活。同时，筹划着寻访之旅的具体路线，四处询问有关女修行者的信息。

同事衷声告诉我，她看了一场主题为"闭关"的图片展。照片里，有在监狱里坚持修行的人，有高山上闭关五十多年的老阿尼，还有一个神秘的小岛，位于青海湖的湖心，名叫"海心山"，那里一年三个季节都被封冻，只有夏天才能通船，因此，小岛上的修行人只能在夏季出岛采购生活物资，其余时间，便过着一种彻底隐居的生活。

在她的描述里，我仿佛看到一个遁世之地。当我听说海心山有一座道场是女众寺院，名叫"莲花庵"，便用一种极其肯定的语气，告诉衷声："我一定会去到那里。"

我把事情想简单了。

青海湖是自然保护区，生态保护极为严格，湖区内不开展旅游活动。这也就意味着，即使是在可以通船的夏季也没有旅游船进湖，只有很少的公务船只才能进去。

我上网搜索户外信息，查到有俱乐部组织青海湖的冰面徒步，可以在冬季步行登岛。我给西宁的某家俱乐部打电话，问他们能不能组织夏季乘船上岛。俱乐部说夏天找船的成本很高，冬天封冻期的湖面徒步也不考虑，冰窟窿多，风险太高。

又查到，在夏季通航期能够进入青海湖的，除了保护区的工作船，还有放宝瓶的。"放宝瓶"是一种宗教活动，向龙王敬献宝瓶，以作祈祷，为了"放宝瓶"，一些藏族僧侣会在夏季包船去海心山。我在新浪微博到处寻找在青海的活佛，发私信问："今年还去放宝瓶吗，能带我一个吗？"

问完打开微信，在朋友圈里发了一条信息："谁有青海省的资源？要去青海湖中间的一个小岛，求助。"

一分钟后，我的朋友Salome在这条求助信息下留言。她在青海做过项目，跟当地政府关系很好，答应帮我去问。第二天，回复来了，说没太大问题，不过要写采访申请，走正规流程，如果获批，可以在夏季跟随科考船上岛。

> 法王松赞干布与，措吉多杰莲花生。
> 共同预言海心山，玛哈德瓦殊胜赞！
>
> 碧波荡漾赤雪湖，中有不动须弥山。
> 蓝蓝天空无边际，太阳光芒照四方。
>
> ……
>
> 天然形成的岩洞，坚固耐用随您住。
> 柴火饮水皆具备，各种鲜花姹相艳。
> 瑜伽生活所需之，韭菜之类野蔬多。
>
> ……

此地具备五妙欲，安逸舒适胜仙境。

　　具备所有功德地，似此仙境何处觅？[1]

　　为什么一定要去海心山？因为这是一座圣山。

　　它有好几个版本的诞生神话，其中广为流传的是格萨尔王的王妃梅萨给丈夫惹祸的故事。传说她在一口直通大海的泉眼里打水，没有盖好井盖，洪水淹没了牲畜和帐篷，形成青海湖。格萨尔王的神驹向莲花生大师禀告灾情，莲花生削来印度圣山玛哈德瓦之巅，堵住了波涛汹涌的泉眼。从此这座山被称为措娘玛哈德瓦，"措娘"，意为海心，"措娘玛哈德瓦"，意为海心的天神，亦即海心山。

　　故事读到这里，我一度觉得有趣。神话里，强大的男性背后总会出现一个捣蛋的女人。格萨尔王有梅萨王妃，亚瑟国王有桂尼维尔王后和姐姐摩根勒菲，魔法师梅林最终被湖中妖女（Lady of the Lake）蛊惑和监禁。女性力量、湖、国王（或说男性力量），这三个意象总是缠绕在一起。

　　汉族对海心山的记述偏重于述史。最早见于北魏地理学家阚骃撰写的《十三州志》，其中写道："卑禾羌海，有鱼无鳞，背负黑点，亦多鸟兽，中央有山突起，形如螺壳，无舟楫可渡。"此后，《北史》卷九十六《吐谷浑传》云："青海周回千余里，海内有小山。每冬冰合后，以良牝马置此山，至来春收之，马皆有孕，所生得驹，号为龙种，必多骏逸。"意思是说，吐谷浑人改良伊朗来的良种马，趁冬季湖水封冻时赶母马上海心山，次年春天，母马怀孕，育下的马驹

1、这是宁玛派高僧夏嘎巴·措周让卓撰写的祭海赞诗，引自索南多杰与唐仲山所著《神湖记忆》一书。

143

十分神骏。人们便说，这是和青海湖中的龙族交配产下的神驹。

同一时期，中国古代最杰出的地理学家之一，北魏的郦道元，写下了《水经注》。海心山在这本著作里亦被提及。郦道元说："*海心山，又名魁孙陀罗海。上有小庙，内番僧于冰合时，出取一年之粮，入居焉。*"

这段描述和我们当今对海心山了解的修行传统相当一致。

从汉代起，这里就修有寺院，后有夏嘎巴活佛在此地苦修，成为一代高僧。约三百年前，这里形成藏传佛教宁玛派的道场，那时，尼师们每年只在冬季湖面完全封冻之后，徒步七个多小时上岸采办一年的食品和物资，再拉着物资回岛上，从此修行一年，其间再不上岸，与外界甚少往来。

一个名叫马子奇的人，于1940年写就《青海湖纪略》一文，其中记载道："岛上无舟楫可通大陆，但于每年结冰期中，内外始得往来。但必于见狐爪足迹后，方始通行。否则，虽冰封已久，不敢冒险行走……岛上有寺庙二三处已破烂，现拟修新庙宇，男女喇嘛五六人。"

这与郦道元《水经注》中所写的情况，形成对证。郦道元所说"魁孙陀罗海"是蒙语对海心山的称呼，意为"肚脐山"，喻海心山位于湖中，似肚脐在人体中部。

我一度困惑，不知道古代这些地理学家怎么这么厉害。

北魏地理学家阚骃知道海心山，毕竟还扯得上出生地优势，他是敦煌人，对西北了解得多也属正常。但郦道元也太牛了，他是怎么知道青海湖里有人修行，并且把闭关修行中至为重要的供粮问题写得那么清楚？到过当地？还是问过蒙古族的朋友？那时候可没有任何现成资料。

再看看郦道元对《水经注》的设计，是要为中国之水作传，详细记载了一千多条大小河流及有关的历史遗迹、人物掌故、神话传说。他干这个活的时候是北魏。怎么就能下这么大的决心，这么大的野心呢？比现在创业二十次的勇气还大吧？

和这些先贤委婉曲折取得信息的辛劳和决心比起来，我为到达海心山所付出的一切舟车劳顿，竟都不算个事了。

7月16日，是我随船登岛的日子。

船是一艘小型快艇，限载三十二人，主要乘客是来自中国科学院的湿地考察队，他们的专业是地球环境科学，每年来青海湖取样，监测湖水和土壤的变化。

除了这一队伍，乘客多为当地居民。我以记者的身份夹杂其中，希望为海心山留下一点记录。

说实话，要去岛上的哪一处记录什么信息，我也不清楚。但自从我第一次听到这个名字，直觉就如此简单而强烈：去那里，而且一定能去到那里，采集需要的信息。

这天，风平浪静，青海湖呈现出夏季最美的面貌，那是一望无际的蓝色，闪耀着醉人的波光。

所有人都在拍照，没人舍得不去记录这样的湖水。

我心里还有另一件事，给龙神送礼。

我给龙神准备的礼物是黄梅四祖寺里的金刚结，它非常漂亮，大红色、金色、深蓝色的绳子，打成了一个吉祥如意的款式。而且四祖寺属于汉传佛教的禅宗祖庭之一，把这里的金刚结带给青海湖的龙神，代表着各地文化的互通有无，并且，我觉得龙神会喜欢这样漂亮、华丽的颜色。

船开出去二十分钟左右，我看当地的藏民起身离开船舱，猜测是给龙神送礼的时间到了。于是也起身，步上甲板，掏出金刚结，祈祷一番，投入水面。它倏忽一下，没入波涛。

我准备回船舱，看甲板上的几位藏民大叔念念有词，再一看，人家从小坛子里往外撒白色粉末。难道是骨灰粉？我不敢多问，也不多看，赶快回避。

心事已了，只剩等待登岛，我靠在座位上，不知不觉睡着了。

梦中见到一个男人模样的人，他谢谢我的礼物，问我想要什么，我在梦里模模糊糊，回答："健康。"他说："好的，你会得到健康。"梦境就此结束。

后来的旅途中，我曾多次自我讽刺：小时候童话看多了吧？还是藏族神话看多了？也许是头脑的又一个自我游戏，但确实在船舱中有此梦境，并非臆造。

上午10点30分，惊醒过来，船已接近海心山。我看着山的轮廓，难以置信，顾不得思虑，因为开船的人已经举起喇叭，高声喊道："只有一个半小时，只有一个半小时。所有人必须在12点准时回到码头。过时不候。"

一个半小时够干啥的？来得及和觉姆[1]聊天吗？够看完这个小岛

1、觉姆：藏地称呼女出家人为觉姆或阿尼。

吗？我又一次懵了。那一刻才知道，时间是最宝贵的。

于是我疯狂地在岛上跑，完全忽略了高原反应。上岛道路是蓝色泡沫塑料组成的浮桥，非常轻，随波起伏，我疯狂地跑过去。草长路陡，我丢了一副墨镜，没时间找。这一幕真像童年时读过的意大利童话，西班牙王子为了治好国王的眼睛，去遥远的亚美尼亚，寻找睡女王的小岛。大王子和二王子都犯了错，他们被一个长满爱神木、柏树和月桂树的花园吸引，在那里遇见了迷人的少女，亲切地交谈起来。等他们想到要回船，已经过了时间，船已扬帆启航。

读这则童话的时候，我还在上小学。但我不知道，它在我潜意识里形成的恐惧这么深。我深知一切都有期限，总是担心自己流连美景，错过航船。

我每天都在浪费时间。每一天。但那一个半小时没有浪费。

我清晰记得我是怎样在岛上奔跑，逆着风，迎着风，顺着风。美丽的青草曲折蜿蜒，覆盖整个小岛。它既非阿瓦隆，也不是外高加索的永无乡。我遇见隐士，我遇见僧侣，我磕头祈求神明不要介意，手脚并用爬进岩壁上的闭关洞。美丽的湖水如大海，万丈波光。

环岛一半，我用了四十分钟。

眼角的余光看见很多画像和佛教符号，它们都镌刻在山壁上，不知道已历经多少朝代。这整个岛似乎就是为宗教而存在的。

我又踏过悬崖边的小道，找到十几处闭关小屋，有些是地穴，有些是不到一米高的土屋，虽然简陋，居然有点希腊圣托里尼岛的感觉。拨草前行，路遇"应龙城"石碑。"哥舒夜点兵"，哥舒翰曾经屯兵于此。

不期然地，与唐代大将相遇。

海边是闭关者各自为营的群落。隐修洞和小屋，大部分都上锁，不知道主人去哪了。见到两个人，一个人的门开着，人端坐于窗后，塑像一般盯着窗前的长草和湖水，既不搭言，也无表情。另一个撑着伞在烈日下静坐，他发出一些音节，我听不懂。我发出一些音节，他也听不懂。彼此打手势也不懂。终于放弃沟通。

这里的蚊蝇既密又毒，只要歇下脚步，蚊蝇就会落满肩头。湿地考察队有备而来，他们全员戴一种古怪的帽子，就像《笑傲江湖》里任盈盈在绿竹巷戴的那种笼帽，几层轻纱，蚊帐似的，包裹头脸。我没有帽子，只能一路默念武当山贾爷教的心法：怕什么来什么，心里不要留空子。

和考察队一起走了十分钟，看到金色的莲花生塑像，那里就是莲花庵。这座佛像是由刚察县角什科寺的僧人在古日美特麻神旧址上重塑的，修建时间为1989年至1990年。

青海湖畔的藏人部落，名为"刚察"，其中细分为果洛藏秀麻等二十一个小部落，角什科寺属于"年乃亥角什科部落"，每逢冬季结冰，部落便动员全族人赶上牦牛，驮着青稞酥油，徒步穿越青海湖冰层，给海心山的僧侣送食物。这个部落的送粮传统，是海心山闭关修行传统的重要组成部分，由角什科寺在岛上修建莲花生塑像，也就顺理成章了。

莲花庵不大，由一座大殿、两三座偏殿和觉姆们的睡房组成。

觉姆都有自己的屋子，通常是一室一厅，既有卧房，也有客厅，客厅兼作厨房。这样的小房子，大概有十几间。

这么小的一个寺庙，也有邮政地址："海心山1号"。我左右四顾，这里也没有2号啊。大概莲花庵得一直"1号"下去了。

我找了一个汉语最好的觉姆，她叫杰宗，今年十九岁，出家五年。杰宗带我去看她们的菜地，并要我当场掐一把品尝。青海湖是中国最大的咸水湖，湖水连洗手都不成，遑论浇菜。但岛上有一口神奇的水井，里面是淡水，源源不绝。为了种菜，觉姆们每次用五十公斤的桶去背水。现在，杰宗希望我品尝她们的劳动果实。

我尝了尝，真好吃。她羞涩地笑，帮我拍照留念。

杰宗告诉我，这里十四个出家人，其中包括"三个小的"。一个九岁，一个十一岁，一个十五岁。她很骄傲地说："她们都是自己想来这里。"我问，这么小，何以知道这个地方，又何以自己愿来。她说，都是村子里有人在这里当尼姑，听说这里好，就想来看看。看了之后觉得好，就决定留下出家。

宗教信仰的建立，很多时候和家庭环境有无氛围，村落有无传统有很大关系。杰宗来出家，是因为她的阿姨已经在这里出家。同时，她笃信这个岛屿在修行上的殊胜，认为哪怕是在这里休息一天都等于在外面修行三个月。我问她，这是谁说的，她说这是佛经上的记载。她反复说，自己在这里舒服、开心、快乐，"其他的我也不会说了，""也有烦恼，但过去得特别快。"

在杰宗的表达里，"小的"既指资格尚浅，也指年纪小。她说，主任、管家、住持可以用手机，"小的"不能用。她说她自己是这里的一个很快乐的"小的"。

她们的饮用水从泉眼处背来。没有电，晚上一片漆黑，但仍然坚持背经，12点前才睡。早晨6点起床，7点吃早饭，主要是糌粑。8点上课。中午12点半吃饭，有米饭和炒菜，菜基本是自种的，也有少量是从岛外捎来。晚上7点半吃晚饭，通常是煮面皮。海边的闭关者独立生活，有自己的朋友、熟人，会登岛送来补给，莲花庵的觉姆也会跟他们分享信众的布施。但还是艰苦，闭关者的食物以炒面、面糊糊、糌粑为主，很少有菜。

为了环评监测，自然保护区的船会在夏季巡湖。刚察县也会组织队伍登岛，但次数很少。4月化冻，就有船了。5月、6月，船比较多。10月结冰，与世隔绝，最苦的时候是腊月，夏季储存的食物，这个时候消耗了大半。

冬天冰上也可以走，但很危险。

靠近海心山的湖面，夏季有一圈肉眼可见的白色水线，当地人管这叫作"白度母的璎珞"。这一圈水面，冬天也不冻，冻上也是非常薄，最容易出事。

我问杰宗，女孩子的卫生用品如卫生巾、日用品如牙膏，这些怎么解决？她说，主持会采购，"她买回来，用船运进来，发给我们，就像妈妈一样。"我问："冬天怎么办？"她说："在夏天买好。"

夏天是青海湖的旺季，游人如织，各方面的关系户、科研人员、姊妹单位纷纷前来。像今天，阳光这么好，我感受到青海湖全然的美，完全意识不到它会像当地人说的那样波翻浪涌，"只要起一点点浪，船根本过不去"。

杰宗带我去参观她的小屋。这里的规矩，家里人要给来这里修行的女孩盖一栋小房子。卧室洁净温暖，一看就是女孩子的屋子。我望着床上有一个毛绒小熊，那给了我很深的印象。她说是姐姐送的。

我很想给她寄照片，但是不知道怎么邮寄。虽然有邮政地址，通信还是很麻烦的。最后打开背包，塞给她一袋食物。这是我在旅途中最宝贝的东西了，经常赶路，干粮对我来说是很珍贵的。

杰宗天真烂漫地笑了。

和她道别以后，我看看手机，只剩十分钟。但中科院那帮人看起来还很悠哉，在偏殿休息。我打定主意，只要跟紧他们，绝不会被船落下。于是也去偏殿坐下。

管事的觉姆大概得到过招呼，知道这是贵宾，正在招待他们喝酥油茶。我坐下以后，觉姆也给我递过来酥油茶，还有油饼。我知道她们粮食珍贵，一点也不敢浪费，全部吃光。

临走前，带队的女博导掏出钱。第一次她拿了两千块钱出来。觉姆递来功德簿，女博导突然转身问我："你叫什么？把你的名字也写上去。"我觉得她很善良，但这种光不好沾，道谢婉拒，自己拿出二百元捐上。她也不纠结，见我拒绝，就罢了。紧接着她突然又从钱包往外掏钱："我再捐三千吧。你们这里很纯洁，是真的修行。"

这位博导很有意思。

12点汽笛长鸣，该走的人都回到码头，我们准时离开了海心山。

和科考队告别以后我回到暂住的房间，洗了澡，躺在床上，不知道怎么的，绝望而疲惫。

去过了海心山，抵达这个很重要的地点，实现了持续半年的一个心愿，但是我并不享受。那种疲惫感，可能是孤独。在武当山时很愉快，还顾不得察觉孤独。

我不知道闭关者是怎样度过那种孤独的。

这比想象他们把自己的生活物资需求降低到了什么程度更困难。

莲花庵至少有十四个人，她们可以彼此交流，一起种菜，一起做功课。可是海边小屋里的那些闭关者呢？

我瞪着水壶、水杯、椅子发呆，对完成日记不感兴趣，但摊在床上也并不让我感到快乐。能够到达一个人迹罕至的地方曾经让我对自己的执行力感到满足，但这会儿，我觉得今天最有建设性的事情是洗了一个热水澡。

次日，我并没有立刻回西宁，而是先去了一个叫江西沟的地方。保护区的一位主任告诉我，海心山莲花庵在这设有办事处，住持这几天正在采办生活物资，就住在江西沟。所以我大有希望在这里拜访在岛上未见着的住持。

江西沟是个靠着公路的小市集，全称是"青海省海南藏族自治州共和县江西沟乡"，来青海湖旅游的人带旺了这里的生意，长长的公路两旁，有超市、川菜馆、家庭旅店。骑车的人，中午疲惫地下车，随便找个餐馆，吃一顿热饭热菜，给水壶里灌满热水，再次上路。

莲花庵的办事处是个二层小楼，自带院子。她们给我安排了单独一个房间，里面有四张小小的床。

不知道住持什么时候才回来，我等了一天，和周围的人都语言不通，极其无聊。唯有一只瘦得皮包骨的小猫找我玩，没啥可喂，请它喝了点水。猫很给面子地喝了。

第二天，我为了吃一顿带荤的午餐，特意冒着烈日跋涉了几公里，找了个看起来最干净的馆子，西红柿炒鸡蛋、青椒肉丝、米饭，回去期待午觉醒来就可以见到住持。

下午，住持还是没回来。

晚餐时间到了，小觉姆喊我吃饭，是西红柿和青菜切成小块煮的面片汤，拌着辣子、咸菜。

在座的除了一群觉姆，还有一个会说汉话的男人。他是藏民，头发束成辫子，用红色的丝绳捆扎。那根红绳，盘在额头，垂在腰间，看上去有点像康巴男人的打扮，却又不是康巴人。饭后，我和他聊天，他说，红绳代表他是一个在家的宁玛派修行人。哦，我似懂非懂，也许这是一个瑜伽士。看到他手边正在看的书，《大伏藏师班玛程列郎巴传》，觉得更像了。他说话很风趣："你说的红绳，我从小就戴。它是做什么的呢？别人看你戴这个，说啊哟你戴这个的，那你做事怎么这样？"

我笑了，明白他的意思。问他，为什么你们一个下午都在工作，那些七彩的纸张工艺品做什么用？他说："用来放宝瓶。宝瓶你知道？放在青海湖里。什么是宝瓶呢？每个宝瓶就是一个地球。我们折的不同颜色，代表乌龟啊，白虎啊，还有红色的鸟儿，蛇。人一面破坏，没有关系，我们一面创造。"

我又问："修行究竟能令人获得什么？"

男人想了很久，说："现在这个世界上美国很厉害，美国是美国总统最大。对着撒？"

我被他这句"美国总统最大"的逻辑逗笑了。他又说："就算是美国总统，也有很多苦啊。佛教徒修行为什么？为了帮助别人解脱这种痛苦。好像共产党员不拿群众一针一线，佛教徒就必须想着修行自己，解脱他人。一举手一拜佛，把兔子、鸡都看成自己的妈妈，而不是看到小动物就杀呀、杀呀，这样才能世界和平。"

他的汉语很一般，但我明白他在说什么。

还记得玉虚宫里的何道长跟我说：你知道什么是"心"？知道什么是"心"，就好办了。现在不是说世界和平吗。为什么坚持修行，为的就是这个。

晚上8点15分。青海湖公路如织的车声消失了，猛烈的阳光消失了，鸟儿仍在啼鸣，那婉转之声比日间更茂盛。

四个孩子，三个大人，在佛堂装宝瓶。鼻端传来清润的油菜花香，整个房子都静得很。半个小时后，皮卡轰鸣着开进院子，这是采购物资的车子，从西宁回来了。一个年长的觉姆告诉我，住持还是没回来，请我吃好住好休息好，但是没什么好采访的。话说到这个份上，我明白住持不会见我了，至少这次不会。

除了我，其他人都睡着大通铺，而我拥有一整个房间。无论如何，明天应该离开这里，没道理继续占据这里的床位。她们并没有义务招待我，但她们已经这样做了，我很感激。

第二天早晨，被猫叫吵醒。然后是念经的声音。早餐饮料是带着姜味的熬茶，主食是油炸的馓子、现蒸的馍馍、糌粑。糌粑各人自己制作，在一只小碗里，放几块酥油，撒一两勺奶渣，浇入滚烫的熬茶，再倒些白糖，最后撒入青稞粉，用手捏制，就成了糌粑。

临别，我还是没有放弃"和莲花庵的住持谈谈"。实在见不到她，就问那位最年长的阿尼。我说，我就想知道，你们在这么苦的岛屿上修行，究竟得到了什么。她微笑着听，不太会说汉语，只是用笑容表示她们真的很快乐。

过了很久，她回答我那个问题："得到师父的抚育和栽培，上师和佛法的加持。我心里有很多话我说不出来。"然后拉着我的手走了很久。我们拥抱了一下告别，她为我祝福。

西宁的青旅很像咖啡馆，同时又带着彻头彻尾的背包客气息。来这里的人，下一站基本是进藏，全都背着大登山包。

晚餐时间，全部室友都回来了，都是很可爱的年轻女孩，经过了解，全是单身旅行的。

晚上，寝室里的核心话题是一部热映的电影，所有女人都参与讨论，有的说不好看，有的说好看，但结论一致：女人要活得更任性一点，想干什么就干什么。"说走就走"，这个词出现的频率很高。

然后突然有人抬头，问我："出来旅行多久了？"

这对我而言是一个难以回答的问题。一旦说了，就会聊到这次旅行会持续多长时间，旅行的目的。我已经出门一个半月，但我几乎很少和人主动聊天，也从未想过把这趟旅行的目的公之于众。因为说起这个，就得说起那个决定性的夜晚，说起那个击中我内心的声音。我害怕这个。

我曾经尝试对人说起过，但这些事说出口的时候，已经没有那晚的激情了，回忆似乎变淡，那个夜晚的决心不再是一个独享的秘密。从此，我决定守住它，再也不对人提起。我想保护这个决心的能量。更何况"听到来自心的呼唤"，没人会信这个。还是不要提起为好。

"出来旅行多久了？"

于是我还是没有说起那个夜晚，但我决定告诉她们我是出来干什么的。

我说："我是出来采访女修行人的。现代女性在方方面面都有极大的进步，同时也遭遇前所未有的新问题。有的时候我们不知道什么是勇敢，或者被告知需要勇敢，却不知道怎样才是勇敢。所以我想

155

拜访那些女修行人，她们克服了物质上的艰苦、精神上的孤独，最终收获了什么，能不能给我们的俗世生活提供一点启发。这就是我的旅行。我已经出门一个半月，走过了福建、山西、浙江、江苏、湖北。我还将旅行下去，直到走完那些我想拜访的道场。"

说完这些，我反而不害怕了。即使被嘲笑，也没关系，也并没有人笑我。相反，她们都告诉我，对我的旅行主题很有兴趣，想看到这样的旅行变成书。甚至主动留下联系方式。一个年长的女孩说，请保持联络，书出来的时候，记得通知一声。

这和我想的完全不一样。

出门时间越长，我对自己的旅行越没有信心。因为我总是觉得，没有人会对这样的主题感兴趣。我做的事，除了对自己，对其他人没有意义。在极度的自我否定中，我依然一站、一站地往下走。那纯粹是因为——好吧，因为"内心的声音"。它代表着："这件事就是这样。这件事就是需要如此进行下去。"但不代表我不怀疑，我不否定。

我会永远记住青海西宁的这家青旅，还有屋子里的这些姑娘。当我从福建走到了青海，我终于愿意向陌生人说起我的旅行，这也是第一次有人告诉我：你的旅行有意义。

那晚我们很开心。四川的短发女孩，表情可爱，举着一块写有"青海湖"的纸牌，表演背包客最常做的事：公路拦车。我们笑得喘不过气来。最后，她把纸牌送给我，作为纪念。

这块纸牌后来跟着我走了很远很远，现在放在我的书房里。

第十篇

崆峒山／『你要记住，你是道家的孩子』

我是从西宁坐火车去定西的，要在那里转车去崆峒山。

因为武侠小说的流行，大众总是把崆峒山和崆峒派联系在一起，其实，崆峒山拥有重要的宗教内涵，这里既有佛教寺庙，也有许多道观。

是父亲向我提起崆峒山的。他在电话里说，中央四台采访了崆峒山的住山道士，道士们在节目里介绍养生之法。"你不是正在进行一场有关宗教的旅行吗？"父亲说，"可以考虑崆峒山。那里的道长有点意思。"于是，我将这一站加入旅行，准备向那里的道士请教养生术。

抵达平凉的第二天，我坐景区中巴到崆峒山中台，往海拔两千一百米的香山寺走。一路上，树木繁茂，绿意葱茏，既有寺庙，又有道观。最有意境处，是孤峰顶上的一座佛庙，想到那里，得走过铁索桥，远远望去，秀丽而且神秘。小庙对面的山坡，埋了许多故去的道士。我仔细看墓碑，一块一块，写着"全真龙门"的师承姓名。我向长眠在孤山里的修行人默默致敬，复又上山去。一个小时后，抵达香山寺。

香山寺是景区最高处。它名为寺，实为道观。根据寺内石碑记载：清代同治年间，平凉曾遭受毁灭性破坏，崆峒山亦未幸免。那时节，山顶弹丸之地，涌入数万难民，山下义军围攻不上，山上难民拼死固守，相持月余，其伤亡之惨烈，破坏之巨大，前所未有。自此以后，崆峒山的宗教活动一蹶不振。直到光绪十五年，"有和尚胡鹤迁一人回山落足西台栖云寺"。

我看着石碑记载的故事，观察面前这方寸之地，回望爬上来的狭窄山路，想到百多年前，这里杀声震天，有那么多平民，以为崆峒山易守难攻，所以抱着最后的希望，逃进高山，藏身密林。可惜，就连最高、最难以攀登的香山寺，亦不能免于战火。

这一幕想象，令我打了个寒颤。

正在感慨，我被人叫住了。"您来坐会儿？"眼前是位道士，笑吟吟地问。

道长姓冷，人却不冷，他是香山寺道士，平日就住在道观里，为人热心开朗，一会儿给游客介绍菜地种着什么蔬菜，一会儿帮山顶等客的巴士卖票。他抽烟抽得很High，脸上常带笑意，请我去檐下坐，那里已经有一两人，正相对闲聊，鼓动冷道长把他的好茶拿出来。

冷道士笑眯眯的，拿出一个大号保温杯来，给每人斟上一点茶水，再用开水冲淡。我心想：保温杯？这能是什么好茶？半信不信地呷了一口。哎哟，好喝。

旁边一个中年男人笑着对我说："冷道长的茶，能喝到不容易。里面放了黄精，还有些什么，他也不肯告诉我们。"

他们谈的是养生，还有一些趣事。其中一人说："修行无他，唯一字：静。"另一人说，"舌头抵住上颚，少许便得津液，常常吞咽，大有好处，这一道理从汉字的字形就能看出来。'活'字何意？

159

舌下之水。所以修行无他，唯一字：活。"我偷偷在心里"哦"了一声，用舌头抵住上颚，果然收集了一堆口水，静悄悄吞下。

冷道士说，他屋子里最值钱的东西，是一台七百五十元的电视机。山顶寒冷，白天晚上雾气都重，住的条件很艰苦。吃饭是粗茶淡饭，全素。所以电视机是必需品，除了茶叶、香烟，就剩这一个消遣，还时常信号不好。

我问他："像你这样在籍的道士，每个月有多少工资？"

他说："五六百块。"

渐渐聊到崆峒山佛、道共居的格局。冷道士说，他在家时，迷济公和周伯通，想学武，看书里说"童子功"厉害，心想，为了练功，万万不能结婚。有一天，看见家里多了猪肉，才知道自己要结婚了——穷人家突然买肉，是给儿子摆酒用的——为了练童子功，决定逃婚。他先当和尚，学崂山功夫。几年过去，又听说道教内家拳厉害，转而当道士，从此一路辗转到此。话头因此说到香山寺，冷道士说，这里也是佛道辗转，当过寺庙，也当过道观，"至于山上是道观多，还是寺庙多，管理处不在乎。他们就像开餐馆，多道菜总是好的。"大家都笑。

冷道士说："你们不知道，这里也争地方。有时候道士就是不如和尚动作快。像我听说，水库边住的那个老太，那是个道士，二十年前肚子里生瘤，老大的一个，鼓起来老高，那时候她就该死了。但是她带着儿子在窑洞里修行，一直没死。最近大概身体不行了，上星期六个和尚去她的窑洞里看她，盯上那个窑洞了。我就跟太和宫说啊，你们这样不行，老落在人家后头，回头说不定什么时候，又改出一个庙了。"

这个故事让我很感兴趣。一个在二十年前得了重病的女道士，住在窑洞里独自修行，活了下来。这不就是我要找的女修行人吗？

我马上问冷道士，怎么找这个老太太。冷道士说，你下到水库边，去那里问问就知道了。

直到这会儿，我才感觉这次崆峒山来对了。

马上跟司机说，我不回去了，您把我送到水库边吧。

郑师傅是本地人，下山的路上，他一边开车一边嘀咕，说没有听说过什么窑洞里的老太太。

我又犯了执拗。上次是王驰说了武当山李诚玉道长在铁道涵洞里修行的故事，我就想找到那个涵洞。这次是冷道长说起窑洞里的老太太，我就想找到这个窑洞。可能还是一种偏见，认为住在孤绝之处修行的，必然有些门道，至少这人耐得住孤独。而且老太太身患重病，还能继续活这么久，证明修之有道。

由病入道的故事我见过好些个，李诚玉其实也是这种情况，当年她得了重病，是武当山的道长给治好的，因此舍身入道。还有紫霄宫旅社里遇见的张大姐，在神农架隐居的那个，她也是因为生病，才选择成为道医。

越想越来劲，觉得这趟没白来。郑师傅带着我在盘山公路上一顿转，从山顶开到山脚，慢悠悠地开进一个山肚，一线碧水，在前头露出来，那就是水库了。我一看形状，那不就是弹筝湖吗。

这天早晨，我从上午9点半开始爬山，从中台，经过皇城太和宫，到香山寺，一路爬天梯、上陡坡，总是能在峰回路转处看见山下的一汪湖水，绿得十分深湛，在山上也能看见，我心中感叹，都说西北缺水，这崆峒山不愧仙山之名，还有这么漂亮的水域。查了名字，叫弹筝湖。一路上，此湖千折百转的姿态，已经深深印在脑海里。

这会儿来到它身边才明白，崆峒山的游览分上山、下山两条线。上午我走的是上山的路，山脚下环山的公路，一面是水库，一面是山壁。此刻沿着这条公路走，我还是会经过上午看过的那些景点，只不过这会儿它们在高高的山顶，我的位置挪移到了峰下。

我顺着公路往里走。抬头看，索道在天上呢，上午看见过的亭台楼阁，都在山峰上冒出个影子。左边是漂亮的湖水，我心情舒畅，沿路拍照。

说来也奇怪，我在做这些事情的时候，心里是笃定的，就好像我此时在此地应该做这件事。走在荒僻的公路上，心中也没有错愕感。不像平日里做采访的路上，我时常感到彷徨：我为何此时此刻身处此地，和这些人说这些话。

遇见两拨往外走的行人，我向他们打听有没有见过一个在窑洞里修行的老太太。行人摇头，怪异地看看我，离去。

又走了一会儿，大概已经走出去三公里，松鼠乱跑，黄尾的鸟儿在石栏杆上扑棱棱地飞。老鼠在树叶上滑倒，一跤摔到马路上乱爬，又蹿回洞里。四望无人。我心里有点发毛。

完全没有线索，就凭着冷道长的一句话。我觉得自己有点傻。但又劝自己：再走几步，现在还没天黑呢。

幸好，我的探索很快就获得成绩。

在山路拐弯的地方，出现一座道观。它名叫"问道宫"，在百度地图上能查着，有几座楼阁，看起来还挺新，应该是十年内的建筑，但门庭冷落，似乎没人住。

我注意到，在它大门口，靠近水库的空地上，有人用石头摆了一个奇怪的东西，最下面是最大的一块土石，上面重叠地放了两块，比较小。远处看，它像个葫芦，似乎是被人刻意放在这里的，是某种符号。因为栏杆上还有一个缩小版的，也是三块石头，一大，二小，重叠着。这个小"葫芦"的旁边还放了两个掰开的黄杏，像是喂鸟的。

一个道长从里面走出来，我赶紧上前行礼："请问这附近有没有一个带着儿子在窑洞里修行的老太太？"道长想了想，说："哦，你说她，有。"总算遇见一个知道此事的人了，我在心里谢天谢地。紧接着问道长怎么去那里，他也犹疑着抬了抬手，指着前面说："快到了，几个弯。就在公路下面。"我谢了这位道长，往前走，心里无比踏实。不过不明白，"公路下面"是怎么回事。又走了约十分钟，终于看见左手的树林里露出一角屋檐，找到了。

这间小屋的地理位置是这样的：我走在公路上，公路的右侧是山壁，左侧是湖水，湖水和公路之间还隔着一些冲积地。在湖水水面的拐角，这块土地的面积更大一些。公路比冲积地高，它本身就是一道坡壁。老太太的土坯房，就位于冲积地上，躲在公路下方，周围还长满了树，因此只露出一角。这栋小屋，周围完全是土黄色的，和环境融为一体，天衣无缝。如果不是有人指点，很容易被忽略。

沿着小径走下去，下面是一整块挺大的平地，这一切，走在公路上的人完全看不出来。像许多隐士的小屋那样，这里也有菜地，证明主人也是自耕自食。继续往前走，我看到了散落的柴火垛，门前放了一些竹匾，里面晒着杏干。似乎这是主人的重要食物。还有红色的大丽花，许多杏子树，满树金黄的果实。屋外摆着农具，但并未住人。我环顾四周，原来她住在窑洞里，两孔窑洞，就打在公路下方。住在里面，头顶就是公路。

正要拍照，里面突然冒出一个人来，吓我一跳。这就是老太太了。她看起来没有那么老，皮肤挺好的。她盘道士髻，根据冷道士的说法，我一直误以为她是一名坤道。但她并没有披着道袍，穿着很日常，就像一个家里的普通老人。

老太太从窑洞里探出头来跟我打招呼，听不太懂她的话，似乎是在邀请我进去。我跨进门，右手边就是一张土炕，老太太正跪坐在土炕上，笑眯眯地看着我。

对于我的到来，她似乎很高兴。但紧接着说："不要问事不要算卦。你很好。你的爸爸妈妈也很好。不要问。"

我本就不是来算命的，所以我说："不问卦。听说您一个人在这里修行了几十年，我想来看看你。"然后我给了她一百元钱。

见到老太太之前，我想象她是一个极为飘逸的女道士，和我在武当山紫霄宫见过的那些人一样。但这会儿，看见她生活的环境是如此艰苦，窑洞里几乎一点光也没有，土炕上只有两床薄褥子，她的病，冷道士说的肿瘤，应该还在，我一眼就看见她棉布衣服下高高鼓起的大肚子。所以给钱不是因为别的，只是因为我面前的这个人是一个孤独的老人。

老太太更高兴了，从炕上爬起来，连声夸赞，夸我是好孩子、乖孩子，想得起来探望她。

看我注意她的肚子，她笑了，指一指："肿瘤。三十年了。"

老太太说的是方言，非常难懂。我们只能断断续续地交流。能听懂的话很有限："我有两个儿子。老大以前在这里，也算是个道士。老二在深圳打工。我自己做饭。你父母很好。你一切都好。你联系人很顺利。有很多人帮助你。你想走就走，想留就住一晚。你走要带着纪念走。"

说着，她从炕上取起一串念珠递给我。挺大个儿的，像是某种果子的核。油光水滑，一看就是用惯了的东西。怎么能要老太太的东西呢。我推辞。但是推辞不掉，她拼命往我手里塞，最后我接受了。

这时，窑洞里的气氛非常融洽，一个好客的女主人，一个不请自来但还挺有礼貌的客人。没聊多久，她又问我，今晚住不住这。其实已经和司机郑师傅约好来接我的时间。但老太太如此热情，我怎么可以错过深入了解女修行人的机会呢？我一口答应下来，把随身的雨伞放下，告诉她，我要先出去跟司机说一声，把今天的车账结清。

又顺着来时的路走出去，一路上好像忘了爬山的疲惫（刚才走进来可是累得够呛），不时捏一捏口袋里新得的念珠。走到景区门口，等了一会儿，郑师傅开车来了，我说今天不走了，把刚才下山的钱给他，又抄了他的手机号。然后一路飘着似的回到窑洞，完全感觉不到疲劳。

"终于有点奇遇了！"兴奋得很。

因为心情很好，跟老太太打了个招呼，就去四周逛逛。

这块冲积平地颇大，延伸到河流拐弯的地方，那边有一大片沙滩。那里有三两个人，正在钓鱼。老太太嘱咐我带几个杏子去给钓鱼的人吃，我捎去，他们说："挺甜。"回去时，她已经为我准备了干净的碗筷，又煮了一碗蔬菜汤，还就着灶台的温度，烫热了一个白面饼。我吃得挺香。

饭后，她拄上拐杖，坚持带我出去散步。我看她腿脚不方便，说："要不还是算了吧。"她不答应。最后我俩走了相当长的一段距离，她一路给我指点风景，后头沟、十万沟、棋盘岭，地图上都没有的名字。还指着下午有人钓鱼的沙滩告诉我，那里才是问道宫原先的位置。我问路的那个地方，是后来才修的。她经常提"我们大圣爷爷"，以及"骊山老母"。

回到窑洞，天色尚明，这里黑得晚。我们在小院里休息，这一刻气氛十分温馨。菜园、果树、蓝天、霞彩、土窑洞，这番景致，别有风味。老太太养的一只肥狸猫也出现了，摆出各种依恋主人的姿态。她说，这只猫已经养了十几年了，不吃剩饭，不吃老鼠，爱捕猎兔、鸟，在我看来，这只猫似乎过于灵性，像是成精了，它甚至能用人类的坐姿，长时间"坐"着。

我们继续聊天。

她说："人有诚心天有感应，老百姓吃没得吃，穿没得穿，碰到什么是什么，就得道了。"

我问："为什么住在公路下面？"

她说："下面没有打扰，好地方打扰多。"谈到病，人为什么生病，她说："病就是过不去。"起风了，外面有些冷，我随老太太进窑洞。她拧亮电灯，收拾炕上的杂物。没想到这里还有电灯。天黑就是睡觉时间，我和她一起，把炕上乱七八糟的东西放在一边。然后我把外套脱了，扯过被子，躺平，准备就此睡觉。老太太示意我横过来睡。炕并不宽，横过来，腿就放不下了。但为了尊重主人，我还是照做了。让我感觉不舒服、不对劲的事情就是从这里开始的。

虽然没有睡意，但奔走了一天，我休息起来。联通信号全无，拿出备用手机给丈夫报平安，发现中国移动居然也没信号。我只好摇晃着胳膊，在门框的缝隙处找信号。我注意到，老太太睡觉不但不关门，反而把门口钉着的那张绿色塑料帘子给掀开了，好像在等待什么客人似的。

她自己正在闭目打坐。渐渐地，我开始注意到她打坐的古怪之处。

老太太的打坐方式不属于我所熟悉的任何一种。另外，她的家里没有祖师爷像，也没有道教的早晚课诵集，或是其他经文。此刻她既非静坐，也非念诵晚课内容。只见她盘腿而坐，双手结印，不断喃喃自语，以至于高声说话。那音量，绝对不是自言自语，更像是在跟谁对话。她已经完全投入到这种"对话"中，忽视身边其他的存在，一会儿说，一会儿笑，说就大声说，笑就放声笑。可是她面前分明没有人啊。

过一会儿，我更加仔细地去听她说话的内容，聚精会神，听懂了一些，感觉她像是在给谁汇报工作，汇报的重点内容是我和她见面后发生的事，以及这些事留在她脑海中的印象。比如，她提到了"散步""带她去后头沟""十万沟"。尤其是她在狂热的喃喃自语中说出一个词——"蓝天白云"，更是强化了我的判断：她在复述，她在汇报。

"蓝天白云"这个词，是我和她在小院里休息的时候，我口中说出来的。当时，头顶的阴云仍然滴溜溜地转，远空却露出蓝天、白云，衬托着满院的黄杏，很好看。所以当时我对老太太说："看，那边已经是蓝天白云了。"

老太太不讲普通话，这一点我相当肯定。她此刻说的"蓝天白云"，是在复述我说过的话，描述那个交谈的场景。可问题是：她在跟谁描述呢？

窑洞里已经一片漆黑，我借着外面的天空，看着她跪坐在炕上的人影轮廓，心中充满恐惧。

老太太继续大声说话，有时会睁开眼，但是不看我。有时还作揖，就在炕上，朝四方作团团揖。我断定这不是晚课，也不是打坐，倒像是灵媒、神婆所为，她此刻在做的事，有点像东北人说的"和仙家沟通"。联想到下午我一进门时，她让我不要问事，不要算卦，我心里更加倾向于这个判断。

躺在被子里，仍然找不到哪怕半格手机信号的我，觉得这事有点麻烦。

她突然开始唱歌，仍然是那种出神状态，唱了一整支《社会主义好》，又唱了一段地方戏。唱歌的嗓音，有别于她本来的声音。唱完了，她重新很大声地自言自语，说："四大主义！共产主义，社会主义，还有两个是什么？"

我在这一刻决定离开，不在这里过夜。她的修行方式和我原先想象的玄门女道士有很大不同。我对她目前进入的那种状态很陌生，对接下来这一晚窑洞里会发生什么，没有把握。没办法在这里睡着，这是肯定的。不管她是灵媒，还是什么，我都不想在这里度过一夜。

拔下睡觉前别在床帘子上的发卡，扎好头发。下床穿鞋，穿好外套，把雨伞拿到随身包旁边。从包里找出常用的手机，找出下午存的司机郑师傅的电话，去院子里，找到中国移动的信号，给司机打电话。这一连串动作，有条不紊，并不慌乱，老太太依然在她的状态里，对我的行动没有注意。

我打通郑师傅的电话，说炕太小，两个人谁也睡不舒服，我还是离开比较好，让他上来接我。郑师傅答应了。

这时，虽然窑洞里已经一片漆黑，公路上还是微有光亮，我想马上走，趁着这丝余光，赶快离开。回窑洞，老太太已经"醒来"。我跟她说，住着不方便，还是回去吧。她不同意，强烈反对。

这我也能理解，说好留宿，还给我做了晚饭，突然要走，换哪个主人也不会高兴。可是，作为客人的我也确实有苦衷，刚才老太太的行为已经吓到我了，我临时改变决定，也属正常。

奇怪的是，老太太劝我的第一句话，并不是用方言说的，几乎是标准普通话："你这样蜻蜓点水，什么也干不成！"

要换在平时，这句话对我的杀伤力挺大。但我心意已决，再次表达歉疚，说家里人来电话了，他们还是担心我，一个人住在山里不合适。

老太太说："你就放心在这里休息，只要你决定了，什么干扰信息都进不来。"我依然表示要走。

她："你在这里住，大圣爷爷、骊山老母都已经知道了。"

我不太明白这句话，只能用我的思维理解成：这里的一些神仙已经收到了我的入住信息，这样变来变去不好。但我还是坚持走。

老太太其实还是挺善意的，她对我说的最后一句话是："你是道家的孩子。不管和尚给你什么好处，你要记住，你是道家的孩子。"老太太下炕要送我，还摸出一只手电筒。我怕她手脚不利落，摔着，劝她别送。拎上自己的包，一溜烟跑了。

踏上公路，我不再回头，大步而去。白天这条路我来回走了好几遍，哪里有拐弯，一共要走多久，我都很清楚，即使只剩下淡淡的天光，也能一路向前。

我不知道自己这算不算是得罪了主人，也不知道她说的那一系列神仙是不是生我气了，心里有点害怕。幸好，手上还戴着茅山尹信慧道长送我的乾坤圈，我一路默念口诀，转动手腕上的乾坤圈，同时集中注意力，以最快的速度走到景区入口。郑师傅的车几乎同步到达，出现在景区门口。看见车灯，心中安全感大增。坐上车，他嗫嚅说，晚上出来接人，车费要贵一点。我完全不跟他讲价，他说一百就一百，一路驶向崆峒古镇。

我是出门来寻找高人的。女修行人、女仙、女高人，怎么称呼都可以。总之，我旅行的目的就是想看看女人在物质环境最孤绝的情况下怎么修行，究竟是否得到了生命的智慧。

按理说，我找到的这个老太太，很符合最初的设想：她孤独地住在公路下方的窑洞里，一住三十多年（根据冷道士的说法是二十多年），窑洞不到十平方米，几乎全天黑暗。她以简单的米面蔬菜为食，冬天的储备干粮是杏干。唯一的陪伴，除了早期曾陪她住的儿子，主要是那只猫和窑洞门口的一窝野蜂。她没有做手术除掉腹中肿块，却能继续生存下来。她有一定的智慧，谈天时说到的："老百姓吃没得吃，穿没得穿，碰到什么是什么，就得道了。""为什么住公路下面？下面没有打扰，好地方打扰多。"这都是灵光闪现的句子。

找到了女修行人，但是我被吓跑了。这真是讽刺。

我没办法界定老太太究竟是怎样的人，我只是看清楚了我在一个人旅行时的行为界限：我不能接受失控的危险，我有强烈而坚定的自我保护欲望，在自我保护面前，好奇心必须让步。

第二天我就离开了崆峒古镇。距离平凉最近的省会城市是西安，我想尽快离开平凉，于是直奔西安而去。

一路上，我一直在想，老太太送我的核桃手串要怎么处理。它非常沉重，而且散发着强烈的香火气息。我一闻到这味，就能想起那天晚上在窑洞里的恐惧，所以不愿把它留在身旁。

在西安，我去了一趟大慈恩寺，那是玄奘译经的地方，我想，他会愿意保佑一个旅行的人。然后把手串留在了那里。

我没有在西安久留，住一晚以后，坐飞机去了成都。

进入巴蜀，我觉得像是进入了电脑游戏的另一个地图界面。这时我才真正觉得安全了。

第十一篇

永兴寺／蒙山甘露

离开西安，进入四川，我渐渐远离了崆峒山老太太带给我的惊吓。

成都有我喜欢的节奏。下午5点，奎星楼街的冷锅串串香开始营业，街边一半人坐着吃串串。中午去"熊姐大碗面"，点二两"豪中豪"，八种臊子：肥肠、牛肉、鸡块、排骨、杂酱、香菇、笋子、豇豆。晚餐去"少城老味道"，锅边馍、豆花牛肉。吃饱了就去喝茶。小通巷有家茶馆，川美老师开的，两进的屋子，布局雅趣，普洱三十五元一泡。夜里喝茶去长顺中街，典型的四川茶馆：一只热水瓶，一个玻璃杯，一撮茶叶，一把藤椅。

我住在一家青旅，夜里，同屋俩女生回来了，她们来自陕西，一个沉默，一个健谈。话多的那个，说她父亲是企业家。

"我爸一米八七，两百多斤，非常强势，在陕西做油田。"

女孩瞪着圆溜溜的眼睛，一口气不带歇地对我说，"爸爸说钱你随便买什么都可以，但你要告诉我你买它们干什么，所以大学毕业我开了两家店，一家女装一家婴幼。'来，抽根烟吧。'他总是这样跟我说，我俩也没别的话说，坐下来就抽烟喝酒，他只会跟我这么相处。"

因为这个女孩，我突然有了灵感。

"'她说'，是我在进行的一个小项目，"我严肃地对这个陕北富二代说，"想为旅途中遇见的有趣女孩做一个特辑，给她拍照片，再让她留下一句话。这句话是此时此刻，你最希望对旅途中偶遇的陌生人说的。比如说，你是谁，你想做什么，或者……管它呢，什么都可以，只要是你自己心里的话，不是书上看来的，也不是别人告诉你的。"

她一听就来劲了，马上对着镜子梳头发。女伴帮她整理衣服，换了好几个姿势，让我拍最漂亮的表情、最灿烂的笑容。遗憾的是，青旅八人间的光线太暗，拍出来的照片总是有点模糊。

她正儿八经地对着我的录音笔录下一段话："我是熊猫姐，我爸爸是中国好爸爸。为什么叫熊猫姐？因为她们说我的胸随时会飞掉。飞掉是什么意思？平啊。跟熊猫有什么关系？因为我读书的时候很奇葩，经常睡着，被老师叫醒来就揉眼睛。好了，这就是我的故事。"

我乐坏了，她俩也乐坏了，效果不错。我决定，以后住青旅的时候，只要想和陌生人打招呼，又不好意思，就来这个。

我把自己浸泡在成都的舒展里，渐渐回神。想起这趟来是有任务的，要去拜访几处和隆莲老法师有关的道场。

隆老出身于书香门第，20世纪40年代初期，遵从父命，参加当时四川省政府举办的县政人员、普通文官、高等文官的三场考试，均荣登榜首，被人称为"巴蜀女状元"，出家后，成为一代大德。在五台山普寿寺，我读到隆老的故事，得知，在1982年，她携手通愿法师，做了一件了不起的大事：为比丘尼传二部僧戒。

在成都，我寻访隆老的足迹，陆续去了文殊院、爱道堂，最后去了南郊铁像寺，当年传戒的戒坛就在这里。那天阳光特别灿烂，我帮寺内的比丘尼剪了花枝，浸在水中，供在玉佛殿上，忙完以后，师父问我来做什么的。我说，仰慕隆老事迹，想看看1982年她在铁像寺给正学女授二部僧戒的地方。师父朝我招招手，说："来。"

带我去看的，是一个普通得不能再普通的教室，空荡荡，只有一方讲台，十几把竹椅。跟普通的中学教室一样，墙上悬着字画条幅，只不过挂的不是"为中华之崛起而读书"，这里悬挂着负笈行走的孔子、慈悲庄严的菩萨。

铁像寺的师父说，这个教室是隆莲老法师、通愿老法师当年传戒的地方，戒坛就在如今讲台的那个位置。

地上灰尘很厚，我跪下去，朝讲台磕了三个头。

对隆莲法师的致敬和寻访，到此告一段落。

接下来，我要去蒙顶山，它位于名山县和雅安市的交界处。

宋代有不动上师，人称甘露，居于此山，辑订"蒙山施食仪轨"，到了近代，仪轨内容增加，形成"大蒙山施食"，依此举行法事，称为"放大蒙山"。"小蒙山"则成为寺院的日诵功课，通常在晚课时使用，施食普济幽魂。

在庙里做晚课的时候，我多次念诵过"小蒙山"，开头四句滚瓜烂熟："若人欲了知，三世一切佛，应观法界性，一切唯心造。"还有结尾："汝等鬼神众，我今施汝供，此食遍十方，一切鬼神共。"

因是晚课内容，念诵时，窗外永远暮色冥冥。担任仪轨中"行者"一职的比丘尼，会在中途走到殿外——通常已经是黑乎乎一片了——弹出米、水，代表着透过"行者"的观想加持，将米粒及甘露水，施食与饿鬼道众生，乃至遍于一切众生。

对我来说，"蒙山施食"是一个神秘感很强的仪式。所以，当我知道它出自蒙顶山永兴寺，就决定去那里了解"蒙山"二字的真义。

也想知道这座被称为"甘露道场"的寺庙，怎么理解"甘露"这两个字。

去永兴寺是个雨天，我背着全部的行李，撑着那把在湖北武汉的归元大觉宾舍里用一百块钱押金换来的长柄雨伞，在路边拦出租车，心想："只有旅行作者才会在这样的大雨里去往汽车站。因为留在原地意味着没有进展，那更令人焦虑。"

快到名山，雨小了些。出租车不肯打表，谈妥四十块钱带我去永兴寺。路上，司机好奇地问："你是来出家的吧？"

我说不是，来旅游的，看看永兴寺。司机不信，说永兴寺没什么好看的，尤其今天这样的暴雨，更没人来这种地方旅游。说来说去，他还是怀疑我是来出家的。

山路上，能见度不到五米，大雾铺天盖地，"蒙顶"山不愧"蒙顶"之名。出租司机看我一副外地佬的吃惊样，告诉我，蒙山全年雨季，下完雨紧接着起雾，等山下的雾和山上的雾连上，就会再次下雨。

仿佛为了印证他的话，山里的树林越来越密，光线越来越暗，到处是绿得发亮的蕨类植物。这里是喜阴植物的天堂，光线那么暗，雨水那么足。蒙顶、甘露、阴，三个词在这座山上聚齐了。

开到永兴寺，司机问："今天还回去吗？"

我装作很有把握的样子，动作利落地背起几十斤重的旅行背包："不回。"车辆掉头而去。

其实我根本不知道庙里让不让住，看着出租车的红灯一点点消失，我想，没办法了，一定要求得师父答应，不然今晚住哪里。

运气不太好。庙里一个老师父问我来干吗，我说仰慕永兴寺，想来这里体验一下佛教文化气氛，求挂单两日。

老师父竖起眉毛："不行！"

我求她："就住一个晚上，您看，我背着这么多东西。"

师父："有皈依证吗？"

我卡壳："没有。"

师父："没证件我知道你是谁啊。"

我继续哀求："我一个女的，也不会怎样啊。"

"那谁知道。第一次见面，人心隔肚皮。"

我被噎住了，不知道该怎样继续请求。老师父还在拒绝，越说越激动，甚至扯出了陈年往事。我听四川方言有点费力，大概明白她在说一件至少十几年前的事，好像是，曾经有一个外来的人挂单，师父慈悲，让她住了，结果惹来好多麻烦，茶场保安都来了。

老师父声音很大，好像把我当成了那个坏人。我看她态度这么坚决，求也没有用，赶快说："不住了，不住了。"免得师父更生气。

这个态度，老师父还有点满意，让我把背包放下："没人拿你的。"指示我去殿内各处拜拜。我一一答应。走廊上，另一位看着较年轻的师父，看我一副狼狈样，"嘿嘿"笑了。

我一看就知道，这是个好打交道的，有什么事找她就对了。于是请教法号，得知是普照师父。普照轻轻对我说："你就说来耍嘛。那是住持。"

说来也怪，被拒绝挂单，对方还很不客气，按我平日的脾性，肯定会生气。也许是和永兴寺投缘，我那时一点也不介意，反而觉得，人家不让住，必然有人家的道理，不给庙里添麻烦就是了。

在普照的指点下，我去附近的农家乐投宿。一个标间八十块钱，干净明亮，随时可以洗热水澡，还有免费的无线网络。最爽的是，免费的蒙山新茶，敞开供应。

把行李放下，又折返永兴寺，找普照聊天。

她性格温和，笑口常开，说我刚才"咚咚咚"跑来真好玩，跟她几十年前凭一股劲走路上山的样子很像。我一想也是，背着一堆行李，事前什么招呼都没打，愣头儿青一样。

我：这里是不是正在进行重建？

普照：在修，可是进度很慢。原来是采茶的工人住在这里，他们占了寺院。退给寺院，退得太慢了，2004年才全部走完。刚住到里面，我们只住中间一点点，工人住到两边，到了冬天呢，他们要挂腊肉、挂香肠，都挂在寺里，走廊两边。你想想，寺里挂这个，多不好看。

我：在庙里挂这个？他们也是太不注意。

普照：问题是，这是在他家，他觉得这儿就是他的家。我们也没有办法。朝成都民宗委去跑，说，把寺庙的东西归还给寺庙。向领导反映，后来才全部退给我们。遇到那一届县长又比较好，还给了我们一百亩茶地。

我：网上有人说，你们有一千亩茶地。

普照：（大笑）乖乖，还说整个蒙山是我们的呢。一千亩，那能累死。现在一百亩，我们自己管理，做茶也是自己做，辛苦得很。

我：您在这里多少年了？

普照：二十多年了。

我：在这里学会做茶的？

普照：对啊。也是因缘吧，出家时要选一座庙，有人说，某寺院有很多亩土地，另一座寺院有茶地。我不懂什么是茶，听起来不错，就去吧。我来的时候，跟你心情差不多，蒙山，好啊，那时候没车，走路三个小时，"咚咚咚"就冲过来了。挺高兴。到了这里是下午，一看，环境很好，条件是差了一点。我们是两叔伯姊妹，一路来出家。我说，这里很破，那就住这座破庙吧。

我：破庙，为什么还住？

普照：正因为它破，才住下来。破庙才有你发展的空间。别的地方，已经修得很好，没有你施展才能的地方。它慢慢破，你就慢慢来，一步一步地修，你的人格也慢慢地净化，是不是？

我：您为什么出家？

普照：出家好嘛。相当于你现在上班，喜欢你的工作一样。初中毕业的时候，我太想出家了。也是因为小学去寺院春游，我看出家人很庄严，那心情现在说不出来，就是太高兴了，决定毕业后要像他们一样，就这样想的。

我：去一次庙里，就有这样的决心？

普照：那时候是小学嘛，1986年。有这种想法以后，读了三年初中。初中毕业后，想："不能再做这样的事了，要出家去了。"走了。嘿嘿。

我：家里人不反对？

普照：反对我跟他们讲嘛。佛菩萨加持不可思议。我下面有弟弟妹妹，父母很辛苦，如果毕业就去出家，对家没贡献。我就在屋头做了两年。两年过去，有天我妈妈突然很自然地跟我说："你说要出家，怎么还不走啊？"我一听这句话，背起包包就跑！出家的缘分就到了嘛。

我：您总是乐呵呵的，修得很好啊。

普照：也不是修得好，在哪里就做哪里的事。在家人，结婚了，就好好做一个在家的居士。

我：我跟着别人念过"蒙山"，可始终不明白这套仪轨的真正内涵。您能不能给我讲讲，应该怎么理解"蒙山"？

普照：蒙山，讲的是要起一种悲心。是对下面的众生，也是对一切有情众生。有了布施心，一念过去，虽然七粒米，却能遍十方。

我：有人说，居士一个人在家做晚课，最好不要念"蒙山"。这个说法有道理吗？

普照：有时修行不一定到位，它要来找你，知道不。就像请朋友来家里吃饭，忘了做饭，他没吃到，反过来起嗔心，去找你，就麻烦了。而且在家里面，布施水、饭也有麻烦，公公、婆婆、丈夫这些人，看你搞这些，古古怪怪的，你为了度那些看不见的众生，让这些看得见、眼面前的众生烦恼，也不好。但是，我不是说不能念，当然可以念，可是要处理好这些问题，要随缘。学佛要把身边的人感化过来，不能你突然说，到点了，我要去搞布施了。人家觉得你烦不？赶

180

紧把公公婆婆老公那些先整得巴巴适适的，过后，慢慢觉得这个夫人还不错，你这个学佛有点好，说不定可以跟着你一起学。把他们的心先度过来了，你不是有功德了？他们也是众生呢。

我：所以"蒙山"的根本是一体的大悲心？
普照："蒙山"的意思，就是随时随地都在布施。

我：这些年，您在永兴寺学到了什么？
普照：人得在做事中锻炼心性。喜欢跑，天天跑，那些都是外在的东西，内在还是没有。坐在寺庙里，做点事情，反而是福报，人能定得下来。

普照说，她年轻的时候喜欢到处跑。师兄普明，还有她，两人都好耍，经常背起包包，让师爷留在屋头守着，自己出去"走一哈"。就这样去了五台山、北京、峨眉山、喇荣五明佛学院。师爷在世的时候，经常说普照："守到菩萨都不晓得学，到处去逛。"
普照口中的"师爷"，是指定慧法师，永兴寺的前任住持。

定慧法师是在1995年，过完生日的第二天圆寂的。
普照回忆："她自己好像晓得。提前把办后事的人请来，说来帮她做生日，来了就把人留下来，说你等一天，后头要有点忙。大家听不懂她什么意思。她又提前买柴，柴把子买那么多堆起，吃的黄豆也买很多。我们说，师爷你买这么多，吃又吃不完，怎么办呢？她说，你晓得啥，后头都用得到。她走的那天，工人听见她挂个棍棍，一下一下地敲着地板走出去，说老和尚怎么今天那么早出门。其实师爷就

181

是在那个时候圆寂了。"

庙里发现定慧圆寂，准备叫山下的居士来帮忙。还没去叫，居士们已经上山来了，说早晨做梦，梦里老师父说，今天山上有点忙，你们去看看。大家把这些说法凑在一起，当时就啧啧称奇。

定慧法师圆寂，已经是二十多年前的往事，如今她的衣钵塔就在后山观音殿旁。大雾弥漫时，那边似乎无路可循。一俟雨收雾散，石塔慢慢现前。一只灰褐色、比拳头还大的癞蛤蟆从草丛里"扑"地跳出来，蹲在地上，嗒目凝视。我从草丛里走过，闻见指甲花的香气。石塔面前，青苔滑腻。我第一次发现，树叶、草丛吸饱雨水，绿意一层层渗透出来，浓得发碧，就像人吃饱喝足了，有醉态。塔旁是墓地，一个又高又圆的土台，周围砌了红砖。定慧法师坐化之后，便被葬于此处。

我拜了三下，读出塔上镌刻的字句："不作风波于世上，别有天地非人间。"看到落款，方知定慧法师的法脉属临济宗。

临济宗是禅宗里南宗的五个主要流派之一，讲究"以心印心，心心不异"。可是永兴寺又不仅仅是禅宗的法脉，山门处还供奉了一尊宗喀巴大师像。我很好奇，问普照，她也说不清，只说师爷是在成都的小庙里长大的，后来才来永兴寺，那尊宗喀巴像，可能与隆莲老法师有关系。

在蒙山一共住了三天，每天往永兴寺跑，听普照讲了三天故事。最后一天去庙里，我没遇见普照，不知道是不是因为天晴，茶园里忙去了。

又去定慧法师的塔前打了个招呼，对老人说："再见。"

住持照海法师出现了，她个子矮矮的，满寺里跑，从祖师殿的工地颠到下面大殿。我厚着脸皮，以快要离开为由，拉着照海法师坐下来聊天。没有想到，照海居然在石头阶梯上坐下来了，说："聊吧。"

我：咱们这里是临济宗，和其他寺庙比，在修行上有什么特点？

照海：我们汉传佛教都没什么区别，禅宗就是参禅嘛，我们这里禅净双修。也参禅，也念佛。密宗嘛有密宗的规矩，我们现在不是密宗，我们是禅宗、净土。净土就是念佛，懂了没有？

我：永兴寺有没有禅堂？

照海：这座庙子退得很晚[1]，2004年退的。现在都还在建设中。禅堂还没得修呢，没得钱来修。祖师殿都还没修好，甘露祖师都还在一个茅棚里供起。资金很短缺。修哈又停哈，停哈又修哈，还需要很多资金。

我：女性修行，有什么方便法门？

照海：净土法门就是最好的法门，男性女性都可以修。还有《金刚经》《心经》《地藏经》《妙法莲华经》，上班的人一样可以修。下班了，人家去打牌，你去念经，这就是在家修行。你时间还多，我们一天还忙忙碌碌的。

我：女性修行，要注意什么特别的问题吗？

照海：不注意什么特别问题啊，女性跟男性都是一样，也修行

1、退得很晚：指从国营茶场退还给寺庙。

183

啊。女的月经来了，你把大腿洗得干干净净，这是人生的甘露，菩萨也不会怪罪你。那些生娃儿的，生过了娃儿，还要净了一百二十天才去进庙子，我们这些人，就洗干净就对了噻。懂了没有？

我：网上有人说，在家不能随便念《地藏经》，念了会有鬼来找，是不是这样？

照海：乱说！你念经回向给他们，他们得到这个经他们很高兴就走了。很好的，晓得啵？你要超度他们。你这样回向喃……你叫什么名字啊？

我：许晓。

照海：你念的时候就说"我许晓念的这个经，回向给我过去的所有冤亲债主，让你们都成佛。你们先成就，我后成就"。他们高兴都来不及，还找你做么呢？不会找你了噻。懂了没有？（念《地藏经》）怎么会要不得呢？要得的。要得得很，晓不得？哪个说不好？乱说的。

我：您刚才说重修资金短缺，是不是还需要做更多弘法工作，让人注意到永兴寺？

照海：末法时代我们不图钱，他们自己愿意来捐多少就多少，不来不要。（虽然）没钱，该修的修，该补的补，不急。

照海师父的脾气，老而弥坚，直率火暴。但只要和她交谈超过五分钟，就能发现这位师太内心的无限慈爱。她反复跟我强调："不要打麻将，不要打牌，有时间多看书。"我好喜欢她。

临走，我帮农家乐的老板上香火钱。照海问我："做啥？"

我解释说，我住的农家乐，他们人挺好的，帮他们捐二十块香火钱。照海拿本子记下了，说她知道那个农家乐。然后为我加持，头上敲几下，背后敲几下，再绕到我前面，头上敲几下，背后敲几下。看不出这老太太力道还挺大的，敲得我挺疼。同时她口中念念有词，祝福我一路平安，平平安安到家。

念诵完毕，拿了两包寺内出产的蒙山茶送我，嘱咐："下次记得再来。"

我跟她开玩笑："照海师父，下次再见到我，就不是第一次见面了噢。"她说，"第一次见面，我怎么知道你是谁啊。"

临走我用这句话跟老师太开开玩笑。照海也笑，说："好，下次就不是第一次见面了。"

走出永兴寺，我对坐在门口收门票的老太太说："老居士，我供养你十块钱用来修行。"她很高兴。她看起来年纪很大了，每天坐在门口念经，收门票，偶尔有游客经过，老人家就微笑、起立、收钱、鞠躬。我一路溜达到农家乐，快快乐乐下山去也。

半小时后到了雅安，这座小城很美，山将它重重围裹，像花瓣围着花心。包围它的山，高低、远近各异，形成颜色的对比：黛青、淡蓝、青翠。第一次看见长得这么像一朵莲花的群山，雅安就安安稳稳地坐落在"花"里。还有一条大河，平平的、横横的，流经城市。

这些山和这条河，就像直接从唐诗里走出来的，契合了我对四川最美好的想象。

城里的楼，看起来都偏旧。云团、高山、大河、植物、蓝色、白色、绿色、浑浊粗褐的河水、被人放在河边暴晒的一簸箕湿漉漉又肥

185

壮的新鲜花椒，怎么看，都符合我的审美。

送我去雅安博物馆的三轮车夫，大热天穿着一丝不苟的白色棉质衬衣，下摆掖在灰色的长裤里。他将纸币分成一份一份的，叠好了预备找零。这是一个有尊严的劳动者。

不料博物馆在装修，不开门。我自己去找地方喝茶。四川人真是可以，茶摊摆得到处都是。我找到的一处，摆在马路牙子上，路正在拆建，工人不时从地下的涵洞冒出头来。我一边喝茶一边看他们施工。茶客看我像外地人，热情地跟我介绍这里的来龙去脉。他们还考我："雅安最出名的是什么？"

我当然知道："文化悠久，蒙山美丽，茶叶出名。"茶客大叔摇摇头："还有水，我们这里水好。"

我微笑着，听茶客们告诉我雅安是多么好。这里的风景在四川可称"独树一帜"，并且还有这么多降雨。

说完雅安的一系列优点以后，茶客关心那个老问题："你是哪里来的？"我回答："安徽人，住在上海。"

"上海人挣很多吧？"我左边的男人站起来，用目光跟我打个招呼，走了。他刚才和我友好地交谈了好几分钟，告诉我蒙山哪一种茶叶最值得买。这会儿他走了，我才注意到，他拎着一个大木头盒子，里面放着几块款式不同的毛巾和拖鞋。这是个擦鞋匠。我朝他挥手作别。

晚餐勇敢地尝试了茶客们推荐的"雅安老城最地道的椒麻鸡"。吃了五块鸡肉，口腔像是做了一次全麻手术，只好放弃。整整喝下一瓶奶茶，嘴巴好像恢复正常了，可是发现自己被花椒麻得说话都容易口齿不清。

模模糊糊，就这样入夜。

江水已经看不见了，它早就不是这片盆地的运输动脉，不会闪烁着成百上千的渔火。

反而是桥梁，灯火通明，上面有过往的车灯，也有装饰大桥的彩灯。群山陷入夜幕，再也看不到。这座城市，和这些山峰河流一起，明日仍会迎来白云，迎来雾气，或晴或雨。

我目睹了雅安的一个夜晚。

第十二篇

色达／『你们所谓的孤独，在我这儿好极了』

8月3日清晨，我背起大包，赶最早一趟长途汽车，奔向康定。

由雅安去康定，再从康定进入炉霍、甘孜，这是一条经典的进藏路线。民国时期，川西被称为西康省，辖地主要为现四川甘孜藏族自治州、凉山彝族自治州、攀枝花市、雅安市及如今西藏东部的部分地区。那时候，无论藏人来汉地，还是内地汉人进藏，康定和雅安都是必经之地。

1937年，一位法号"碧松"，俗名邢肃芝的僧侣，只身前往西藏求法。在《雪域求法记》中，邢肃芝回忆道："雅安是西康省货物进出的吞吐口，整个西康的经济是否活跃，就要看这个城市的商品吞吐量是否积极。"

邢肃芝去康定的那年，公路还未修通，于是雇用滑竿出发。先是经过荥经，那里有"七纵河"，据说是诸葛亮征南蛮初擒孟获的地方，后翻越大相岭、汉源县。沿途猛兽出没，盗匪常见，山道旁可见人兽骸骨，路途沿着峭壁盘旋上升，惊险莫名。邢肃芝说，他在去康定的路上连续七天修"大威德金刚法"，一路念经祈求佛菩萨保佑。

邢肃芝去藏区两年后，又有一个人从雅安去康定，并把这段经历写成回忆录，他就是顾彼得（Peter Goullart）。顾彼得，出生于莫斯科，是旧俄逃亡贵族，一度生活在上海，常和苏杭一带道士交往。顾彼得相信道教是揭开中国文化魅力的关键，他皈依成为道教徒，并将自己体道悟道的经历写成《玉皇山上的道观》[1]。1939年，中日战争全面爆发，顾彼得在炮火纷飞中取道香港，以孔祥熙夫人特派工作人员的身份进入西康。他的这段旅行故事，收录在《彝人首领》一书，是那个年代雅安至康定另一份不可多得的记录。

顾彼得与邢肃芝的入藏时间只隔两年，如今，这条道路上拥挤着大货车、客车、自驾游客、骑行者。二郎山国道上，沿途居民以各自的方式做生意，有的架设水龙头洗车，有的开小卖部。小餐馆卖白米饭、猪蹄、鱼，也有蔬菜。我要了碗光面，什么菜叶都没有，辣椒油煮白面，十块钱。买了个梨子解渴，两块五。最辛苦的小贩是卖烤玉米的，他们推着板车，在最易堵车的路段步行，车上架着一个火炉，火炉里烤着玉米。眼看客车迟迟不动，说好下午5点到康定，说不定就会推迟到七八点，小贩得以开张。有时他们正在高声叫卖，车流突然动了，就得推着板车让开，再去寻找堵车的地方。

清晨从雅安出发，折腾到夜里8点，终于到达康定。

第二天早晨5点，再度背包出发。这一天，我要坐车前往炉霍，再转车去色达，拜访喇荣五明佛学院。

喇荣五明佛学院的"喇荣"二字，得名于佛学院所在的喇荣沟。

传说中，这是一处出产马蹄形金块的地方。1980年，堪钦晋美彭措在喇荣沟创建了只有三十二名学员的学经点。1993年，全国政协副主席、中国佛教协会会长赵朴初为学院题写了汉文门牌。1997年，由

1、《玉皇山的道观》（*The Monastery of Jade Mountain*，中译本名《神秘之光——百年中国道观生活亲历记》），（俄）顾彼得（Peter Goullart）著，和晓丹译，云南人民出版社2002年4月出版。

甘孜州宗教局报请四川省宗教局同意，正式批准设立色达喇荣寺五明佛学院。

汉地佛教徒注意到五明佛学院，是从20世纪80年代末开始的。

1987年，堪钦晋美彭措率眷属、弟子朝拜五台山，其间收了不少汉族弟子，此后，在佛学院里开设了汉僧部。

2000年以后，喇荣五明佛学院在汉地的知名度随着互联网的普及进一步提升。不过，网络的便捷并不能改变佛学院被群山环绕的地理面貌。从成都出发，无论是取道雅安、康定、炉霍，还是走马尔康，都是一段艰苦而颠簸的旅程。

从炉霍到佛学院，车辆像石子一样在土路上弹跳。

很快，所有乘客都变得蓬头垢面。司机关上车窗，但无法紧闭。我用围巾捂上口鼻，窗外的农作物和河水在沙尘里变得模糊。很快，我的脸上和头发上都沾上了一层沙土。

晚上8点多钟，终于抵达喇荣五明佛学院。我忍着路途颠簸、初上高原的不适，背着大包，去招待所领床号。

出发前，我托人预订了佛学院"综合楼"里的一个床位。

在前台，我拿到了一张很正规的发票，抬头是"喇荣五明佛学院女众综合楼住房收款收据"，上面除了我的名字、身份证号，还写明投宿时间、房号，收款人一栏由某位出家人和某位居士共同签名。这里的床位四十元一天，另付一百的押金。

到佛学院的那晚，赶上了停水。

旱厕距离宿舍还有一段路，我不敢喝水，怕起夜麻烦。可是刚上高原，需要多喝水，缓解高原反应，这两个互相矛盾的需求让我不知所措。最后决定，还是得少喝水，一趟趟往厕所跑，冷而且累，更容易引发高原反应。于是老老实实躺在床上，闻着头发里的土腥味，嘴里干渴，心情焦躁。明明知道自己脏透了，却不能洗澡，不能洗脸，连刷牙都不能，这感觉太糟了。

第二天早上6点，同屋的其他五位女性都醒了（这是一个近二十平方米的房间，床和床挨着，几乎每人都有一个大行李箱）。

听她们交谈，感觉大家都是虔诚的佛教徒，来这里是为了进行佛法的闻思修。

为了犒劳自己，我去小卖部买了一杯香飘飘奶茶，一路穿过大经堂、商店街、宿舍区，顺便吃了个晚饭。佛学院新开一家素食自助餐厅，二十元一位，有七八种素菜，米饭、馒头齐全。比较特殊的规定是：用餐不准浪费，吃之前交押金三十元，还餐盘的时候，如果里面的食物没吃光，押金不退。

和我在2011年造访五明佛学院时相比，这里有了一些改变，多了自助餐，还多了中国移动营业厅。小卖部里，"娃哈哈"一统天下的局面已经改变，矿泉水多了怡宝，红牛依然畅销，香飘飘和方便面深受欢迎。电器铺子里，手电筒、录音笔摆在最显眼的位置，手机壳、充电插头、贴膜也都很丰富，反映出智能手机的普遍使用。学院里的车辆多了不少，在建的工地也多了起来。

晚饭后，室友们都回来了，讨论天葬。

一个女孩说："天葬的意义在于，在人生最后的阶段，做最重要的布施。"

她们聊天，我忙着洗脚，今天终于来水了，却找不到脸盆。一位慈眉善目的室友走过来，给我一只盆，还往里面倒了些热水。我赶忙谢她，她端正回礼，说："师兄，只愿你早日成佛。"

第三天，我开始融入室友们的节奏——其实是她们不愿"放弃"我，早晨7点，拉我上课，我被迫起床。

居士班今天讲《入菩萨行论》。课前，老师先问谁有电工技能，让去程控室报到，那里急缺义工；又说，不许养狗，狗太能生了，流浪狗太多对佛学院不好，此事不开许。然后讲课。

教室里暖烘烘的，地上有垫子，大家盘腿而坐。

年轻的妈妈带了孩子来，孩子六七岁，自顾自玩闹。我坐在教室最后一排，有预谋地睡着了一会儿，采取谨慎的睡姿，盘腿、托腮。醒来的时候，发现牙齿在手掌上咬出了印。

10点下课，饿了，去买吃的。油饼两元一个，酸辣粉三元一碗，蛋炒饭五元一份。很多牧民卖牦牛奶，装在各种回收的塑料瓶里，可乐、农夫山泉、雪碧瓶，什么都有，六元一瓶。我看到一个牧民，他卖的牛奶全部用"统一鲜橙多"的瓶子装，看起来颇为整齐。买了一瓶尝尝，跟我平时喝到的牛奶不一样，很鲜，还有点腥。

汉僧商店是佛学院里小食品最多的商店。德芙、脆香米、猴菇饼干、面粉、米、调味品、素食豆干、瓜子、蚕豆。卫生巾有七度空间和护舒宝。

饭后午睡了一小时，醒来去找圆慈师父，她来五明佛学院学习，已经住了二十年。通过朋友介绍，圆慈愿意和我聊聊天，在她的起居室接待我。

那是一个三层阁楼，每层面积七八平方，里面的陈设十分整洁。

我：您的房间收拾得很好。

圆慈：够用就行了。吃饭自己做，老妈的我就给她端上去。她六十六岁了，住楼上，房间大一点，有个阳光棚，比较亮。

我：这房子是买的还是盖的？

圆慈：自己盖的。原来是两层，后来被别人的屋子把阳光给挡了，我妈来了后，我怕她受不了冷，就花钱找人给她盖了个小阁楼。修行不要过于贫困，也不要过于奢侈，中性的，就可以了。

我：能不能分享一下你的出家经过？

圆慈：我十二岁学佛。为什么会接触佛教呢？因为上学经常路过一户人家，里面有个老太太敲木鱼念经，我特别感兴趣，趴人家窗户看，里面供着好多佛，就特别好奇地去了人家家里，知道老太太是个医生，针灸，治近视眼的。就这么慢慢接触到《心经》《大悲咒》《妙法莲华经》。后来我在《妙法莲华经》上看到一句话——"什么叫真正的孝，是出家，把父母度化往生极乐世界，那叫真正的大孝。"我说那我一定来当这个大孝子。十二岁，就这么发心出家。十四岁从家里偷跑过一次，没成功。十八岁，读中专，又偷跑，这次跑得远，去了成都，跑成功了。

我：你是东北人，为什么想到去成都呢？

圆慈：看见我供的这位法师的照片了吗？他是清定上师，是一个成就者，格鲁派的，也就是黄教。那时我在黑龙江，并不认识他，但有天晚上就梦见他，他说："孩子你来吧，我在成都昭觉寺，我叫清定。"梦醒一看表，半夜两点半。这谁啊？不知道，我又睡了。睡下

194

去以后，同样的梦，他说："孩子你来吧，我在成都昭觉寺，我叫清定。"我马上翻地图去了，大半夜3点多，查到成都果然有个昭觉寺。我就决定去成都，弄清楚这个梦是真是假。

我：然后呢？

圆慈：到了成都昭觉寺，真的见到清定上师的时候，我哭了。那时候没有手机没有网络，就凭着一张照片，一个梦，找到他了。1994年，我十八岁。

我：路费哪来的？

圆慈：我脸上不是长着一大块胎记嘛，我妈拿了五百块钱给我，让我治一下。那时五百块还挺多的，我拿着钱，带一个学佛的阿姨一起去成都，在昭觉寺一住就是一年。

我：除了梦，还有什么让你对佛法生起信心？

圆慈：在昭觉寺学得不多，背得多。不停读，不停背，后来几乎不用翻书本了，这就叫深入经藏，读着读着就懂了。

我：佛法对你有吸引力，世间的东西就没有吸引力吗？

圆慈：我说了你可能不信——我估计我是托生错了，从小不爱洗脸，没穿过裙子，没扎过辫儿，一直留着男孩式样的头发。我跟家人一直格格不入。学佛以后，有一次放学回家，打开大门，走入院子，进到客厅，脑海里突然有一种感觉："这不是我待的地方，这不是我的家。"刚开始，信心是通过法本、经书、上师的加持得到的。修行十几年以后，不是书本里的说法，而是内心真正感受到：出家真好。

我："好"在哪里？

圆慈：1995年，这边很苦的，连菜叶子都看不到，可我特别欢喜。剃头那一瞬间，我说我回家了，我找到我的归宿了，迷惘的心没有了，非常欢喜。没日没夜修行，跟着僧众磕头、背书。上师写字，我们在下面抄，特别快乐。物质上是苦的，一个月吃一斤菜籽油，八十块钱生活费。夏天挖野菜，冬天吃冻土豆。实在不行了，管我妈要干菜、茄子、干豆角、木耳。卫生纸也没有，藏族人那会儿还不知道卫生纸是干吗用的，也得从外面寄。当时这里汉人也少，男众女众加起来不过七十人，来一个包裹，十几个人凑在一起，共同开包裹的那种喜悦，太美好了。有点像汉地20世纪70年代的那种生活。我一口气（在佛学院）住了七年没下山，2011年回过黑龙江一次，回家后大病一场，因为已经不适应海拔低的地方了。

我：修行的好处是什么？

圆慈：对于你们来说，可能是逃避，对世间烦恼的躲避。但是出家人说出家人话，我们不认为这是逃避，我们认为出家好，有修行的那种轻安。

我：您在这里有生活费吗？

圆慈：每个月三百五十块钱。看到汉僧商店没有？我们拿了钱就去汉僧商店消费，在那里买东西，"羊毛出在羊身上"，钱就又回到常住上面去了。

我：钱够用吗？

圆慈：要说不够也不够，要说够也够。开法会，一人一桶油，一人一袋米，每次都发。我们不吃肉，又过午不食，吃不了多少钱。书不用买，所有经书都免费。被子，如果没有，可以报个"扶贫"，常住上拿一条就盖了。

我："扶贫招待所"的收入是做这个用的？

圆慈：扶贫招待所、扶贫医院，挣的钱基本都做这个用。喇荣宾馆也是。学院的一切都归常住，由理事会来分配这个钱的使用。

我：我听说，来这里出家，要有住满五年的学僧担保才行？

圆慈：是的。学院说大也不大，而且一栋房子只能住两三个人。而且修行人最希望一个人住，不受打扰。这种乐趣你体会不到，你们所谓的孤独，在我这儿好极了。他们说"十个出家九个怪"，独、孤，喜欢一个人待着，喜欢静，不喜欢别人来干扰。格格不入。夜深人静的时候，修上师瑜伽，要观想，睁开眼睛一看，三个小时过去了，不知不觉时间没了。时间怎么过的呢？我超越了吗？没有啊，人还在这里。但就感觉这个肉体没有了。那种轻安，那种舒服，不修行体会不到。

我：佛学院里是怎么上课的？

圆慈：我已经学了二十多年，现在跟母亲一起上净土班的课，比较轻松。闻思班比较辛苦，每天早上5点起床，集体背书，背到7点。7点到8点吃早餐，然后又上课，10点下课。下了课还不能直接回家，班级分成小组，由辅导员做辅导。11点半回家吃午饭，休息到下午2点。下午除了辅导，还要考试。晚上也有课程，7点半到10点。一天下来，背书讲考备考，很充实。

我：你的母亲是怎么来这里出家的？

圆慈：我出家后，两人经常通信，学习佛法，互相教育。主要是书信来往，跟她说看什么书，跟她说拿一点钱供养僧人培养福报，让她修加行。她一点怀疑心都没有，就去修，特别虔诚。

我：父亲怎么看你们出家的事？

圆慈：他当然不赞成。现在有我妹妹管他。我妹喊我，一口一个"姐"，亲情的那种爱，问我要不要买养老保险、医疗保险。我说："随你便，跟我没关系。我是一个修行人，你不要打扰我。保持现状就好了，你不要朝我靠近一步。保持联系就可以了。我已经从这个家出来了，你别把我当成你的姐。"

我：母亲来五明佛学院，生活上适应吗？

圆慈：刚开始不适应，后来好了。她特别精进，坛城转了四万多圈了。我俩已经发了愿，下辈子不做母女，做佛友。

和圆慈告别以后，我在佛学院拜访了另一位朋友，她是我在2011年旅行此地时认识的朋友，尼姑卓玛。

见到卓玛的时候，她戴着用来遮挡阳光和雨水的瓦楞帽，撑着暗红色的学院伞，站立在泉水边。她看起来一点变化也没有。

我俩一个不会汉语，一个不会藏语。跟几年前一样，还是用手势交流，一前一后，朝她的房子走去。

记忆中的小木屋变成了二层小楼。按照藏族人的习惯，一楼堆柴火、刨花、粮食，二楼睡觉。

进门的时候，卓玛忽然找不到钥匙，一急，拿起羊角锤来砸锁，被我急匆匆地打手势制止。等另一位尼姑拿来备用钥匙，我俩才打开门，爬上木梯，来到卧室。

小厅里放着铁炉、炊具、食具，房间里有一床床的被褥和藏氏氆氇，卓玛选择了紫色的窗帘和紫色的布缦，床头一只小粉猪，一派闺阁氛围。厚实的羊毛地毯铺出了坐榻，茶几上放着笔记本电脑、红牛饮料。

她的生活比三年前好太多了。怎么表达这种赞叹呢？语言不通，我们的交流只能在微信上互相点赞。

和三年前一样，她动作麻利地做饭给我吃。

虽然不饿，但还是努力吃掉米饭和蔬菜，以及油炸花生米，这顿饭成为我在五明佛学院停留的一个星期中，最鲜明也最温馨的回忆。等我离开佛学院，前往甘孜县，旅途沉积的疲劳全部发泄出来，我感冒了。可能因为身处高原，症状迅速加重，鼻塞、流鼻涕、头脑发晕，眼看就要发烧，然后大病一场。

我在五明佛学院的朋友，曲尼活佛给我打电话，要我坐他的越野车走，去牧场养病。我说不要，现在又脏、又难受，不想在他家生病，那样会让活佛家的老妈妈急坏的。

我知道我需要的只是热水澡、柔软的床铺、昏天黑地的睡觉。

2014年，农历七月半那天，我在甘孜县城，住唐古拉大酒店。

这是这个县城最好的酒店，房价二百八十元一天。我从超市里买了两大桶农夫山泉，做好充分喝水的准备。放下行李，洗了个澡——

五天前就该洗这个澡了——然后爬进被子睡觉。醒来以后，盘腿坐在窗前，用武当山上某位道士教的方法打坐。那道士教过我一种特殊的呼吸方法，这时候也用上了。然后大声地念诵经文，是我最喜欢、文辞最优美、三百多字的一篇经文。

在我做这些事，竭力自救的时候，天边日落了。
远方无穷无尽的山峦，而我是路上孤独的旅人。

在酒店里闭门睡了两天，没有吃任何药，只是大量喝水、长时间睡觉，辅助以打坐、朗读、呼吸。就这样休息了两天，发烧的迹象完全中止，鼻涕减少，睡觉也不再鼻塞了，感冒大大好转。

我上街找车，想尽快回成都去。

长途客车的票全部售完。我想起从甘孜到成都的距离，客车狭小的座位，屁股和腰部遭遇的折磨，不寒而栗。于是找街上揽客拼车的小伙子，三菱吉普，中间靠窗的位置，四百五十块钱，带我回成都。

官方（政府）当然是禁止私车运营的，但在藏区，街头总是有许多拉客的越野车，专门跑长途生意，凑够整车的旅客就出发。这些车一般都很新，一色的越野车，座位也比客车来得舒服。

司机很准时，早晨5点来接，然后又去各个酒店，一一接上乘客。他们一共有两辆车，同时出发，组成车队，路上相互照应。出发时，两辆车的司机一起拧开车载音响，里面大声播放喇嘛念经的声音，车辆飞驰，好像公路上两座移动的庙。

经过大金寺的时候，几辆满载喇嘛的车辆与我们擦身而过。我和司机聊起这一带做法事的行情。据说甘孜地区，家里办丧事要做七七四十九天，头天要一两百个喇嘛，之后可以少一些，每天两三个喇嘛。每个喇嘛每天二百元，念经从早上八点到下午四、五点，主家还要供给酥油茶和食物。两三百人可不是个小数目，也得找得到这么多喇嘛才行呀。藏族乘客告诉我，大金寺有一千个喇嘛，实力雄厚。

中午，越野车开过塔公。公路两边，政府用白色油漆刷着大大的标语："狗是包虫病主要传染源""勤洗手，不玩狗"。

下午6点，眼看就要到成都了。司机接了一个电话，一通藏语叽里呱啦之后，车速突然慢下来。没多久，一车惊慌的乘客发现，自己被公路运输管理局的执法车辆包围了。交警说，中午就有人举报这辆车，"满城交警都在加班，等你们开进县城。好啊，躲在这里"。他们等不到这辆车，干脆开车来找，一举成功。

包括我在内的所有乘客都被带去交管所问话，复印身份证。

不再身处高原，夏季的魔力又降临了。闷蒸，暑热，汗流浃背。完成一堆手续以后，交管所教育我们，以后不要坐"黑车"。随后将我们四个乘客送上出租车。

车上，旅客们都很沉默。到成都后，我牵挂那个越野车司机后来怎样了，车钱还没付呢。正想着此事，接到他的电话，说被罚款一万元，请我发发好心，把该付他的车费给他。我答应了，让他明天上午来青旅拿钱。

旅程的四川部分，就这样结束了。

第十三篇

滇西北／等待李兵

是怎么知道李兵的呢？

我想是出于朋友的介绍。

据说，她出生于条件优越的家庭，曾在国外留学，后来成了画家。再后来，她皈依藏传佛教，出家为尼。

出家后，李兵拥有了一个新的名字："贡觉丹增强丘"。她在云南修了一所慈善小学，让贫困小孩免费读书。她很少和陌生人打交道，也不接受媒体采访。

"你知道她为何出家吗？"我问朋友。

朋友说不知道，又说，你去看看她的书吧，她出家之前转过一次梅里雪山，后来把这段经历写成了一本书《人如辽阔高原的一只虫》。

我去找了这本书，亚马逊、京东都没有，最后是在淘宝找到的。淘宝也只有一家店出售。店主在说明里写得清清楚楚，五十元一本，所得款项全部捐赠给"森吉梅朵慈善学校"。

"森吉梅朵"就是李兵出家后修建的慈善学校。

在卖书的淘宝店里，我第一次看到李兵的照片，她穿着一身绛红色的僧袍，非常瘦，眉目五官都很漂亮——我不是画家，不知道画家会怎么形容这样的面部轮廓，以我的见识，觉得这张脸，以及那目光，都有一种夺目的魅力。我不禁想，当年她该是多么俏靓的一位女画家啊。

真正让我下决心去云南寻找李兵的，是那本薄薄的书，《人如辽阔高原的一只虫》。李兵在前言里写道：

有一些字是从小孩子的时候起就已经认得，比如闪电，比如夜、光、天空，比如路，比如星辰，比如朝圣，比如人，比如雪山……从大海到宽阔的江河，到山涧，当抵达过数百眼涌出清泉的源头之后，世界就不一样了。当你走路，人如辽阔高原上的一只虫，以双脚双腿随着大地的起伏而起伏，踽踽独行从一个峡谷到另一个峡谷，从峡谷到高山，到另一座高山。你遇见陌生人在陌生人的家园，有一见如故，有沉默无语，有凝视，有微笑。你看星空，看万丈深渊，看河流蜿蜒交织奔向地平线，看月从那边升起。在高原，旷野。你看过了这些，也走过。当你再读到这样的一些字：比如闪电，比如夜、光、天空，比如路，比如星辰，比如朝圣，比如人，比如雪山……心就能够停下来，就会融化，就会飞翔。鸟为天空而生出翅膀，人也为大地长出双脚么？被我们所忽略的不会被其他忽略。就像雷鸣不会被河流忽略，皓月不会被皑皑白雪忽略，鹰不会被鹰忽略。"沿路行走，直到自己变为路径。"佛祖释迦牟尼这样说。

看这本书的时候，我已经出发上路。忘了是在火车上，还是在候机室，开始捧着它看。光是看这篇前言，就已经被打动，是那种捧在胸口，一字一句，撞入眼睛，被打动到觉得呼吸困难。

我反复地，一个字一个字地，看那些我认识的字。

闪电。夜。光。天空。星辰。朝圣。

雪山。高原。峡谷。皓月。白雪。

这些本来就在宇宙里存在，在智识里存在，在我的生命体验里存在，却因为李兵的排列组合，好像重新出现一样。

翻开书，看正文。她讲述环绕卡瓦格博外圈转山的经过。出发地是德钦县云岭乡，横跨澜沧江的吊桥边。结束在雪山脚下，一个叫梅里水的村子。

卡瓦格博是梅里雪山的藏文名字。它被藏族人视为神山，他们亲昵地叫它"卡瓦格博爷爷"。

讲旅行的书不知道看过多少本，转山的游记也看过许多。但李兵的九万字，不一样。她用她的方式，给我点亮了那些熟知的字眼。我还看到了画家的天赋，她所描述的画面，即使是雪山的白，也是一种鲜明的色彩。她让她走过的路，活起来了。

翻到书的最后一页，作者这样写道："谢谢你的帮助。合十。扎西德勒。"然后她庄严地署名："释迦比丘：贡觉丹增强丘"。书里掉下一页小纸片，大概是淘宝店主增加的，上面写着简单的六个字："感谢支持。祝好！"

差不多是被这些字句震动的同时，我决定，一定要见到李兵。委托朋友引荐，朋友没有把握，她说李兵不喜欢见陌生人，不喜欢被采访，不愿意见记者。我一听急了，说，那你不要说我是记者啊，我本来也不是去做采访，我是去游历，去拜访，拜访和采访不一样的，她如果不愿意说话，可以一句话不说，我可以一个问题不问。你们不是朋友吗？我去蹭顿饭不行吗？

过了两个月，我从福建走到四川了，朋友终于来了条短信，说，这是李兵的电话号码，你给她发短信吧，但不保证她愿意见你。

我迫不及待地给李兵发去短信，还没等到回复，就买了去丽江的飞机票。李兵的慈善学校设在大理，我打算先去丽江，歇着，等她回复，再从丽江去大理——我想得很简单，以诚相待，拼命地求，大不了多花一点时间，一个星期不行，再等一个星期。人就在大理，怎么可能见不到呢？

我满怀信心地飞向丽江。

2002年，我因为"丽江雪山音乐节"来过这里。那是我人生第一次去远方旅行，也是第一次知道什么是"青旅"，什么是"背包客"，什么是现场演出，什么是音乐节。

丽江是我的青春，是我十年来全部远行的起点。

去丽江，既是等待李兵，也是私心。

它是我了解云南的第一个地方，是飞机舷窗里第一眼惊艳的灯火。

纯真的初心。我想睡在一个醒来就能看见玉龙雪山的地方，但是我不会比年轻时更接近它了。

也想要去看一眼束河，再走一次四方街，去重温布拉格咖啡馆的角落。那是"背包梦"开始的地方，无论它变成什么样，都没有关系。

为了让青春的回忆更强烈，我特地订了一家青年旅舍的多人间。网上评论说它热闹非凡，弹琴、唱歌、喝酒，午夜不散。

机场去古城的路上，司机一直给我介绍丽江的各种旅游路线、包车价格，还代售所有演出的门票。我说不用了，来过好多次了。司机不死心地问："那你买不买翡翠？"

打发了司机，我背包走进旅馆。如网上所说，一屋子青年男女，笑笑闹闹。我在一旁坐着喝茶，听他们聊天。

"明天就要走了哎。""反正有QQ、微信。""走了谁还会联系啊。""我也是，我从来不跟过去的同事联系。"

比为了贪欲停留更大的力量是为青春而往前走。我想停留，他们想往前走。

第二天我换了一家客栈住，老板满嘴生意经，要么推销旅游项目，要么推销玛卡。我不知道怎么搭腔，只好夸她头发染得漂亮。老板马上说，这是一个朋友帮她染的，若想做，马上带你去染。我哑口无言。

和我住同一个客栈的小姑娘倒是很欢乐的，她跟一个男孩发展出感情，揣着甜蜜，不肯告诉我对象是谁，等离开丽江了，才在网上给我透露谜底："就是我们客栈的男管家。"怪不得那个男孩看我进进出出，总是问，你同屋的女孩去了哪里。

再待下去已经无趣，我却住了一天，又一天。

等待李兵的答复是一个原因，另一个原因是我走不动了。丽江虽然聒噪，却舒适。吃的睡的玩的，都不缺。咖啡馆，有。好吃的馆子，也有。一想到再次出发，每天计算车马行程，住在哪里，坐多少小时的车，那种疲惫，我便一天天耽搁下来。

旅行进行到最后阶段，我丧失了上路之初的好奇心和提问的冲动，也找不到旅途中间阶段逼迫自己继续前进的焦虑。人倒是彻底放松下来，不像在福建那会儿，每天恨不得像小学生做作业，记录所有平淡无奇但也许可资书写的片段。目前这种状态是对的——可是，我不愿再往前赶路了。

有天晚上，我吃完饭，酸辣土豆丝，纳西做法的腊味合蒸，一个人，回客栈去。客栈的对面还是客栈，两家共享一个院子。我的床位卖四十元一天，对面那间稍微高档的大床房，每晚四百五十元。

我站在屋檐下，听对面客栈里传来的音乐声，还蛮清楚的：

今天跟我回家

我最亲爱的朋友

窗外依偎杜鹃花

明天一起醒来

也许会有一天

我们终需要分别

小河尽头四方街

你在那里等着我

2008年的一天，在青岛的朋友告诉我，陈升来青岛了，问我要不要去玩，顺便见见陈升，参加私人饭局。

当然要去。那是陈升。多么难得。

趁周末，我飞去青岛。果然如朋友所说，见到陈升。是在一位朋

208

友的办公室里，兼作起居室和客厅。看得出来，他们很熟悉。

我矜持地待在一边，看着他们说话。坐车去饭店的时候也一样，觉得能和陈升坐一车，很愉快。去吃饭的时候也一样，不怎么说话，但眼角余光，总是往陈升那边看。

陈升很快把自己喝高了。他太喜欢喝酒，在我那个朋友家，整瓶的威士忌往麻油鸡里倒，说是独家秘方。到了饭店，喝得更快。

喝高了的陈升，突然站起来，指着饭桌上坐着的所有人，问："你们都是什么人？有什么作品？"朋友一一介绍，某某人是在哪里工作，某某人是什么职务，介绍到我，说我曾经采访过某新闻事件，是资深记者。

我被陈升用手指头指了几秒钟。还是那句话，带着醉鬼的清醒和犀利："他们都是什么人？他们有什么作品？"

朋友呆了，又介绍一次，陈升突然做号啕抢地状——他当然没有哭，只是佯醉，故作姿态——"怎么可以没有作品？怎么可以没有作品？要有作品。一定要有作品。"

那晚后来的情形，譬如陈升喝多了，对着一个满身打扮得金光闪闪的女孩开玩笑："你Blingblingbling。"譬如我们一起去唱卡拉OK，他唱《二十岁的眼泪》，边唱，眼睛里闪出泪光。

这一切加起来都不及饭桌上那句问话的分量，陈升问我："你有什么作品？"

这问题太厉害了，尤其是从陈升嘴里问出来。虽然前言后语，语境完全和此无关——这是一个杯觥交错的饭局啊——可正因为挨不着，所以凭空突然出现的这句话，有了劲道。那晚以后，这句话，时断时续，但从来没有离开过我的脑海。

在丽江这晚，我站在屋檐下，听对面客栈里播出陈升的歌，《丽江的春天》，瞬间心中又酸又麻。

原来，这次寻访女修行人的旅行，它有很多个初心，很多个缘起。彩光教室的冥想，"要去写一本关于女修行者的书"，照亮脑海的念头，是初心。

被陈升逼问，开始想，为什么没有自己的作品，是初心。

大学毕业以后，一次次旅行，探访寺庙，是初心。

在工作中，为了写报道，和修行人一次次对谈，也是初心。

旅行这么简单的一件事，剖开看，丝丝缕缕，背后拖着好多。

今天我是一个人独自站在这里，可我也是带着我生命的整个过去，站在这里。

我对自己说："既已满足，何不上路？"

第二天一早，退房，出发，进滇西北。

目的地是德钦，它是李兵那本书里提到过的地方，曾经见证过这女子和梅里雪山的缘分，我想去实地看看。

除此之外，还因为中秋将至，我想去凭吊马骅。他是一个文笔出众的诗人，2003年，去梅里雪山脚下的明永村支教，因为车祸，消失于澜沧江中，遗体至今未被发现。

8月25日，坐长途大巴，从丽江上到香格里拉，住在一个名叫"517驿站"的地方。

办理入住后，收到李兵短信。这是她第一次回复我。她说，这段日子人不在大理，外出办事了，要过几天才回。

我把这条短信往乐观的方向理解，人家没有说"不见"，而是说这几天不在。那正好，我先去德钦，可以自由安排几天行程。就回复李兵说，没关系，我会等您的，过几天若是回大理了，还请告知。

第二天一早，吃了一个金黄色的青稞粑粑，喝了碗稀粥，坐车去德钦。

一路上，我专心看着江水和白云。

山和山夹着江，白云从狭窄的通道里，一朵一朵地往外冒。

我知道，云是水汽蒸腾的产物。可是，这水汽来自哪里呢？澜沧江？金沙江？它和雪山里的冰川，是什么亲戚关系？和西藏那边飘来的云团，是否沾亲带故？

胡思乱想，过了奔子栏。

再没有比这一带更美的山路了。

人和车在高高的地方，江水流去矮矮的地方，雪山在更高更高的地方。大山像个梨子，公路就是一条条的梨皮，从梨的一侧顺着梨皮进入另一侧，重复几十次以后，德钦便在眼前。

为了祭奠马骅，我拎着两瓶白酒去明永村。

一瓶青稞酒，洒在冰川脚下，献给卡瓦格博神山。

一瓶小五粮，洒在希望小学的篮球场上，希望诗人的灵魂闻到酒香。

小学已经人去楼空，孩子们在三年前搬去奔子栏中心小学读书了。马骅的房间，现在只剩下一张空荡荡的床铺，锈掉的热水瓶，烂底的搪瓷脸盆。满地果皮。多年前的《南方周末》糊在窗上。果园里，葡萄熟了。我听见他曾听见的溪流欢唱，看见他推窗看见的青山，以及门框上被人用黑色墨水写下马骅生前创作的诗歌：

夜里，今年的新雪化成山泉，叩打木门。
噼里啪啦，比白天牛马的喧哗
更让人昏溃。我做了个梦
梦见破烂的木门就是我自己
被透明的积雪和新月来回敲打。

这样的词句，和李兵那本书里曾经打动我的东西，带有相同的气质。它们属于星夜、闪电、天空、雪山、旅行，属于澜沧江、湄公河、长江，属于那些在路上，在不同的时空里，以不同面目出现的旅人。

我又一次收到李兵的短信，她说，已经回到大理了，但是学校的事情很忙，还要安置一些新来的老师，所以没空见面。我马上说，那我今天就去大理，到了以后等你的消息。不用做采访，见你一面就好。喝杯茶也好，吃顿饭也好，总之我等到你有空的时间。

和往常一样，短信过去，李兵没回复。我兴致勃勃地去买票，从德钦奔回大理。

我决定再等李兵一个星期，如果她还是不愿意见我，就放弃。

等待中，我无所事事，整天逛街，注意到街上一个卖诗集的女人。整条人民路，卖吃卖穿卖首饰，只有她一个人卖诗。

212

我上去搭话："你卖的是什么诗？"

她马上往我手里塞了两本，说："我老公写的诗。"

男人的诗，为什么他自己不来卖呢？

她说："老公卖了八年诗了，他累了。"

我问："你不累吗？"

她一副理所当然的口气："他还得集中精力写诗呢。"

说着主动翻开扉页，告诉我，老公叫段卫洲，她叫李小玉，朋友叫她"小辣椒"。

我一下想起，这就是大理著名的诗人夫妻。两口子卖诗为生，流浪全国，生计潦倒。

第二天中午，我约小玉、老段一起吃饭，想听他们走江湖的故事。结果一坐下来，老段毫不客气，用三个词形容小玉："自私、贪婪、无知。"

白天阳光下看，小玉已不年轻，眼角眉梢都是皱纹。她每天打扮得漂漂亮亮，孤独地坐在人民路上，摆摊卖男人的诗集，漂泊的日子一过八年，一口一个"老公"，叫得甜蜜。结果她男人坐下来第一句话，不是夸赞，而是指责。

更让我惊讶的是，小玉对老段的这句话全盘接受——说起来我们也是昨晚才认识，算是陌生人，老段这么不给她面子，她居然不发火，还立马接茬："对，我就是这样，我就是个垃圾，我愚蠢，我虚荣。"我问她为什么把自己说得如此苛刻。

她说："因为我是一个失败的女人。一个女人如果不能带给她的男人幸福和快乐，她就是一个失败的女人。"

小玉从嗓子里挤出这些话，趴在饭桌上痛哭起来。

饮食店的老板用眼神问我，你们这桌怎么回事，我回以眼神："没事……"小玉又说："他一直非常孤独。我不是他的知音，我还经常吵闹。""他给了我十二年的幸福，我只给了他一天幸福。""我虚荣。"

小玉陷入疯狂的自我批判，老段冷静地旁观，连给她递纸巾的意识都没有。他说小玉常常哭闹，习惯了，"总是说自己如何错，但从来不改。"

听到这句，小玉擦掉眼泪，不甘心地说："你不也被我诱惑了吗？你说女人是美丽的陷阱，你不也跳下陷阱了吗？"

"是，我没经受住诱惑。"老段承认。

然后对我说："人遇见什么样的人是没法选择的，我碰见的就是她了。有些问题不能躲，躲不过去，所以我不会离开她。我期待她的觉悟，期待她自己转变。"

小玉笑了，柔情脉脉看着老段："他说我什么都可以，只要他还愿意说我，就是还对我抱有希望。我知道，他是我的老师，我在不断改变，这就是我今生的修行。"

她居然管这叫修行。我无语。或者这确实是女人的另一种修行吧，爱的修行。

临别之前，我问老段："熊晋仁还好吗？"

老段编过一本散文集《亲爱的寂静》，第一篇讲的是熊晋仁和已逝女友陈蔚的故事："两个自由主义者的爱情"。

陈蔚曾是动画设计师，后来信奉藏传佛教，去雪山修行，不幸身患重病去世。悼文的痛苦，令人感动，所以我问段卫洲，写下这篇文章的熊晋仁，如今过得怎么样。

老段平平淡淡地回答："他跟我住一个院子。结婚了。有孩子了。孩子很可爱。"

人的事总是可以用几个字就概括得清清楚楚：结婚了，有孩子了，孩子很可爱。

活下来的人，总是可以用各种各样的方式，给生命找到储存的空间，我们管这叫生活方式。

而那些激烈的灵魂，已经走入生命的另一境地。

等待李兵的最后一天，抱着一线希望，我给李兵发去短信，说我等了很多天，现在要走了，问她能否见我。李兵回复得很快，说："帮不到你了，很抱歉。"

我明白，自己见不到她。

这个女人意志坚定，不会因为他人的恳求改变自己。

她的过去未来，我无缘知晓。

第十四篇

拉萨／秘洞魂湖

总觉得西藏是个句号，也只有它才应该成为旅途的句号。

执拗地认定了，最高的地方，留在最后。

9月8日，除了这片高原以外，想去的地方都已去过，想见的人，都已尝试拜访。终于我心无旁骛，从丽江直飞拉萨。

航线下面，雪山露头。广袤的大地上，究竟有多少无人居住的荒野。默默细数，过多久到香格里拉，过多久到德钦。

很快，飞机掠过滇西北上空，下面的江水近乎不见。不像走公路，行在高处看见江河如细线，下到峡谷深处撞见它奔涌咆哮。精灵和山神，最后的家园。

下飞机，奇晒。昏昏然，抓起墨镜戴上。

这就是拉萨，日光之城。

在西藏，选择什么交通方式去自己想去的地方，是旅行者必须考虑的事。

我想去的扎央宗溶洞是一个深入大山的溶洞，入口位于高崖，里面全黑，靠朝圣者的头灯照路。

这个溶洞在藏传佛教传说中的地位古老而且神圣，相传它是莲花生大师闭黑关三年三月零三天的地方。现在，守护这一神圣洞穴的是一群

217

阿尼，她们在此修行，也为朝圣者提供讲解。

我给去过扎央宗的朋友打电话，说已经到拉萨了，请他介绍一位靠谱的司机，最好会说汉语，也会说藏语，能帮我和阿尼做一些简单沟通。如果这人愿意陪我一起进溶洞，就最好不过了。

最后找到一位藏族司机，名叫桑顿。他给我一个合理报价，我确认司机会陪我进溶洞，能帮我跟阿尼简单对话，这事就算定了。

我为这次短途旅行采购物资。在一家户外店找到了想要的小型背包，价格不便宜，三百元。此外，还购买了头灯、葡萄糖、牛肉干、巧克力、速溶咖啡。

桑顿按照约定的时间来接我。他有一个可爱的女儿，孩子还在上小学，听说爸爸要去爬溶洞，要求一起去。桑顿疼女儿，而且这是朝圣，好事，于是临时给学校老师打电话，为女儿请了一天假。就这样，我们拥有了一支小小的朝圣队伍，我、桑顿、桑顿的女儿，还有他的亲戚和朋友，一共五个人。

我们在次日清晨4点出发，路上，小姑娘一直跟我聊天，说最想去长沙，因为那里有湖南卫视，还告诉我，她很喜欢看书，但很多书拉萨没得卖。我迷迷糊糊地答应着，硬挺着不打瞌睡。

7点过后，天色放亮，就像一床黑色的被子被掀掉，蓝色的天、白色的云，一样样露出来。

我们终于抵达目的地。颠簸中，勉强辨认出一块路牌，上面写着："扎央宗溶洞，海拔四千一百米"。

下车后又看见一块牌子："扎囊县阿扎乡查色寺管理委员会"。

守护扎央宗溶洞的尼姑属于查色寺，它的主体建筑在山脚下，有经堂，有宿舍，还有一家小宾馆和一家供应餐食、甜茶的藏餐馆。通向溶洞的公路到此为止，剩下的路途就要靠步行了。

脱掉外套，拄着手杖，开始爬山。

途中遇见不少住山的喇嘛，生活清苦，大部分是土屋，还有些就是塑料布凑合拉了个圈，圈里放着一把扶手椅、一卷毯子、几个氆氇、几个锅盆，不知怎么抵抗山中的严寒。山腰有一间小屋，名为"修行人员捐助处"，朝圣者捐些钱款，住山的修行人均分钱款，每星期组织共修，为捐款的好心人诵经祈福。

桑顿的爬山速度比我快得多。但他女儿和我速度差不多，我和小姑娘，以"安心掉队"的速度，一步一步往上走，半小时后，终于爬到扎央宗溶洞跟前。

查色寺在洞穴入口建有厨房，给朝圣者免费提供开水，兼作存包处（你不可能背着一个包爬进狭窄的洞穴）。厨房门口出售各种被认为具有加持力的吉祥物、藏语的寺庙介绍光盘，价格都在十元钱左右。

这里一共住了五位阿尼，物资都由她们从山脚的寺庙背上来，每天6点开门，在溶洞内为朝圣者讲解莲花生的闭关事迹，讲解收费五元钱。

我准备的路餐完全多余。除了小姑娘赏脸，吃了一块巧克力，其余的朋友对我准备的能量食物都不感兴趣。他们背上去一大壶酥油茶，滚烫的，完胜我的葡萄糖水。喝完酥油茶，我们就开始爬长梯了。戴着头灯，空手爬，所有背包都寄存在阿尼的厨房兼小卖部。

长梯架在岩壁上。岩壁上飞翔、栖息着鸟类。身后是悬崖、群山、远远的很低的山谷。长梯上缠绕着生牛皮搓成的绳子，牛皮日晒雨淋，已经褪色，透出熟韧。牦牛的黑毛还连在皮上，这些牛皮捆扎着梯面，看起来牢靠极了。据说这梯子用几百年没问题。我信。

爬长梯的时候，默念"莲花生、莲花生、莲花生"。绝不回头看。很稳当地就上去了。

溶洞在山体的高处，长梯的顶端是溶洞的入口。

爬到这里，我终于忍不住，双手握紧梯子，回头看了半眼，顿时后悔，扭头。不再看身后。

往前看，倒吸一口凉气。

我前头是桑顿，他个子很高，一米八几，这时候我只能看见他的屁股和双腿的一部分，在我头顶上踢蹬。至于他上半身此时在什么位置，上面是什么情况，我通通看不见。

拍拍衣兜，确认巧克力和手机都在，拉链已经拉紧。眼前垂着一根很粗的牛皮绳，疲沓沓的，不知道用了多少年。一掌握住，拉一拉，异样地坚韧，便采取一种五体投地的姿势，拉紧绳索，爬进这个黑暗洞穴。

通过第一道关卡之后，我蹲在石窝里，撅亮头灯往上照——上方并未变得宽敞，仍然是一条光溜溜、湿滑滑的石缝，已经上去的两人，正排队蹲在缝隙里。

那种感觉特别恐怖，因为你挣扎半天四肢并用，用了引体向上的力气把身体拔过一个石洞以后，前面仍然看不到光亮，而后面的人，脑袋已经出现在你的脚掌下。我当时就想，有幽闭恐惧症的人，此处万万来不得。又想："什么叫进退两难，这就叫进退两难。"

采用一切姿势，向前爬。我被人推着，拉着。我也推着、拉着其他人。这让我感觉像是回到了子宫，重新经历被生产——总在考虑先出头还是先出脚。总是在石缝和洞穴里钻。总有一群人像助产师一样把你拽出去。但是，最小、最不可思议的缝隙还在后面。

那是洞中之洞，一个秘洞，即是传说中莲花生大师闭关三年三个月零三天的地方。

秘洞入口惊人的小。头先进去，肩膀被卡在洞口，我一阵惊慌。

改为双脚先进去，洞里的人拉住我的脚，将其放在一个坚固的落脚点，然后我躺下，用平躺的睡姿，做平行扭动，把躯干慢慢塞进去。洞里的人接住我的身体，扶稳。最后，我用已经在洞里的双手抓住洞口上方的一块光滑岩石，使劲抠住，以引体向上的方式带动头颅进入洞穴。

进去之后，吃了一惊，那是一个小到不能再小的洞穴，里面已经有了大概十二三人，紧紧挤在一起。

我瞬间觉得窒息，强烈怀疑这里面氧气不足。因为挤满了人，并没有空气入口，唯一的那个小得要命的入口，还有人正在用和我刚才一样的方式往里挤，那具躯体塞满了空气入口。

又一人进来以后，洞穴达到最大容纳。坐在最里的阿尼开口了，说的是藏文，桑顿翻译，告诉我："把头灯关掉。"

我把头灯关掉，所有人都这么做。洞中一片黑暗。

现在，我要为你们展示莲花生大师修行的秘洞。

阿尼揿亮头灯，向下照去。地面上露出一个洞中洞，就在我们脚下，没有台阶，没有绳索，这就是莲花生闭黑关的地方。

面对这个洞中之洞，每个人都惊叹不已。我惊叹的部分是：已经到了这个洞，他居然还找到下面那个更隐蔽的洞，真是旅行奇才。

四周一片黑，但随着阿尼的讲解声悠悠扬起，我那因为剧烈运动而加速的心跳，正在放缓。
好像没那么担心缺氧了。

莲花生在此修行，饿了，挖一挖岩壁，泥土就变成糌粑；渴了，摸一摸光滑的钟乳石，石头就淌出泉水。他一直想为闭关找一个绝对黑暗的地方。就是这里了。

阿尼讲解的时候，空间里，除了她的声音，以及我身边黑暗里围坐的这群人，什么也没有。
我突然生起一种强烈的爱，虽然不知道身边这些藏人长什么样，来自哪里，可是我们居然在此时此刻，共同身处于这一不可思议的洞穴中，共同聆听阿尼那安宁的声音。这是一种我无法想象的缘分，宇宙的安排。

一个悠闲的念头是："我真喜欢这里。它是我见过的最不被打扰的地方，也是活着的人能看见的最黑暗的地方。"

然后我抓紧时间，趁阿尼还在讲解，轻声背了一遍《清静经》。
自从第一次在温州的南雁荡山听见这篇经文，我就深深喜欢上它。这一刻我决定要把这篇经文在这个洞穴里念给莲花生听。促进各宗教交流，我觉得这算个礼物。

抖抖索索地背完——我一直在喘，刚才通过那些缝隙，耗尽体力——阿尼的洞穴故事也讲到了尾声。她再次打开头灯，指给人们看，原来岩壁上还有一个A4纸那么大的入口，阿尼说，那才是莲花生出入洞穴的入口，你们如今爬进来的那道口子，是莲花生为他闭关时的护持者开的。

最后一道仪式是领圣水。传说中莲花生用来解渴的山泉，至今仍在这秘洞里流淌。

阿尼用一支细而长的小铜勺，舀了一勺水递给我。对于这种圣水我并不陌生，在藏地许多地方，我得到过类似的饮料。

只要是圣水，饮用方式都是一样的，即用掌心接住，喝一口，剩下的洒在自己的头顶、前额、脸上，并轻轻拍打。我把这一仪式视作全然地接受祝福。

讲解就此结束，大家有条不紊，一个个挤出洞去。

出去的路，比来时轻松许多。

我们经过一处涂着壁画的山壁，据说这面墙壁栖息着空行母，她们会为莲花生唱歌、跳舞。根据传统，朝圣者经过这面墙壁时，也应该献上歌曲。

走在我前面的藏族朝圣者，于黑暗中，唱起一首古老的歌谣。真好听。我摸出手机录了下来。

轮到我了。我唱了一首陈绮贞的《旅行的意义》。

这是我的卡拉OK保留曲目，但没有歌词，唱得七零八落。

桑顿在下面听，说："没事的，唱什么都行。"

我继续唱，把我想得起来的歌词都唱了。边唱边觉得："哎，这歌献给莲花生大师挺合适的，他是顶级旅行家嘛。"

我的超水平发挥，感情真挚。而且溶洞真是太适合唱歌了，绝对是天然小剧场环绕立体声。

钻出洞穴，重见天光。

桑顿帮我问，这里一直是阿尼看管吗？查色寺以前是和尚道场还是尼姑道场？

阿尼回答："原先是和尚。1949年以后，寺庙归一个家族管理。后来那个家族把这里交到尼姑手上。尼姑和尚都一样。"

我又托桑顿问："她们在这里修行多年，一直讲述着莲花生大师的故事。那她们自己有没有见过莲师显现？"

桑顿和他的亲戚朋友，一拍大腿，笑了："哎呀呀你这个人，那是传说，几千年前的事情了。"但是我坚持要问。不知道桑顿怎么翻译的，他一说完，阿尼羞得躲进厨房去了。

最后还是桑顿的小女儿帮我问了这个问题。

当时我们已经逛完另一个位置稍高，名叫"宗贡布"的溶洞，正往山下走。小女孩气喘吁吁跑来，告诉我："问了。我问阿尼，修行这么多年有没有见过莲师显化。阿尼说，信，就能见到，但是见，也不是一般人意味上的见。有可能是梦境，有可能是其他方式。"

我问："那阿尼有没有见到过呢？"

女孩答："她说她没有。"

"她说信就能见到，又说自己没见到。莫非她自己不信？"桑顿突然说。大家一阵哄笑。

传说如何与现实联结？

朝圣。朝圣者的脚步，一次次地激活业已无法考证的历史。而查色寺的阿尼，就在这根链条中担任重要角色，她们对故事的复述，对洞中奇迹的描绘，让人们的信仰，从想象化为现实。

回到拉萨，我休息了两天。中秋节到了，我想吃点好的，喝点好的，在这里欢庆佳节。于是在好利来饼店，买了一块枣泥月饼、一块蛋黄月饼。这就算过节物资采办齐全。

还去逛了拉萨的第一个Mall。在商场一楼，居然看到了手冲咖啡。惊喜之下，马上买了一杯。咖啡师都是女孩，有汉族的，也有藏族的，她们说，是老板组织大家去西宁培训学习做咖啡的。

明天的路程已经安排好，去客运站坐车，再去羊八井找车。
今天的晚餐已经吃完，丰盛美好，甚至还有饭后咖啡。

我望着外头犹自不肯落下的骄阳，等待月亮从大山背后升起。
第二天，我这个懒散的旅行者，再次出发。

搭车的地方，是拉萨西郊客运站，它在青藏公路纪念碑西行一百米的金珠路上，门脸破旧，像小县城里被废弃的电影院。走进去，候车大厅倒是宽敞的。我抓紧时间买了一包小蛋糕，充作干粮。

客运大巴能坐四十人，但按照新规定，包括司机和民警，只坐了十八人。车厢后半部分用哈达拦住，不让旅客往后坐。

一路上经过很多路卡。车辆限速四十公里，因此车辆到达每个关卡的时间都是有限定的，能迟不能早。有时司机不小心，开快了些，就在到达路卡前找地方停下。司机抽烟，乘客聊天，看看时间差不多了，才往十几米外的路卡开，这样车速就合格了，也是一种"上有政策，下有对策"。

就这么晃晃悠悠到了羊八井。整辆车就我下车，藏族乘客好心地提醒我："姑娘，你要旅游，那曲不是这里，纳木错也不是这里。"

我朝他们笑笑，说："我去羊八井。"一位藏族大爷更迷茫了："羊八井连个住的地方都没有……"

按理说羊八井挺有名，连我都知道这里有地热温泉，不知道为什么，旅游一直没发展起来，背包客也只把它当作抵达拉萨前的一站。

羊八井虽是个镇，看上去就和青海湖边的江西沟差不多，是个由一片平房组成的，因公路而生的居住区。往里走一点，有政府新修建的镇子，那里有机关单位、商店、银行，但也寂寥。总之，除了一座豪华宾馆（羊八井温泉酒店）和远处地表不断冒出的臭鸡蛋味儿的热气，这里没什么能让人觉得"热热闹闹"的。

我在路边随意掀开一家小饭馆的门帘，顺便向老板娘打听包车的消息。

从地图看，寺庙距离羊八井只有五到八公里，实际上，短短几公里路，海拔要提升五百米左右。

羊八井有西藏登山协会的高山训练基地。

我计划访问嘎洛寺，它的门口就是登协的启孜峰登山大本营。近年来，庙里的阿尼们为启孜峰攀登承担物资运送工作，她们是中国的高山攀登运动中唯一的一群女背夫。

起初嘎洛寺只是目光所及，但隔着一片荒原，不知如何过去。幸好，我在路边发现了一块孤零零的铁牌，用汉字写着"嘎洛寺"，还画着箭头指路。我们奔着箭头指示的方向走，一开始只能看见山腰上出现一组模糊不清的小点，它越来越清晰，一排寺庙出现在远处。

这就是嘎洛寺，坐落在启孜峰和鲁孜峰脚下，两条冰川峡谷之间的僧侣修行地。

此处海拔四千八百米。车停在距离寺庙还有一公里的地方。我保持心跳平稳，慢慢走上去，看见一辆挖掘机停在路中间。有个警察蹲在那里，看着两个工人修路。

我上前跟这名藏族警察打招呼。他是嘎洛寺派出所的，隶属当雄县警察局，在这里配合寺庙工作，维护治安。他的汉话不太流利，但能听懂。

警察带我去寺庙，介绍说，嘎洛寺有九百多年历史，以前是和尚庙，康熙年间，准格尔部入藏，这里也遭战火，寺庙被毁。后来有七位仙女在此跳舞，因为这个传说，改成了尼姑庙，现在它是楚布寺的下院，有七十三个尼姑在这修行。他还说，主持今天不在，和一些阿尼"由组织上带着，去其他寺庙学习去了"。

在警察介绍嘎洛寺之前，我已经自述来意。我说，有一群登启孜峰的朋友，回去以后，总是告诉我，这里的阿尼是多么和善，而且她们很了不起，一群女人帮那么多登山队把行李辎重运了上去。所以我想来看看她们，也是代我的朋友看看她们。

说完这些，我就开始喘。在这个海拔爬山，哪怕一小段路，也累。幸好，很快我们就到了一个温暖的地方，阿尼们的厨房。她们显然和这个人很熟，欢笑着围过来，递上酥油茶、白开水、馍馍。

警察把我的来意翻译成藏语，我坐在一旁，捧着酥油茶碗，对着几位阿尼傻笑。这里太干净了。火炉黑色，擦得锃亮。地板好像刚刚有人趴在地上用毛巾擦过那般干净。炉膛中跃动着火，温暖的火。抬头看，一溜五个水舀，铜质的，擦得像金子；铝的，擦得像银子。偌大一个厨房，燃料是牛粪、柴火，可是炉膛、桌椅、地面，一点飞灰都没有，不知道花了多少功夫。

他们寒暄、喝茶，我听不懂，就各处转悠。偏殿是一间小小的耳屋，坐着五六位阿尼。彼此语言不通，但我也不觉得需要说明什么，就坐在那儿，看她们念经。有一个尼姑给我梳辫子，梳得不太好，松松的，她不好意思地笑。有人给我一个菜饺子——她们把饺子放在身前的小木桌里，边念经边吃——饺子冷冰冰的，进肚子还在冒凉气，我吃得有点慢，她们又冲我笑。有人教我用她们的音调唱诵咒语。有人跟我比赛闭着一口气能念多少遍咒语。有人教我擦拭佛前的供水碗。还有一个年轻漂亮的阿尼，含着一根西瓜形状的棒棒糖敲鼓，偷偷冲我乐。

燃香，奉供，做朵玛。击铙，敲鼓，吹奏长笛。一边吃饭，一边聊天，一边念经。这就是我们在小屋子里做的事。

整个过程里，不停地有人跟我拥抱，朝我笑，给我吃的喝的，碰我的额头。她们每个人都有一双明亮的眼睛，而且那么爱笑。那笑容感染了我，于是我也对着她们咧嘴傻笑。她们偷偷地或者直接地观察我，发现我总是在笑，于是她们报以更多的笑。

她们吃糌粑、糌粑汤、面条、蔬菜馅的饺子、带有丝丝甜味的面饼（好吃极了），喝大量奶茶。在气候如此严酷的高海拔地区，这样的营养摄入不敷所需。但寺庙里的阿尼，不论少或年长，看起来健壮，富有活力，而且力气大得惊人。

水源就在离她们不远的地方，那里有一条小溪，"哗哗"作响。

到冬天，它会结冰，可是仍然可以敲开了融化来用。这条溪水发源于雪山深处，是冰雪的融水。以嘎洛寺尼姑参与高山攀登的背负能力而言，她们可以轻松地从小溪中得到足够的水源。

她们的大火炉那么干净，地板也没有一丝灰尘。

当我对接待室的洁净表示称赞时，阿尼自豪地笑着，带我去参观后厨。简直令人惊叹。所有的锅，看得出来用了很久，却闪闪发亮。案板和灶台，没有一点油烟，干净无瑕。那些拥有漂亮厨房却任其堆满垃圾的城里人真应该来看看这里。

我正"咔咔"拍照，突然进来一个小警察，眉清目秀，正气凛然，冲我问："你是干什么的？"

他问了三遍："你究竟是不是来偷登的？"

我才搞明白，一些登山爱好者，没向登协报批，单枪匹马，背着包就来爬启孜峰，这种情况被当地派出所称为"偷登"。

居然有人以为我这样的体格也能偷登雪山，心里暗喜。可我真没那个能力，一人背着一个小包，就上雪山？

于是解释，真的就只是来看看阿尼的生活，感受一下她们是怎么在四千八百米的高原上修行的。

小警察一本正经，宣布："尼姑庙里不能住外人，你去派出所住一晚。这里的原则是，不准私自登山，晚上不准乱转，不要接近流浪狗，不准打野生动物，不能挖草药。"

我保证不私自登山，不打野生动物，也不挖草药。小警察很满意，跟阿尼打个招呼，把我带去派出所。

嘎洛寺派出所这天一共就俩警察。藏族警察，就是先前带我去庙里那个，是中年人。小警察是云南人，汉族。

看着远处的冰川、雪峰、白云，我开始觉得这一幕很像宁浩电影，无人的荒野，两个警察，一个汉族，一个藏族，一群阿尼，一个好故事的开头。

和小警察混熟了，他的警惕慢慢放下来，大概看出我这体格不可能搞偷登。他告诉我嘎洛寺的情况，阿尼们一年有一次长假，回家放牧、干活。平时想离开，跟"尼姑头头"请假就行。

每年9月底10月初，西藏登山队会来，这些人可以住在庙里。最不放心的就是我这种散客。之前警察救了一个人，遣送之后没几天，那人偷偷又回来了。结果体能还是不行，又困在上头，警察接到报警电话，又去救。说到这里，小警察气得很，他说他在光秃秃的山脊上追人，跑到最后，捂着腰，跑不动，只剩下破口大骂的力气——"我日你个球子哎！"

这晚，我被安排住在派出所的群众接待室。房间没火炉，夜里冷得很。熬不住了，我又去小警察的房间聊天，他告诉我，在这里工作，事情不多，晚上主要就是看电视、上网、睡觉。和尼姑也没什么好聊的，阿尼们不会说普通话。

他给我看他的宠物，两只乌龟，个头小得要命。他买了很多火腿肠，堆在房间里，都是喂乌龟用的。他告诉我，每天中午带两只乌龟下楼散步，走到河谷，人和乌龟一起站在桥上，看一阵溪水流淌，再回来。

正聊天，一个年轻的藏族小伙子，寺管会的，穿得挺时髦，也过来耍。我们仨一起喝茶、看电视、嗑瓜子。

我问他们："这里的阿尼是不是真的给登山队背东西？"

他们说确实如此，阿尼给登山队背包，二百块钱一个人。

夜里9点多，我们中断聊天，三个人一起打着手电筒去上厕所。必须搭伙去，因为夜里外面有野狗，很凶，咬伤过人。

大雨瓢泼。天幸，两年前趁"北面"打折时购买的冲锋衣仍在忠实地发挥防雨作用。水滴从帽檐边缘滚下来。分头进男女厕所之前，他们把手电筒让给我用。

我站在女厕里，等他们出来。

辽远的草原和雪山都已彻底没入黑暗，唯有远处闪烁的一两点车灯，由远及近，令人安慰。那是人的痕迹。

各自回屋睡觉，关门前小警察说，如果晚上我还想上厕所，又不敢一个人去，不用不好意思，敲门就行，他再陪我去。我深受感动，表示："今晚一滴水也不喝了！"

深夜，野狗在窗下狂吠。我要睡着了。没有尿意。很好。

我趴在群众接待室的长椅上，试图睡去，就像一次午后的安稳睡眠。整个人松弛下来，接连回忆起几个生命中的美好片段。

高中校园里的音乐。图书馆门前的大桃树。老家厨房的窗口。我突然发现，生命中许多看似杂乱无章、没有道理的行动，都是为了重温一些美好的感觉。而我内心对许多词语有着超乎语义的，发自生命体验的定义。

"美食"，是外公做的油炸小鱼，爸妈做的萝卜豆腐干肉丁"三丁酱"，大樟树下热气腾腾的豆沙包。

"探险"，是小时候跟着男孩们在后山奔跑，吊挂在土山上进退两难最后放声哭嚎，雨季里蹲在洪水泛滥的阴沟边看里面的青苔绿色长毛悠悠舞动。

走廊里传来轻声口哨，估计是小警察和寺管会的小伙子结伴去上厕所，用口哨唤醒楼道的灯。我很想叫他们等等我，却一径沉浸在记忆里。

"记者"这个词，出现在初中、高中时代的校园运动会，我傻傻地坐在一旁，坐了那么久，终于找到了我参与运动会的方式，不是奔跑，不是恋爱，是写通讯稿。这样，我既可以坐在主席台上，又可以让我的声音被所有人听到。

我是多么想参与你们的游戏，但是必须以我的方式。"记者"就是我参与游戏的方式。一如小时候，和小伙伴们在桃树下玩耍，轮到我，我给大家讲故事。"讲故事"是我找到的，也是生命自发找到的，属于我的那个方式。

我对这个世界有自己的看法，更准确地说：有自己的感受，独一无二的，不可能与任何人雷同的感受。我的感受，就是我的价值。

比如此刻窗外的大雨。雨水代表着老天让人们知道自己有多幸福。我想让你知道这个。

第二天，小警察带我去看蔬菜大棚，这是警民共建成果。

派出所宿舍往下去一点的位置，开辟了一块田，蒙上塑料薄膜，就是大棚。派出所和嘎洛寺的蔬菜，一部分就从这里来。建这个大棚花了两三万，但是阳光太猛，好些地方烂了口子。小警察尴尬地笑了："要重新修。"

我看着警察，想：人和人的命运很奇特地捆绑在一起。

因为尼姑们在这里，所以他在这里。走着走着，又说起宠物乌龟。小警察来嘎洛寺以前，想买个宠物。开始想养鸟。别人说养不活。想想还是养乌龟。买了四只，大的死了，只有那两只小的还活着。为什么成双成对地买？因为以前在老家养过乌龟，后来死了。

朋友说："谁让你养一只，它是寂寞死的。"

羊八井的大地不断吐出热气，车子开到近处就闻见臭鸡蛋味。温泉票一百二十八元一张，客人不多。尼姑在翻沙土，背菜，念经。夜里下大雨，中午暴晒。野狗夜里乱跑、龇牙、咬人、咆哮，白天消失得无影无踪。白天有别的动物，野兔、老鼠乱跑。蔬菜大棚里，菜长得七零八落。派出所接待室里的苹果呈咖啡色，软趴趴，像在醋里泡过后又在阳光下晒过发酵过，据说是藏历新年时摆上的。

这里多寂寞。

也有交流，主要还是发生在尼姑、寺管会、警察之间。

派出所的板报，描述一次派出所和嘎洛寺的交心交流会，写道，为了不使气氛僵硬，民警们精心设计了诸多的游戏环节、抽奖环节。

读完板报，我又去看嘎洛寺的介绍。

贝钦嘎洛寺卡觉塔巴林位于拉萨市西北羊八井境内的念青唐古拉山脉——阔吉孜和陆孜之间的童嘎让炯鼓山，海拔四千八百米。寺院由嘎译师始建于公元12世纪，故称为嘎洛寺，距今有九百多年的历史。

寺院最初是噶当派，公元1718年蒙古准格尔部入侵当雄，寺院受到了毁灭性的破坏，僧人流离，销毁文物。为了寺院的主供佛像和诸多文物不受准格尔人的洗劫，众僧人把它们埋在寺院山脚下的嘎译师的魂湖。公元1720年左右，羊八井耶巴空行母塔庆旺姆为主的七名宁玛派空行母来到此地，逐渐形成了有百人之多尼姑组成的尼姑庵。20世纪70年代的"文化大革命"中寺院又一次受到了严重的破坏。后来在党的宗教信仰政策的带动下，1985年在原先二百五十多平方米的基础上进行修建，重新修建了不少尼姑僧舍。如今成为了嘎玛噶举派的分寺，践行嘎玛噶举派之教法。

海报上有两个错别字。"僧舍"写成"增舍"，"成为"写作"称为"。按照这段资料的说法，山下应该有嘎译师的魂湖，亦即他的本命之湖。

山脚下确实有一个极小的湖泊，小得像一只眼睛。

我问小警察："哎，那个是不是魂湖？"

他不感兴趣地看了看说："也许吧。"

我不管他是否感兴趣，自顾自地，讲了一个故事。

很久以前，有一位牧民的儿子。他住在黑色的牦牛毛帐篷里，本应是放牧的人，却一心寻求真理。带着家里唯一的一块绿松石和三口袋糌粑粉，寻找到雪域的瑜伽士，学得密法。他被告知，要在某处靠近雪山的地方，建造寺庙，守护神灵。临走时，师父送给他一件宝贝，就是他当初拜师时送上的那块绿松石。

"这块石头，注定要镶嵌在大地里。"师父这样说。

他后来被人称为嘎译师。死前，把那块绿松石扔在庙门前面，变成了一汪小湖。那就是他的魂湖。

小警察一脸不相信地看着我："这是你编出来的故事吧？"

"是的，编的。"我朝他一笑。

小警察把我带到羊八井的公路检查站，请他的熟人帮我拦车。一看警察拦车，过路的越野车很痛快地捎上我。这辆车把我带到堆龙德庆县，我从那里坐16路公交车回到拉萨。

第十五篇

绒布寺∕石坡居民

2007年，我在去珠峰大本营参观的路上发现了绒布寺。

它是世界上海拔最高的庙宇。
男性僧侣住在庙里，女性住在寺庙外。

她们的房间，一半在地面上，一半在地下，几位在家的尼姑，裹着绛红色的僧裙，从地窝子里探出身来，朝我微笑，招待我休息。一位叫卓玛的，拿出半包僵硬结块的奶粉，泡了一杯，递给我喝。我接过滚烫的饮料，环顾四周，感受到什么叫"家徒四壁"：除了最基本的卧具，几乎没有财产，这半袋奶粉，就是她们拥有的奢侈品。

至今我仍记得自己对这清苦的石坡生活的错愕。

以至于说起"女修行人"，首先出现在我脑海的，就是绒布寺的这排地窝子。

重访绒布寺，是我的心愿。

2014年，我再次来到日喀则，从这里找车去绒布寺，想去看看她们现在过得怎么样，是不是还在继续着那样的生活。

在日喀则，我很偶然地在路边看见一家新华书店，在这里找到了《藏边人家》，这本书由巴伯若·尼姆里·阿吉兹在1976年写成。在书里，她把绒布寺所处的地理环境，和这座寺庙的来由，写得清清楚楚：

沙砾被席卷定日的狂风吹起，像子弹一样打向定日居民。他们低矮的住房、粗糙的衣服和乐天精神都是适应这样的环境而形成的。当我们见到那些建在悬崖上的隐居者的石室和牧民们凄凉的棚屋时，会觉得这些人是不主张任何舒适的。在这样高的地方当然很冷，严寒使风和干燥造成的艰苦环境变得更为恶劣。平坝上最低的地方海拔一万三千英尺，定日周围的群山就从这样的高度一直升到埃菲尔士峰那样高。

札绒寺（即绒布寺）建于1902年，坐落在定日边缘一个和其他地方相隔离的乱石坡上，珠穆朗玛峰的绒布冰川在寺旁闪着幽光。不知从何时开始，这里出现了一些紧挨在一起的供人静修的小屋，它们最初由一些尼姑们占据着。对于决心清除一切欲望的苦行者来说，这里提供了最严酷的环境，是个理想的修行场所。

根据阿吉兹的考证，最先来到这里修行的是女修行者，而到了1902年，阿旺丹增诺布喇嘛把这里改造成了一所由男性主导的寺庙，他的徒弟有男有女，男性住在寺庙里，女性住在寺院的北墙外，住处被分别称为"贡巴"和"阿尼贡巴"。

几支早期的珠峰探险队曾经路过绒布寺，其中一位名叫布鲁斯的英国少校，他为绒布寺拍摄的照片，是这座寺庙辉煌时代的留影。遗憾的是，因为尼姑的住处稍远，她们生活的地方没有被布鲁斯的相机摄入。同时期一位画家，曾为多达五百人在此修行的绒布寺留下画作，里面也没有画尼姑的住处，原因是尼姑们住在北墙外，而画作的主题是"绒布主寺"。

这一切和我在2007年看见的一样，尼姑们住在绒布寺的主体范围之外，从1902年开始就这样。

我在日喀则的登巴青年旅馆找到去珠峰的便车。他们是一个临时拼凑的旅行队伍，车上还空一个位置，司机急于卖掉。我的条件很简单，到绒布寺以后，分开行动，下山再捎上我，一起回日喀则。

凌晨4点，我跟随这个队伍，出发前往珠峰大本营。过了边检站、梅木村、雪豹客栈，公路就此结束。

越野车从一片宽阔的砾石河谷中平蹚过去，拐过村庄，进入连绵的山道。这就是去珠峰大本营必经的搓板路了。许多人认为，它比川藏线、滇藏线的任何一段都更烂。我基本同意。

下午一点半，受难终于到了尽头，我往嘴里塞了一块巧克力，增加热量。又拿出羊毛帽子、羊绒围巾，把头脸裹个严实。等车子开过绒布寺，我背着包下车，和同伴就此暂别。

绒布寺开始卖门票了，二十五元一张。

卖票的是寺管会主任，告诉我，本寺定编僧尼总数为三十五名，现有僧侣十三人，尼姑十四人，其中享受农村低保的，有十七人，新型农村合作医疗和养老保险的参保率已经达到百分之百。每年农历六月十五到七月十五，尼姑回自己屋里念经，是为了不踩踏生灵。平时同殿念经，隔开一条马路生活。

我问他，为什么按农历，不按藏历。他说不清。

我又问："尼姑宿舍区新盖了一排平房，什么时候盖的？"

主任说："2014年。"

我重访绒布寺的这年，由于国家实施改善僧尼居住条件项目的落实，也因为尼姑房屋已经严重老化失修，无法继续居住，寺里在公路西侧统一新建了住宿区。

虽然只是最简陋的平房，连白灰都没抹，但好歹是正经的屋子了，生活条件比我上次看到的改善了很多。

一个叫央金的尼姑，放下手里的一桶灰泥，在袖子上擦擦手，招呼我进家坐。里面是一个光线昏暗、面积不大的水泥房间，主要物件有火炉、水桶、水壶、高压锅、床铺、热水瓶、碗筷、藏式木柜、佛像和供水碗，食物有馒头、生菜叶子、糌粑和酥油茶。小篮子里放着许多根叠得整整齐齐的羊毛灯芯，这是她去搅和灰泥之前刚刚完成的手工活，是要在佛前供灯用的。

央金不会说汉语，我不会说藏语，我们主要以微笑沟通。坐了半个小时，直到二十岁的普布回来，他是央金的弟弟，会说零星的一点汉语。我央求他："你帮我翻译，我想问你姐姐几个问题。"普布答应了。不过他的汉语不灵光，经常是姐姐说了以后，他要反复询问确认。姐姐说得很长，他翻译过来的总是很短。

我：你是什么时候来绒布寺的？

央金：二十岁的时候，我出家了，从嘎玛沟来这里修行。十七年前的事了。

我：这房子是什么时候盖的，花了多少钱？

央金：新房是去年盖的，请了十五个村民动工。一间房子五万四。

240

我：平时日用的生活物资怎么解决？

央金：定日卖东西很贵，我们去日喀则买，买了运上来。

我：你为什么修行？

央金：每个人都有一个梦。你可以叫它梦想，也可以叫它理想。佛祖和寺庙就是我的梦。

我：你在这里学到了什么？

央金：佛、寺庙、经书。除此之外没有。没有我自己的东西。

我：你害怕死亡吗？

央金：害怕。正因为害怕，所以要学。这样，死了以后，路会好走一点。

聊到这里，我的手机响了，是越野车司机打来电话，他的乘客有人生病，这辆车现在就得下山。

我告诉央金，要走了。她跟我拥抱，问我："我说的你都记住了？不要忘。"我告诉她："不忘。"她的兄弟，厨师普布为我们翻译这些对话。

越野车一路往日喀则开，路上飘起细雪。雪花真的很小，我就着车灯往外看，怎么也看不见。这还是秋天，9月。据说这里的冬天是从10月开始的，一旦变冷，就只剩下狂风和严寒，暴风会把牧民和牲畜从高海拔的牧场赶到防风防寒的居民区，就连僧尼和隐士，也不能在石头山坡上熬过冬天。在一年里最寒冷的季节，尼姑们会下山去，拜访她们位于低地上的朋友。

阿吉兹在《藏边人家》里写到尼姑们的冬天：

出家人中，只有很少的人在寺里过冬。有些僧尼既不留在寺庙里也不重返家中，而是与志趣相同的人一块成为这个山谷中四处云游的巡回僧人。他们访问当地的圣迹，四处为人举行简朴的宗教仪式。有人还和其他人一起长途跋涉，前往尼泊尔和西藏其他地区朝圣。在这样的行列中人们也会看到一些年轻或者年老的尼姑，她们当中，有些人才分很高，精通当地的历史并善于讲故事。人们都非常需要这种人，家家户户都请她们到自己家里去，这能使整个冬天都憋在屋里从事家务劳动的居民们得到欢乐。

在这本书里，阿吉兹记录了许多绒布寺尼姑的故事，包括她们对包办婚姻的反抗、修行方式、家庭对这些一心出家的女孩做出的要求和支持。遗憾的是，国内很少有人专门研究绒布寺的修行传统，定日女人究竟是从什么时候开始，又是为什么选择珠峰脚下、绒布冰川隔壁作为隐修的地点，不得而知。

车开到日喀则已是夜里两点，包括司机在内，都饿坏了。我们来到科技路，那是日喀则市内汉人聚居的地方，大家要了水煮肉片、鱼香茄子、蚂蚁上树、宫爆鸡丁。一通猛吃。

这天的住宿是由司机安排的。吃饱之后，他倒不急着睡觉，说要带我们见识见识。旅客们反正已经饱了，疲惫地、任由他开车带我们在这座城的黑夜里逛。

他把车子开进小巷，歌舞厅灯火辉煌，出租车排着队等待拉客。"这是四川女人。""这是藏族的。"他指着一个藏族式样的门帘，给我们指点那些浓妆艳抹的女人，大谈价格差异，津津乐道。"这个，这个是站街的，肯定是。"路边一个女人，作打电话状，朝我们的车子飞来媚眼。

这一幕我也不知道像哪部电影。

车子像巡礼一样，在我不熟悉的夜晚，缓缓开过。发廊的墙壁都漆成粉红色。一瞥而过中，看见屋里有一只小狗举起双腿和女人们玩耍，女人看见我们的车子缓慢经过，抛下小狗，连忙出门，想和我们打招呼。就这样一连开过好几个发廊。

温暖的人味儿。

粉红色的墙壁。粉红色的墙壁。粉红色的墙壁。

抢出门来跟我们的车辆打招呼的女人。

抢出门来跟我们的车辆打招呼的女人。

抢出门来跟我们的车辆打招呼的女人。

"这是日喀则的另一面。"司机喷着烟，老到地说。

第十六篇

香格里拉、虎跳峡／高山峡谷

到了该回家的时候了。

因为我已经清清楚楚地感觉到那种孤独。

感受到孤独之前，是恐惧。

这一路上我曾经有很多恐惧——恐惧找不到我要找的人，恐惧明天不知道该往哪里走，恐惧自己能不能走完这趟旅行，我还恐惧死。

在丽江，我不愿意往前走，停在那里的咖啡馆犯懒，当时我是恐惧死。因为事情明摆着，去完了滇西北，就是西藏，西藏结束，旅行也就结束了——

我有一种奇妙的想法，觉得：事情看起来是一切顺顺利利的时候，也是最容易功亏一篑的时候。

万一倒在即将成功之前呢？

我无数次地问自己。比如说，万一在滇西北出车祸。

我一直认为，太顺利的，就不是真的。

而这趟旅行，一直以来，都太顺利了。所以我被吓住了。

我认为老天也许埋伏了一个阴谋。所以我赖在丽江不走。因为我怕自己再往前走，会突然死掉。我当时每天都在查滇藏线有没有塌方的消息，有没有车子摔入河流的消息。

这些不是开玩笑，是真的担心。我一辈子最怕的事，就是像恐怖片常有的情节，主角以为一切都没事了，甚至都到家了，打开门，吼！所以一辈子都在跟自己说："睁大眼睛！那一声'吼'，可能就要发生了。"

我在等那一声"吼"！

在丽江，怕得最厉害的一个晚上，我设想了旅途出现意外的十几种可能，恐惧得浑身好像泡在冷水里。

那晚我给吴琼发了短信（你们还记得她吗？就是那个在北京的彩光教室，带我做瑜伽冥想的女孩）。这是我在旅途中唯一一次联系她，我说我很害怕接下来的旅程不安全，所以不敢往前走，我请她帮我算算命，下面的旅行是吉是凶。

当然，短信说得比这个稍微隐晦一点。我不好意思完完全全表达得像个迷信的人。但事实就是，我怕得要命。

吴琼回了短信，说："没什么，你只是太累了。身体太累，脑子就会瞎想。"我很感激她的这个回复。一次次地我在旅途中感受到恐惧，但还是走下来了。恐惧的阶段，过去了。

这一刻，在日喀则，我体会到的不是恐惧，是孤独。

我害怕这个旅程的结束。想要收集，想要珍惜，想要不忘记的心情，就是中年时代降临的标志吧。

我们脆弱着，又渴望着。寂寞着，又排斥着。

想说些什么，终于说不出口。

246

9月18日，我坐晚上的火车，回到拉萨。隔天顺着滇藏线，返回香格里拉。还是预订了上次住过的旅店，517驿站。我喜欢那里的义工、老板，早上温暖的白粥、金黄色烤得又脆又香的青稞粑粑，走几步就可以吃到米线、馄饨、各种手工蛋糕、巧克力饮料、咖啡。有一家茶馆，叫青云阁，距离不远，有好喝的普洱。还可以跟隔壁一家咖啡馆的老板娘，一起去爬百鸡山。

这会儿我心里已没有任何压力，寻访女修行者的主题旅行，在绒布寺就结束了。

剩下的是我留给自己的时间，旅程最后的余兴节目。

9月21日，我找了个车，二十块钱往返，去纳帕海。

背起小包，用鱼眼儿咖啡出品的洪都拉斯挂耳包冲了一壶滚烫的咖啡，装进陪我一路，给我热茶、热水的膳魔师保温杯，打起伞，去纳帕海草原耍。寂静、雨声、安谧、愉快。

有农民上来问我骑不骑马。坚决不骑马，不是钱的问题。

想走在草原上，没有人打扰，没有马打扰。安静，广阔。

我又一次看见香格里拉秋季的狼毒花，在草原上开放。

晚上，一个人去"银川小吃"吃饭。叫了米饼、鸡蛋、砂锅饵丝。旁边有很多年轻的旅行者，他们住在青旅里，结伴来吃饭。

少男少女很容易说到一起。一起吃饭，一起出发。这本来就是旅行魅力的一部分。

像我这样，一个人吃饭，一个人离开的女人真是太少了。

他们快乐地吃饭，快乐地讨论新的目的地，对前方有好多憧憬。

德钦、雨崩、林芝、拉萨。这些名字，不断被吐出。

那一瞬间我意识到自己是一个即将回去的人，而他们是刚刚出发的人。

第二天我离开香格里拉，乘坐客运大巴，下到虎跳峡镇。

以前我在香格里拉待过那么久，丽江也来过很多次，按道理，早就应该去过虎跳峡徒步了。

所以每次有朋友问："你去虎跳峡徒步过吧？"

我都回答："是啊，去过啦，走的是中线。"

其实是撒谎，我没去徒步过，一次也没有。

我也不知道为什么要撒谎。这种谎话，听的人并没有认真听，说了也不会让我的形象更光辉，但就是会说。

哪怕别人并不在乎，也要用力撒谎的虚荣心，这就是我记忆中，自己那光辉灿烂的青春期的另一面。轻易许诺，轻易地说出谎言，就像在一条笔直厚实的道路上轻易地挖洞。那些没有得到实现的诺言，犹如洞中的枯骨。我们却看不见这些空洞，只是前行。

我决定给自己补上一个洞，哪怕只是小洞。比如虎跳峡。

从西藏下来，海拔不断降低。我一路昏昏沉沉地嗜睡，到了虎跳峡桥头，找个农家乐住下，进房间又睡。睡到吃晚饭的时间，仍然没有精神，但本能地知道不可以再睡了，于是走去镇上，想找到第二天可以一同徒步的旅伴。

这里的建筑已经完全是汉族式样，只有院子里依然拉着五彩的藏文经幡，保留着藏地的气息。镇上游荡着许多彝族妇女，她们戴着庞大的斗方头饰，慢悠悠地走着。似乎不做生意，也不跟人交谈，也没有急于抵达的目的地。

我在镇里逛了几趟，没找到落单的背包客。回到江边的小山村，进客栈卧下。二楼的猪嘶哑地叫唤着。对面山谷里的云朵拉着。我剥开一袋旺仔QQ糖，边吃边盘算：明天得独自徒步了，希望明晚能在山上找到后天同行的旅伴。

夜里大雨倾盆。我扯开窗帘，往外看。没什么灯光。没有游客从窗下走过。就只有大雨，连绵不断地下。我不确认明天雨会不会停。查天气预报，说连续两三天都下雨。但是我不可能在这个村子待四五天，去等它雨停。

第二天吃早饭的时候，把必备的两瓶矿泉水塞进背包，还有备用的牛仔裤和外套、两双袜子、巧克力、糖果、一整壶刚刚泡好的苦荞茶。根据保温杯的效果，它应该到下午四五点钟，都还会保持温热。也是从这时候开始，我喜欢上了苦荞茶的味道。这种淡金色、香气扑鼻的饮料。

推开红色圆点的被褥，在地垫上擦擦脚，把行李打点成两份，一份随身，一份寄存。跟客栈说好了，下山的时候来拿。

院子里有一对中年情侣，看似也要出发，但他们计划过两个小时才走，不能同行。我请他们帮我拍照，相片里，我穿着黑色的冲锋衣，橙色的裤子，驼黄色、脏兮兮，异常牢固的Timberland老款登山鞋，微笑着，站在前一晚大雨留下的水汀里，正待出发。

旅馆造在上山路线的开头，出门左拐，看见指示牌：

虎跳峡徒步高路由此进

黄泥巴路，经过暴雨，烂得不成样子。经过村庄，水泥浇成的小径出现了，然后变成碎石子的道路。天空下起小雨。我撑起雨伞，回头望，看见黄泥浆一样的江水，浩浩荡荡，朝远方流去。

这就是金沙江。徒步者沿着山壁行走，始终能欣赏它奔腾呼啸的模样。一位马夫追上我，推销骑马项目。我笑笑，拒绝了。他不紧不慢地牵着两匹马，在我前面、后面走着，好像在等我走累的那一刻。一直快要走到纳西雅阁——虎跳峡徒步路线上的第一家客栈——他才放弃，翻身上马，徐徐离去。

阴沉沉的天、深绿色的大山、青翠欲滴的树叶、翻身上马的骑者、孤独离去的背影。

这一幕完全符合我的审美。

是孤独的、绿色的、纯粹自然的，人契合于山水之间，不需要再多言语。

中午12点以后，降雨变大。

我撑着竹竿，在滂沱大雨里爬上"二十八道拐"。赶在下午5点前，抵达著名的HALFWAY客栈。十几位游客在那排队，大部分是外国人。我去打听，才知道带热水淋浴的标间已经订完了，只有通铺。

这一整天我渴望的就是一个热水澡。浑身湿淋淋的，我想让自己恢复一点热气。实在没有想到，如此深山里的客栈，生意竟这么好。老板轮番换用纳西话、普通话、英文，熟练地应付着顾客。据说马上有一拨韩国旅行团要到，如果我再犹豫，连没有热水淋浴的房间，也订不到。

所幸吉人天相。老天似乎已经下定决心，要将我这个稀里糊涂，不知道预先订房的倒霉蛋眷顾到底。

早晨碰见的那对中年情侣，在我之后抵达。他们听说我没有订房，就邀请我分享他们的一个房间——情侣出来旅行，居然订了两个房间，而且是两个带热水淋浴的标间。这实在太奇怪。我就问那姐姐，你俩出来玩，怎么还订两个房呢？

她说："出来旅行，一直各睡各的房。我俩是朋友介绍的，刚刚认识，这正处着呢。旅行最能考验人了，我就要看看他能不能尊重我。"

真是太神奇了，就这么得到了一个带热水淋浴的标间床位。

我和大姐住一屋，男人住另一个标间。晚上吃饭，又沾了他俩谈恋爱的光。男人心疼女朋友走一天太辛苦，点了一大份土鸡汤，用维西特产的黑色石锅烧的，热腾腾，滚滚烫，估计是当地散养土鸡，汤上飘着一层琥珀色的黄油，醇而不腻。还放了不少松茸、各种叫不上名的菌子。要是我一个人吃饭，肯定不会点这么大一锅汤，也就尝不到寒夜里热鸡汤滚入喉咙的幸福了。

第二天早晨，我付了自己那份房账、饭钱，回屋整理行装。把干燥的袜子穿上，套上两层塑料袋，外面套上昨天雨中湿透的袜子，再套上一层塑料袋。把自己的脚弄得舒舒服服以后，告别还在休息的大姐，先行出发。走在路上，我一度试图等等他们。

但说来也怪，就一条下山的道，等来等去，没再看见那对情侣。就这样莫名其妙地相识，得到帮助，又失去联系。

雨已经停了，我执起竹杖，独自走在山道上。和一个英国背包客，因为步速相近，走在一前一后。到了稍微远离HALFWAY客栈的时候，我们不约而同回头，举起相机，想拍下那栋小屋。

精疲力竭，发现小屋；呼朋唤友，酒足饭饱；

251

次日一早，继续旅程。这就是生命舞台上，亘古不变的故事。

我们回首。因为必定回首。

那远方青山中，曾经庇护过我们，风雨中的坚固，寒冷中的温暖，饥饿时的食物。

然后再次上路。

第十七篇

回家

虎跳峡的徒步已经是四个月前的事。

9月27日，我从丽江飞回上海。

回家第一个月，我只是休息，重读《雪洞》。

想起旅途中拜访的第二座寺庙，灵石寺。在交谈中，监院向我提出一些非常"专业"的问题，什么是"空"，怎么看待"空"。

然后想起武当山。不明白为何我会当着一群陌生人，向着群山歌唱。行为出乎自己的预料。

10月的一个傍晚，我约Salome吃饭，那个帮助我联系青海旅游局，让我去成海心山的朋友。饭后我们去某个生蚝吧的露台聊天。

上海这个季节流行生蚝、露台、香槟。我告诉她，旅行终于结束了，要感谢她，为我抵达海心山提供帮助。然后说了一点那个地方的故事。有一种创业者对投资人做汇报的感觉。

Salome很高兴，说，你快点写。不过她对我旅行中怪力乱神的部分兴趣不大。她毕业于同济大学，后来留德，死硬理性派，旧上海大家闺秀的后裔，是知识分子的女儿。

我一直迟迟不愿动笔，就好像被什么阻住了一样。

玩了几天"挖金子"。

这是一个早就不流行的手机游戏，我玩了一个星期，每天晃悠着铁钩，抓取钻石、大金块、头顶钻石跑来跑去的老鼠。

突然对植物感兴趣。在淘宝下单买了花盆和种子。也突然想学习占星。种出了一小盆三叶草，移植后死了一半，又种出了一小棵鼠尾草。

从京东和亚马逊买书，也从淘宝买书。顾彼得、J.C.Cooper、詹石窗、惟明法师的书。百读不厌的，还有江灿腾关于台湾近现代佛教史发展的论文，耿昇的所有译作，阿兰·德波顿、威廉·詹姆斯、马克斯·韦伯。

从网上下载《大卫·妮尔》《拉萨历险记》，好看。顺便翻阅她和义子庸登喇嘛写的《五智喇嘛弥伴传》，里面提到青海某个寺院，隐约和海心山有关系。

读蕾切尔·卡森，《寂静的春天》《海洋传》。

读《味留行》。这本书，里面有一种很执着的东西在。纯粹。安静。那种东西，和云南给我的感觉一样。高天红土，风马猎猎，但是心里安静。

安静、干净，就有一种血脉偾张的东西，那可能就是人之为人最美好的东西。

看了第三届《中国好声音》决赛。

给电动磨豆机装上了合适的电源插线板，每天都做咖啡。有一天，磨豆机转盘松动，我背着去普陀区修。它很重。从地铁口出去的时候，背包紧紧勒着我的背。修理厂的技师姓徐，徐先生咬着半根牙签，和另一个小伙子一起，拧好了转盘。没有技巧，就是用力按住弹簧，同时用力按逆时针方向转紧。

办好了上海市居住证，是一个正规的外来居住者了。

给笔记本电脑加配了显示器，桌面是夏天在法国圣米歇尔山旅行时拍摄的照片。

远远望去，山上的修道院只是海岸线中很小的一点。但就在这么小的地方，有街道，有朝圣，有几百年来基于传统从未改变的，为朝圣者而准备的村庄。我知道那条朝圣的道路上，有卖热馅饼的，有卖圣麦可十字架的，有出售纪念品的，有客栈，有咖啡店。从半山腰开始，完全是修道者的领域。

金色的大天使麦可，他举着宝剑，在岛屿、天空、海风、城堡的顶端，驭流风，面海峡，终年以挺拔举剑的姿态，站在人世和苍穹之间。

通常在晚上12点以前睡觉。

睡前静坐，静坐之前先念诵我最喜爱的一段经文。

有时做梦。会记得自己特别喜欢的梦。

梦见一个荒凉的巨大山坡。我好像在那里待着。荒凉程度堪比喜马拉雅山区。

醒来之前，闭着眼睛，在梦淡去之前再度感受，山坡上那幢孤零零的白房子。

有时不想看严肃的书，就看杂志。更多时候，翻找着东西。日记、书籍、曾经启发过我的一切资料。

突然明白，自己是准备把人生的全部过往，积聚的经验和体认，当成柴禾，放进这趟旅程里燃烧。把自己当成柴，放进一件事里去燃烧，这真是我能想到的天底下最过瘾的事情了。

可我迟迟无法动笔。走得越远，我就越没有信心。

等到回家以后，甚至觉得这次旅行没有意义。它对我之外的任何人都没有意义。

10月下旬，回老家看望父母。白天我在村子里四处逛，在巷子和菜园里拍照。也拍了一些母亲做的三餐照片，觉得以后有一天可能会写这个。

晚上独自静坐。桌上老式闹钟咔嚓咔嚓，嫌吵，拿去父母的房间。台灯半灵不灵，夜里会自己跳亮，只好拔掉电源。隔壁邻居熬夜烘焙菊花，火光明灭，柴禾燃烧的气味，菊花的清香。

即使回到故乡，面前仍是那股无法中止的焦虑。我没有办法说服自己，写出这趟旅行，对其他人有什么意义。

和母亲去县城办流动人口婚育证明。计生办里，一个根本不认识我的工作人员敲着电脑说出了我最重要的一些人生资料。我终于知道了自己出生的准确时间，以及，我作为"人"被政府登记在册的时间。

母亲在我眼中，像个可爱的女孩。她背着手在栗树下的草丛里寻找这个秋天最后的栗子的时候，进城就一定要购物的时候，看到路边卖枣子的就停住要买的时候，她也是妻子和母亲，叮嘱我多陪爸爸聊聊身体健康的时候，说"他从来没说过让我进城就随便买点吃的。我说想买，他说我不懂事"的时候。

深夜我无法睡着。趴在窗台上，看邻居打着手电筒，照顾烘焙菊花的炉火。红红的一点光亮。烟囱通宵喷出柴烟。半夜和拂晓，室外温度很低，天放亮的时候，高空露出红色和淡橘色交织的霞光，然后是淡蓝色的天宇，淡绿色的树丛和颜色稍微深一点的远山。

醒来时人是躺着的，一眼望见这样的天空，会怀疑自己看见了一个倒躺着的三色冰激凌。溪流整夜哗哗作响。

五天后离开乡村。父母同行。父亲坚持要为我提行李。

告别的时候，妈妈让我抱抱爸爸，我抱了他们俩。

他俩相依相偎地离开。

除了少量邮件，少量的聚会，从10月底开始，我不再把时间用于社交。有天晚上，我花五分钟更新了文档软件，选择了其中最顺眼的一个模板，开始回忆旅程。

这时候我才明白，旅程并没有结束。

它至少有两次，脚下一次，笔下一次。

每一天我都在工作。尽可能地写，在心最静的时候分辨哪些值得留下，哪些需要删除，哪些需要修改。有时候一天过去了，什么也没干。安慰自己：这样也挺好。

有时候写下只言片语，贴在显示器的边框上。电脑上逐渐贴满了纸条：

中年妇女，提高警惕；

跑步、欢笑、跳舞；

一代又一代女孩，带着困惑，上路出发；

林梢多么美丽，荡漾晨光/但是，请让我进入木头的部分/深入肌理/褐色，根茎，腐土/深藏的天堂；

出于写作的需要，我总是询问一些人试图得到他们最隐秘的生命故事。所以，在非工作的时候，我很少跟人聊他的故事或我的故事。尽量避免聊及。掐断往深聊的迹象。我有得到对方故事的能力。因此必须克制；

在旅途中我拒绝了一些故事。那些明确的眼神，想要跟陌生人说出故事的眼神，我十分熟悉。我拒绝倾听那些故事，因为我已经负担不起太多故事，尤其是，和我的旅行主线无关的故事。我与这些故事永远地走散了，因为我不能沿着时间回头，再度与它们——那倾诉的愿望相逢；

要无数个回音，或者要一个自己的世界。

在书写中，我回忆起，这次旅行中去过的所有地方都通电了。

以及，2014年的整个夏天，为了跑寺庙，我没有穿过红色、橘色、绿色。只要能找得到肉，而且环境允许我吃肉，我就会去吃肉。如果我途经的城市有Mall，我一定会进去，寻找咖啡和甜品。完全不是朋友们根据我在朋友圈发布的一两张照片想象的"修仙之旅"。

事实是：从一个旅行地点到另一个旅行地点的间隙，我用百倍的热情去拥抱那些我喜欢的小小享受，而且，越是戒律严格的地方，离开之后，我的反弹越高。

为了庆祝旅行结束，纪念独自游荡的时光，我买了一瓶梅子酒，喝了半瓶之后我开始"茫"，把剩下的全部泼洒在脚丫子上。

我不喜欢古寺钟声。我喜欢人和自然。

我喜欢人像草一样镶嵌在地球上，所以我喜欢虎跳峡。

写稿期间，我去过北京一次，去见两个人。

其中一个是吴琼。这场旅行是因她带我做了一次瑜伽而起，我想，无论如何要再见她一次。

吴琼比上次见时瘦了，头发染成浅白金色。她吃素我吃肉。我问她最近做什么，她说什么都不做，不带瑜伽，不带静心，不做个案，也不看书，"做的事情越少越好，最好是什么都不做。"

听她这么说，我想到旅途中的一段经历，似乎可以与此对应，就说起在茅山乾元观擦台阶的事。

我说，年轻时候喜欢向外踏出脚步，对这个世界的好奇心和占有欲，用旅行和其他方式表达出来，是人生中踩脚印的阶段。而现在，我希望自己写的旅行故事让人看见这么做的另一个面向：往外踏出的脚印，自己要记得去收。

吴琼大声地笑，她总是笑得无拘无束。她说："是这个道理。"

午饭很快就结束了，许多在附近工作的上班族在外面等位置。我们拿好羽绒服，各种零碎东西，绕过杯盘狼藉，往外走。

就在桌边到楼梯口的那两三步，我突然想起来还有话要说。

"如果说这次旅行有什么收获，最大的收获就是我找到了我的'问题'。以前心里很多问题，我以为是我的问题，其实都是书上看来的，或者是其他人的，像是生命啊，生死啊。这次我有了一个属于我自己的问题，就是：为什么我老是丢东西。"

"哈哈。那是责任啊。学习责任。很好。"她咯咯笑着，说道。

听闻此言，内心如遭一击。

多少年的逃避，被说中了，一脚差点踩空。

在北京见的第二个人是张彦，他是美国人，《纽约时报》记者，2001年普利策新闻奖得主。因为读了他那篇《道的复兴》，我去了乾元观，后来我在Facebook联系上张彦，说起自己寻找女修行者的旅行。

这天我们在咖啡馆见面。下午三四点钟，阳光一点走开的意思都没有，我试图合拢窗帘，但房间黑乎乎的，于是又打开，我缩在其中一片窗帘布后面，晒得满脸通红。

张彦走进来，脱掉羽绒服，说走得好热。他里面穿的是一件领口磨破了好几处的深蓝色圆领毛衣，要了一杯咖啡，坐下。

我结结巴巴地说起对他的感谢。

如果不是那篇文章，我就不会去见尹信慧道长。同时也感谢那篇文章本身，让我感觉到安静和美好。说完这一段，我开始恢复正常语速，向他询问起一些让我好奇的事。

我：我听尹道长说，有一些对道教有兴趣的、在华生活的外国人，组成了一个关于道教的协会，或者小团体之类的。我对这个很好奇。

张彦：是一个在上海的美国商人，他开了一个慈善机构，叫"古观社"。这个机构的目的是帮助恢复道教的庙。他自己也捐了钱，好像不少。（20世纪）90年代我和他认识，我们两个都对道教很有兴趣，觉得它好像在中国的力量很薄弱……所以支持他们恢复一下。我经常跑来跑去，他说你可以帮我找找道教的庙。就是这样。

我：旅行中认识一些人，他们认为，道教的营销做得比较弱。

张彦：道教从历史上就是这样。虽然它是中国唯一一个本土的宗教，但是这方面还是和佛教比不了。也可能和历史上一些原因有关系吧。比如清代，满族人他们接受藏传佛教，支持佛教，却不是特别支持道教。如果你是清朝时候一个当官的人，你信佛教大概没有问题，你信道教，可能有点麻烦。所以道教越来越变成一个民间的宗教。

我：您是说，从民国甚至是从清朝开始，道教就面临知识界对它的支持和接受的问题？

张彦：现代化。其实很多国家的宗教都面临现代化的问题。西方的国家也有宗教，但西方大部分传统宗教都是非常清楚的，比如，你每个星期天去教堂，做礼拜，然后你回家。可是在中国并不是这样，没有那么清楚。比如村子里，没有人说我是信佛教和道教的——在中国，只有住在庙里的人，会很清楚地说，我是佛教徒，我是道教徒，老百姓没有这么说的。他只会说，我在某某村，有个某某庙，我信这个，我去拜。在这样的中国式的过程里，从19世纪开始，宗教变成一个和迷信挂钩的词语。其实"迷信"这个词是从日本传过来的，中国以前没有这个词。日本又是从德国引入这个词的。所以最近一百年，很多道教的东西变成迷信，或者是其他的东西，比如变成中医的一部分，或是变成什么传统的医疗方式，进入到中医学院里——它们和道教切割了，变成一个"假科学"方面的东西。

谈到这里，服务员送来一碟芝士蛋糕。我为了掩饰紧张，拿起叉子，吃着蛋糕。张彦没动叉子，说起他正在写的一本书，是关于中国的。他说："我已经五十多岁了，但还在做博士论文，主题是茅山的恢复和重建，以及它的历史。"

我：你能再说说对尹信慧道长的印象吗？

张彦：她是坤道，我是男士，很难进入她们居住的地方。她来上海做早课的时候，我看过，但是深入日常，比较难。她一个非常大的贡献是重修了乾元观，那地方是森林里面，你现在看到的一切都是她在这二十年里恢复起来的。而且她做法事做得很好，很多人信她做的法事，所以一直有人捐钱。但她大概不是那种打坐四个小时，一心练内丹的人。她自己有一次，用很开放的态度，对我说，我们现在有很多楼，但是是空的，所以我们要做图书馆，要培养更多道教的人才。她办的体道班，我也参加过。所以她自己也知道，最主要的问题是要把这些楼先恢复起来，然后是和政府之间的合作。政府要她收门票。可能这个问题很多佛教寺庙也会遇到。金坛那边修了一个二十多米高的老子像，但是尹道长不是这种，所以很多人觉得她的道观气氛很好。

我：你对道教的兴趣，是什么时候开始的？

张彦：真正对道教有兴趣，可能是二十年前。也许再早一点儿，大学的时候，也接触了一些，《道德经》什么的。但是当时看不懂。这什么意思啊。这二十年，跟着上海的这个朋友，真的开始接触道教。道教真的很有意思，但也是很复杂的一个宗教。经常有人说，有"道家"和"道教"，是不同的，但我觉得，道本身，是分不开的。

我：道教修炼讲究天地灵气，有没有人去国外寻找名山呢？你听说过吗？

张彦：我认识一个修内丹的专家，他说北极非常重要，他们去挪威的最北边，然后坐船，去更北的地方修炼。对了，你能不能告诉我，你想写的是怎样的书。

我：就是普通的游记，因为我什么都不懂，没法写成宏观观察，也不能给人很深刻的东西。也许只是一些有意思的，比如走不动，不想走了。我只能写我能够写出来的东西。

张彦：很好，非常好。我有一个朋友，他是美国人，是个翻译家，他的中文名字是……我想不起来……红色的，赤，松树的松，赤松。他翻译了中国古代很多诗人的作品，也写了三本自己在中国旅游的书，其中一本卖得非常好，《空谷幽兰》。

我：你说的是比尔·波特。
张彦：哦哦，他用这个名字呀。是他。

我：我的这次旅行，和比尔·波特的书有很大关系。他写的都是男人的事情，我就想，为什么没有人为女人写这样的一本书。
（张彦大笑）。

我：但主要还是因为我结婚了。我从来没有结过婚，没有当妻子的经验。我有点害怕，所以决定出去旅行。我想让自己内心的东西增长一点儿，跟上外部环境的变化。
张彦继续大笑，说：你把结婚想得太复杂了。

北京这一天的太阳还没下山，张彦有事先走。我在咖啡馆里坐了十来分钟，喊服务生，买单。服务生说，刚才那位先生已经付过钱了。

我喜欢和我喜欢的人吃饭，也喜欢我喜欢的人请我吃饭。
我和吴琼，还有张彦的会面，都是伴随着食物而进行的。就像这一路上，我和那么多人，吃过那么多次早饭、中饭、晚饭。

也许有一天，我年纪大了，不能记得旅程的细节。但我一定会记得，在厦门我喝过菠萝味道的啤酒，在普寿寺的千僧宴上吃过美味的炸香菇，在常州接受过沈向阳的招待，在南雁荡山吃过此生最清淡的煮面条，在崆峒山和老太太分享过一块白面饼，在绒布寺喝过别人递给我的奶茶，在虎跳峡和陌生的情侣分享了一锅土鸡汤，在北京张彦请我喝了咖啡，吃了蛋糕。

我允许你在我的生命里存在。

就像，你允许我在你的生命里存在。

对我而言，旅程至此，终于结束。去了自己想去的地方，见到了自己想见的人，曾经没能实现的话已经实现，应该感谢的人，已经感谢。

于是乘坐高铁，返回上海。一路上，暮霭茫茫，非常美妙。

树林挺立在平原上。模糊的远山，绿色的作物，笔直的田垄，褐色的泥土。秸秆燃烧的烟雾从田间腾空而起，窜进密闭的车厢。十一月中国北方的大地。

像是得到了某种许可似的，回到家中，我就埋头写起来。

[全书完]

后记

1

旅行归来之后，家中多出了许多因这趟旅程而产生的纪念品。它们触手可及。

蒙顶山的茶叶分成红茶和绿茶两种。红茶是我向普照师购买的。当时身上只剩下四百多元人民币，我住在四川省一个名叫蒙山的地方，最近的取款机在雅安市或名山县，山上没处取钱。我用尽身上现款买了一斤红茶，它们中的一撮此刻正躺在我家中的茶壶里，冲泡出怡人的芳香，红酒般的醉人颜色。普照师从一个铝制的大密封罐中取出这些茶叶，亲手包装成两个小袋。我很后悔当时没有多买一些。两小袋绿茶，同样出产于这座山头，是主持送给我的，在我临别寺庙的时候。

很多书。有些是寺庙或宫观的资料，有助于我理解道场里曾经发生、正在发生的事。有些是经书，比如《妙法莲华经》。有些是修行人的心迹结集，比如《翰墨佛心》，这本是被称为"中国第一比丘尼"、已经故去的隆莲法师的诗词集，在一个异常炎热，蚊虫活跃的夏日下午，由她的弟子，成都铁像寺住持果芳法师赠送给我。诗词集很厚，沉重，离开铁像寺后，阳光照得我睁不开眼，我汗流浃背地带着书，进了一家茶馆，喝了一壶热茶、一杯鲜榨果汁、两杯不要钱的

266

冰水，然后带它回到宾馆，裹上一层毛巾布，寄回上海。从那会儿，直到现在，这本诗词集和《妙法莲华经》一起，躺在书架的最高层，一个我认为适合它的地方。

更多的是宗教饰物，据说可以辟邪。有些是木质的，有些是项链和链坠，还有道家的乾坤圈，萨迦寺的辟邪青稞粒。

我很喜欢那对乾坤圈，它们是两只木质的手镯，交叠在一起，一只刻着南斗六司，一只刻着北斗七星。自从乾元观的尹信慧道长把它交给我，我就尽可能地一直戴着它们，并且用道教中一种特殊的方式，一首美丽的短诗，在无论看不看得见星星的夜晚，向它们祈祷。

我还从莲花生大师在西藏秘密闭关三年三月零三天的地洞里带出了一些彩绳编织的手链。收集这些纪念品的时候，我总认为它们用得着——某一个亲戚，某一个朋友，或者我的父母，在某一个感到害怕，需要安慰的夜晚，也许会希望自己的脖子上挂着点儿什么，手心里捻着一点什么。

这些饰物里，我最喜欢的是藏人常戴在手腕上的一种短绳，它们是由羊毛或牛毛编织而成，黑白两色，短短一圈，正好围住手腕。这种纪念品在拉萨、札什伦布寺、萨迦寺都有出售，有时候我也会从亲密的藏族阿妈手里得到，它们漂亮，轻巧，而且反映了一种西藏式的信仰传统，藏人相信万物有灵，整个空间都飘荡着神灵。

至今，饰物中的绝大部分仍然储存在我的书房里，它们并没有如我想象的，很快被赠送出去。一个原因是，旅行结束后，我没有见太多人；另一个原因是，人们并不如我想的那样容易感到恐惧，空间和神灵的关系在削弱。

朝圣之旅结束后，我回父母的家休息了一个星期。吃饭席间，我向一两个至亲友好赠送了一两样小饰物，手链，还有车挂。送给他们的时候，我觉得有点唐突。虽然赠予和接受的双方都很礼貌，但我仍然觉得："好像做了不合适的事"。同时忖度："如果是一对一，或者一对二的饭局，我应该能把这事解释得更圆满一些。许多人一起进餐，我没法看着对方，告诉他那句我最想说的话：'这根绳子代表着从一个距离你一万五千米，海拔四千五百米的山洞里带出来的祝福。'"

当我开始书写这次旅行的时候，不确定的心情就如那次饭局上的感受一样。我不知道人们是否想知道那么遥远的地方所发生的事，是否想花一两个小时的时间，检视陌生的生活。

令我庆幸的是，阅读永远是一对一进行的事。书写和阅读的过程，其实就是我最想要的"一对一进行的饭局"。

我不知道你是谁。我不知道想请谁来吃这餐饭。

但我想象，并且几乎相信，我已经看到了你的眼睛，你也正看着我的眼睛。它直接发生在我和你之间，关于这次旅行，说出一切。

2015年2月

2

2014年6月3日，我从上海虹桥机场出发，抵达厦门，访准提寺未果。4日，抵达仙游龙华寺，对女修行者的拜访于此启幕。历经东南沿海、江浙、华北、华中、西北、西南，最终抵达西藏。9月14日下午一点半，走进绒布寺，这里海拔四千九百八十米，距离珠峰大本营三公里，被称为地球上海拔最高的寺庙。离开绒布寺的时候，尼姑央金跟我说："我说的你都记住了？不要忘。"。

在西藏的最后一天，我终于去了八廓街。混在满街参拜的人潮中，让自己化作朝圣者中的一个小点。

就这样出门，就这样返回。高尚污秽，皆如梦幻，并不真实。

旅行漫长，每到一个省会城市，逛商场的同时，我总会去书店看看。如今这类场所大多同时经营咖啡、餐点，明亮而且时髦，有年轻的男孩女孩。我去那里，注意最新的畅销书榜单，以及最受欢迎的旅行类图书，试图找到我正在做的事情可能受到读者欢迎的证据，从而加强自己继续旅行下去的信心。

我在不同的地方遇见不同的人，不同脾气的修行者，不同风格，不同法门。但这并不会增进我对她们的认识，或我对"修行"的认识，或让我对她们做任何判断的资格。事情不该是那样的。唯一的意义在于增进我对自己的认识——通过亲身经历得来，而不是任何人或参照物赋予我的判断。

现在，我对自己增加了一些了解：生而为人，我对物质有需求，我喜欢过好日子。只有当我对物质生活条件充分满意，内心充分安全，我才敢尝试清贫而节制的生活方式。而反面是——当安全感已经充分，我必然要去做一些冒险。

我不了解高山、流瀑、女巫、僧侣。我所做的一切，只是营造出一个又一个不同的情境，照见自己。旅行的意义：照镜子。

至于修行。

修行这件事是这样的。

我曾经提出许多浩大的问题，比如：为什么活着？为什么死亡？害怕死亡怎么办？绝望的时候怎么办？

这些问题是有意义的，它让我展开好奇心，踏上旅程。

这趟旅程只属于我一个人，因为我只能去寻找我自己的"问题"。这里说的"问题"，不是困境，就是疑问。

问题是真正为人量身定做的东西，问题只能由我提出，只有我有责任、有能力去为其寻求答案。

完全由自身的生命体验出发，贯穿你的记忆，一直困扰你，但不可能属于一群人共有的那个提问，是问题。

如果"问题"就是"修行"。那么修行确实是一个人的事情。

在这次旅行中，让我更加热爱诚实和责任。

除了问题，还会发现习性。

你习惯用某一套方式去让自己好受一些。让自己在任何情况下都能感受到舒适区的固定途径，就是习性。

习性OK，它的存在没有问题。但是我们要知道它的存在。

在已经习惯的日常里，发现"不自然"，发现"问题"，发现"习性"。

这个就是我理解的修行。

为期四个多月的旅行结束后，我用三个多月完成写作。然后怀孕，成为母亲，在抚养孩子的过程中学习"责任"。同时，我一直在修订这本书的书稿，寻求出版。

关于三台道院陈光静道长当时的嘱托，直到2018年，有位道长帮我联系了《中国道教》编辑部，杂志刊载了我的文章。至此，当年在南雁荡山对老人的承诺，终于完成。而我自己期待已久的那个好消息，也在2019年化为现实。在这个夏季，差不多正好是我当年出发的那一天，编辑对我说，这本书，就要面市了。

许晓

2019年7月

六月

06.03
上海—厦门—准提寺—厦门 📍

06.04
厦门—仙游，龙华寺 📍

06.05
仙游—福州

06.07
福州—福清，灵石寺 📍

06.10
福清—福州

06.12
福州—北京—天津

06.13
天津—五台山，普寿寺 📍

06.15
五台山—天津

06.16
天津—温州

06.17
温州—平阳—水头—南雁荡山，
三台道院 📍

06.19
南雁荡山—温州

06.20
温州—常州

06.21
常州—茅山，乾元观 📍

06.23
茅山—常州—上海

06.27
上海—太原—五台山，普寿寺 📍

06.29
五台山—太原—武汉

七月

07.02
武汉—黄梅，芦花庵 📍

07.04
黄梅—武汉—长春观 📍

07.07
武汉—武当山，紫霄宫 📍

07.13
武当山，玉虚宫—武汉 📍

07.14
武汉—商城县

07.15
商城县—郑州—西宁—青海湖自
然保护区

07.16
青海湖自然保护区—海心山，莲
花庵 📍

07.17
青海湖自然保护区—江西沟

07.18
江西沟—西宁

07.20
西宁—定西

07.21
定西—平凉—崆峒山 📍

07.23
崆峒—平凉—西安

07.24
西安—成都，爱道堂，铁像寺 📍

07.31
成都—名山县—蒙山，永安寺 📍

八月

08.02
蒙山—雅安

08.03
雅安—康定

08.04
康定—色达，喇荣五明佛学院 📍

08.09
色达—甘孜县

08.14
甘孜县—成都

08.15
成都—上海

08.22
上海—丽江

08.25
丽江—香格里拉

08.26
香格里拉—德钦—飞来寺 📍

08.27
飞来寺—明永村，明永冰川

08.28
飞来寺—香格里拉

08.29
香格里拉—大理

九月

09.05
大理—拉萨

09.07
拉萨—扎囊县—阿扎乡，查色寺，
扎央宗溶洞—拉萨 📍

09.09
拉萨—羊八井，嘎洛寺 📍

09.10
嘎洛寺—拉萨

09.13
拉萨—日喀则

09.14
日喀则—珠峰大本营，绒布寺—
日喀则 📍

09.18
日喀则—拉萨

09.20
拉萨—香格里拉

09.23
香格里拉—虎跳峡

09.24
虎跳峡徒步

09.25
虎跳峡—丽江

09.27
丽江—上海

福建龙华寺的尼众正在练拳

五台山尼众佛学院位于山西省忻州市五台县台怀镇普寿寺

普寿寺的一次法会

南雁荡山三台道院的陈光静道长，和她收养的孩子们一起做晚课

南雁荡山的仙姑洞道观，陈光静道长早年间在此居住和修行

乾元观，是江苏省唯一一所坤道道院，演奏和传播道教音乐是她们的日常

湖北芦花庵的比丘尼自己种的蔬菜

武当山紫霄宫的道士宿舍

青海省海心山的隐修者和她们的小屋

莲花庵，海心山上唯一的共修道场，是个女众寺庙

崆峒山景区公路下的窑洞，居住着一个老太太，附近的人说她在那里修行

1982年，铁像寺内举行了延续中国二部僧戒的授戒仪式，当时的戒坛就在这里，现在已经变作教室

永兴寺前任方丈，定慧法师的骨塔，"不作风波于世上，别有天地非人间"

喇荣的女尼

与我交谈生死之路的绒布寺女尼央金

珠峰大本营隔壁，全世界海拔最高的寺庙绒布寺

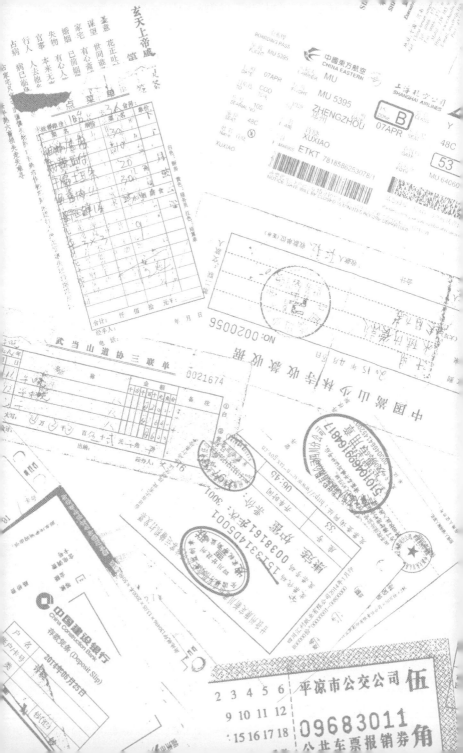

许晓

1981年出生于安徽省歙县，曾先后在《南方体育》《城市画报》和网易网站部工作；

2012年，任职《人物》杂志，撰写多篇特稿及封面报道，专注于报道中国人当下的信仰市场；

2014年，辞职踏上寻访中国女修行者的旅途；

2015年，完成此书稿，并且成为了母亲。